挂在睫毛上的彩虹

顾笑言小说选

顾笑言 ◎ 著

长春出版社
全国百佳图书出版单位

图书在版编目（CIP）数据

挂在睫毛上的彩虹：顾笑言小说选/顾笑言著.
长春：长春出版社，2025.1. -- ISBN 978-7-5445
-7563-8

Ⅰ.I247.5

中国国家版本馆CIP数据核字第2024U0V792号

挂在睫毛上的彩虹——顾笑言小说选

著　　者　顾笑言
责任编辑　周　济　吴冠宇
封面设计　宁荣刚

出版发行　长春出版社
总 编 室　0431-88563443
市场营销　0431-88561180
网络营销　0431-88587345
地　　址　吉林省长春市南关区长春大街309号
邮　　编　130041
网　　址　www.cccbs.net

制　　版　长春出版社美术设计制作中心
印　　刷　长春天行健印刷有限公司

开　　本　880mm×1230mm　1/32
字　　数　190千字
印　　张　9
版　　次　2025年1月第1版
印　　次　2025年1月第1次印刷
定　　价　59.80元

版权所有　盗版必究
如有图书质量问题，请联系印厂调换　联系电话：0431-84485611

自　序

在史无前例的年代里，我所在的吉林省戏剧创作室被彻底砸烂了。有些人去了工厂，有些人到农村去插队。我被分配到号称"八百里旱海"的白城地区搞戏剧创作。报到的同时，领导便通知我立即到地区办的乌兰浩特钢铁厂参加大会战。1970年，我只有28岁。因为读书时当过体操运动员，有一身发达的肌肉。一到钢铁厂，马上被分配去当了炉前工。科尔沁大草原上的四月，还是滴水成冰的季节。炉门一开，马上得挥动几十斤重的钢筋钩子除渣，又被上千度高温的铁水烤着，只一会儿工夫，汗水就把耐火服里边的棉袄、棉裤湿透了。炉门一关，雪冷霜寒。尤其是在北风呼号的夜晚，用不了多久，汗湿的棉衣就被冻得跟铠甲一般坚硬。两个多月之后，北方短暂的夏季来了。我回家取换季衣服的时候才发现：棉袄的背上、棉裤的腰上，都是一层白花花的盐的结晶。以后，在漫长的七八年中，我一直坚持每年用一两个月在钢铁厂和它所属的矿山深入生活。我就是用在那里获得的素材，写了中篇小说《你在想什么》（曾获1981

年优秀中篇小说奖)。

在某种意义上说,我们所写的作品哪一部不是汗水的结晶呢?不仅有汗,还有血和泪。金不换、肖铁城,这些出现在我作品中的人物,或者我和他们一起生活过,或者我和他们有着相近似的经历。生活,这位渊博、严肃的教师,用挫折和苦难做教材,教会了我许多东西。我在嫩江畔的荒原上和老牛一块儿拉过犁杖,赶过马车,为了战胜那昼夜折磨人的饥饿,我在春天刚刚解冻的时候,到水泡子边捡来死鱼用火烧熟充饥。在经历了浩劫的祖国和人民面前,我没有权利来夸耀自己的苦难。我只是想说明,历史对于我们这一代人是如此偏爱,创造机缘,使我们有幸学到了更多的知识。

我永远也忘不掉科尔沁大草原上那呼号的暴风雪,我永远也忘不掉嫩江岸边那早春的风沙。正是在那些岁月里,我和给我长出玉米和芥菜头的土地,我和养育了我的人民,结下了血肉的联系。我无法不关心他们的希望和梦幻。换句话说,我对亲爱的祖国和人民负有崇高的义务。我的心和我的笔,不应该游离于她的伟大事业和斗争。因此,我执着地追求光明和希望,力图让我的作品给人以信心和力量!

我们写在小说里的情节、细节,不外乎由这样两个部分组成的:生活中已经发生的事情和生活中可能发生的事情。

生活中已经发生的事情,提出问题,启迪我们思考,从而产生我们要表现的意念,激发我们的创作灵感。它构成我们作品的主体。生活中可能发生的事情,靠我们想象和虚构,但是,它必须以生活中已经发生的事情为依据。

我开始写中、长篇小说的时间比较晚。那是1979年的事。当时，我住在长春电影制片厂的小白楼招待所改电影剧本。完稿之后送交审查，有很长一段空闲的时间。我就请当时也在那里写电影剧本的一位小说作家"保驾"，用了半个月的时间写了半生的第一部中篇小说《鹿鸣山谷》。这个尝试居然成功了！后来这部中篇小说经过修改，发表在人民文学出版社的《朝花》丛刊。这大大地鼓舞了我的士气。从那时到现在，除了六部电影、两部长篇报告文学、一部长篇小说之外，我一共发表了十部中篇小说。但结集成中篇选集这还是第一次。

从我自己的创作实践看，对所写的生活越熟悉，写起来就越顺利，质量也会相对好一些。我的这几部中篇小说之所以能够诞生，应该说首先是受益于生活的本身。没有生活便没有创作的这个道理是尽人皆知的，但是要真正接受它，必须同接受其他道理一样，通过实践。

我觉得要使自己的作品获得一定的深度和广度，又必须把作品写得像生活本身一样真实朴素。被人为拔高和突出了的东西，看来高大，却一览无遗，没有思索的余地。而生活的本身是立体的，它的内涵也是丰富的。我的作品几乎是在记录生活。仅仅因为这一点，弥补了我想象力的贫乏。但要坚持做到这一点，也并不容易。直到今天，在我铺开稿纸准备落笔的时候，还是要同那种为了吸引读者，企图把故事情节编造得曲折离奇一点的想法做斗争。

取之于生活，像生活。这是我追求的目标之一。这两者又是紧密相连的。不到生活中取，就谈不到作品中的像。

今年我已经 42 岁了。本来已经过了不惑之年，由于主客观的诸多原因，尚不能无惑。从创作上来说，路还长。说心里话，我没有攀登更高峰的奢望。唯一的野心是不断地突破自己。

1984 年 4 月于广州

目 录

挂在睫毛上的彩虹 / 1

爱情交响诗 / 98

漂在湖面上的倒影 / 134

金不换 / 181

挂在睫毛上的彩虹

著名的英国诗人布莱克有句很精辟的格言,叫作:欢乐孕育,痛苦分娩。

这句格言,形象地说明了许多以幸福作为起点的故事,结局往往都是很悲惨的。

但是,在很长一段时间里,这句格言在我们所生活的这个国度里,却失掉了它的光辉。因为它只概括了从孕育到分娩的过程,却没有概括分娩之后。

我母亲生我的时候难产。因此,在分娩的痛苦之中,又多了一重痛苦。母亲是伟大的。她情愿为自己的儿女忍受一切,牺牲一切。但她无论如何也没有想到,她所经历的痛苦,只不过是一条血和泪汇成的长河的源头。伴随着流逝的光阴,痛苦又向后延续了二十几年。这其中,也包括了我自己的痛苦分娩和我那并不是因为欢乐才孕育的孩子。

谁会想到呢,我的命运在铁道那边的两间小小的木房里发生了变化。

现在，一切都过去了。像人们所说的那样：成了往事。噩梦醒来，连记忆也变得模糊起来。

唉！铁道那边的两间小小的木房子，曾经盛过我多少个不眠之夜，盛过我多少风急雨骤的清晨，盛过我多少雪冷霜寒的黄昏……

但是，这一切都在那个美好的春天里发生了变化。我那希望之火已经熄灭，像一堆灰烬似的心灵，又燃起了奇异的火花；我那像墙上的日历一样单调索然的生活，突然充满了明丽的色彩……

是的，我说突然，因为我沉湎于忧烦的往事，甚至没有听到幸福向我渐渐靠拢的脚步声……

一　她

1977年的春天，来得比哪一年都早。刚进了四月门儿，就一连落了几场春雨。几天工夫，遍地的青草蹿出地皮儿，把一座座大山、一条条峡谷，都染得水凌凌的绿。急性子的婆婆丁花开得漫山遍野，金灿灿的晃人眼睛。就连我这两间早已经被春天遗忘掉的小木房周围，也有了一片象征着生命的新绿，也响起了从遥远的南方归来的小山雀的歌声。

然而，我可没有闲情逸致来欣赏大自然的这一派迷人的风景。因为在平常的日子里，我要到林业局的家属烧柴厂去上班。从早上七点钟一直到晚上六点钟，除了中午休息匆匆往肚子里填几口饭的时间外，都要守着那台像杀猪似的"嗷嗷"吼叫着的大带锯，没完没了地搬动着像我自己一样带着疤瘌节子的、不成材的废料。一个月里两天放假的日子，我得为了活着而去劈木样子、打煤坯子；到自由市场上去买米、买油；到小镇上的商店里去买盐、打酱油、装醋，买火柴、肥皂，买点灯用的煤油和灯芯……不论是蚊子、小咬儿闹哄哄的盛夏，还是冰天雪地的严冬，我都要端着洗衣盆，到泉水边去洗半个月攒下来的脏衣服、脏枕巾、脏袜子和窗帘、桌布……春秋两季还要再加上扒火炕，清理烟囱，挖菜窖，腌酸菜……

对我来说，休息日比工作日更忙、更累。在人生的旅途上，我好像被驱赶着奔波，奔波……永无休止。

有什么办法呢，我是一个女人。而且，是一个带着孩子的单身女人。如果仅仅如此，还算幸运。我的不幸在于我既不是一个年轻的寡妇，也不是别人的妻子。至少我自己不承认是什么人的妻子。

不管我有多少辛酸和不幸，我们这颗蔚蓝色的行星，还是载着我环绕着那轮烈焰灼人的太阳飞快地旋转。逝水的光阴，就像长白山天池的瀑布，哗啦啦地倾泻着。

我并不是因为那芊芊的嫩草，吐出一片浅绿鹅黄；也不是因为那含苞欲放的鲜花，欲言又止的娇媚；以及百鸟的交鸣和湿乎乎的空气里弥漫着的泥土的芬芳，才感到春天来临的。

因为连日下雨，而我的屋顶已经百孔千疮，夜里，雷声一响，我就得匆匆爬起来，把脸盆、洗衣盆、饭盆和一切可以利用的容器都动员起来，摆到炕上、地上接雨水。我这才感到春天来了。

今天我休息。要抓紧这属于我自己支配的一天来修修屋顶。

我所住的这两间小木房，原来是贮木场看守木材的更夫住的。修建它的时候，本来也没有做长住的打算。马马虎虎搭了个架子，用大钉子钉了个四框，再用油毡纸压了个屋顶，就算竣工了。后来，贮木场搬了家，这两间小木房就扔在这里没有人管了。一连几年，风吹雨淋，已经破旧得不成样子。屋顶上的油毡纸也破了。外面下大雨，屋里下小雨；外边雨停了，屋里却还在滴答。

昨天快下班的时候，我到后勤组要了几块旧油毡纸，又借了个梯子扛了回来。虽然我一登高，腿就哆嗦，眼前直冒金星。但是，有什么办法呢？有山靠山，无山独立。什么叫勇敢？什么叫坚强？还不都是环境的产物！

吃过早饭，连碗筷也没顾得上刷洗，我就把梯子竖了起来，准备动手了。可是，我那4岁的小女儿红红缠着我，抱着我的大腿不撒手。唉，也难怪，在漫长的一个月的时间里，孩子只有两个整天可以和我在一起。而且，那是两个多么匆忙、多么单调无聊的白天呀！有时候，我的心境实在太坏，她死缠着我，我竟伸手去打她，气头上手下得很重，一巴掌下去屁股上就是五个紫红的手指印。打完了，我自己就后悔，孩子哭我也跟着哭。可孩子毕竟是孩子，眼泪一干，还是跟我那么亲，抱住我不放，走一步，跟一步，磕磕绊绊。没法子，我只好用床单把她缠在胸前，像个大袋鼠似的走来走去。这时候，红红可就高兴起来，一声接一声地叫着："妈妈！妈妈！"

说来，也叫人难受。我白天去上班，怕孩子跑出来，把她反锁在屋里。我们这无边无际的原始森林,比不得大城市,狼啊,虎啊，大黑瞎子啊，说来就来。到处跑怎么得了？锁在屋里么，像只关在笼子里的小雀儿，哭腻了玩，玩够了哭。而晚上我回到小木房子里，浑身的骨头都要散架子了，匆匆忙忙对付一口饭，躺在炕上就跟死过去差不多，哪里有机会和孩子说几句话？所以，孩子快4岁了，连话也不大会说。不管是高兴还是难过，都只会"妈妈，妈妈"地叫。

现在，红红看我要架梯子上屋顶，觉得好玩，非要我抱着她一起上。

天哪！那是闹着玩的吗？我一个人上，腿肚子都直转筋，再抱个孩子怎么得了？没有办法，我就哄她，甚至豁出了那条只有上下班的路上才肯围一围的拉毛围巾。要知道，那可是我们这个叫作家的小木屋里最贵重的东西了。

小红红围上了我的围巾，高兴地跑到屋里照镜子去了。我这才抽身把梯子架稳，夹上油毡纸、木板条，口袋里装上钉子，带上斧头，顺着梯子往屋顶上爬去。我不敢低头往下看，手牢牢地抓住梯子，咬着牙往上攀。

爬了没有几格，突然听见有人叫我的名字："何恋乡！"

"哎！"我答应了一声，得救似的从梯子上退了下来。直到脚踏在了地上，才敢回头看是谁。

原来，喊我的是我们厂后勤组的赵强和我们车间的工会小组长王永顺。我这个人多少年来养成了个怪脾气，很少跟人家说话。这两个人，在厂里虽然认识，但难得打交道。老工会组长还稍微熟一点，因为每个月要交互助金，领电影票；赵强呢，还是昨天我到后勤组要油毡纸的时候，头一回多说了几句话。

他们俩来干什么?

我突然想到,该不是来帮我修屋顶的吧。因为他们手里拿着锤子,还夹着几块木板子。

这一下我可慌了手脚。因为我这个家里,除了从窗子飞进来的苍蝇、蚊子,从鼠洞里钻进来的老鼠,就没有别的喘气的东西进来过。所以,我也从来不收拾。锅呀、碗呀、盆呀、罐儿呀、粮食口袋、干柴……摆得下不去脚。说得邪乎一点儿,这两间小木房就是一个带窗子、门的垃圾箱。突然来了这么两位客人,让人家往哪儿坐呀!

我这里还着急哪,老工会组长和赵强已经来到跟前了。

我赶忙放下油毡纸和木板条子,扑打扑打身上的灰土,抱歉地说:"你看看,屋里连个坐的地方也没有。来,"说着我搬了两个树墩子,"就在这儿坐下休息一会儿吧。"

老工会组长没有吱声。他眼睛望着远处的林子,像发现了什么东西似的。

赵强说:"不啦!我们把门钉上就走。你里屋还有什么东西,我们替你搬一搬。"

"钉门?"我有点糊涂了,"我也不钉门哪,我只是修修屋顶。雨水漏得太厉害了,不修实在不行了。要不我也不会麻烦到厂里。再说,这点儿活我一个人也能干,就用不着惊动你们了。放假的日子,谁家里还没有一点儿事……"

直到这时,他俩才明白:我误会了他们的来意。

老工会组长赶忙解释说:"恋乡啊,你屋顶要是修不过来,我们俩帮你修也行。今天,厂里派我们两个人来,是钉门的。"

"钉门？"我还是没有弄明白，"那扇门早就掉了。再说也用不着它，你们二位就不用费心了。"

老工会组长说："是这么回事儿，咱们厂里又来了个临时工。恋乡啊，你是后来的，不知道内情，这个人原来是咱们林业局二中的教员。因为杀人判了10年徒刑。现在刑满释放了，局里安排到咱们厂就业。咱们这个厂你也知道，原来叫'五七'连，清一色的职工家属，没有单身宿舍。他来了，也没个地方住。领导想不出别的办法，说先在你这儿将就一阵子，让我们俩来，把这两间房子中间的门钉上。你们俩一人住一间。这样，升上两把火，冬天还暖和一点儿。再说，你这儿跟镇上还隔着一条铁道，太偏僻了。再来个人，也好互相照应照应……"

听说要来个邻居，我真是打心眼儿里高兴。虽然这样一来，我的住房面积要减少一半，可毕竟有了个伴儿。上班早了、晚了，孩子也有个照应。可一听说来的是个杀人犯，我的心就"咯噔"翻了个个儿。我的眼前立刻出现了一个面目狰狞、胸脯上长满了黑毛、手里拿着一把血淋淋的刀子的令人毛骨悚然的形象。

说心里话，在我短暂的生命里程中，同人打交道已经使我感到恐惧。那些尔虞我诈、嫁祸于人的坏蛋自不必说了；就连那些为人正直、心地善良的人，又在客观的逼迫之下，干了多少伤害自己同类的事啊。现在倒好，来了个杀人犯，而且是来到同一个屋顶下。我一个单身的女人，是为逃避开人们，才躲到铁道这边的小木房里来的。可是，命运是多么的无情，偏偏用人类最凶恶、最丑恶、最残忍的那一部分来追逐我。

从此，我和红红那本来就没有什么色彩的生活，将要笼罩上一层恐怖的阴云。我们逃出了一个樊笼，又要落在虎口边上。我看了看围着我拉毛围巾的红红，那张圆圆的小脸，那双长长睫毛的大眼睛，那么容易满足的一个小小的生命。是啊，天真的孩子还不知道，从今天起她不仅要忍受穷困和孤寂的折磨，还要受到死亡的威胁。原来把孩子放在家里去上班，我就牵肠挂肚；这回，把她和一个杀人犯放在一块儿，我就更没法放心了！

唉，那个该死的杀人犯！法律为什么要对他们这么宽容？为什么不判他们死刑，判他们无期徒刑？为什么还要把他们放出来，给我们孤儿寡母制造灾难！

我把孩子抱了起来，含着泪紧紧地贴住她那张通红的小脸蛋。啊，我心爱的宝贝，如果只有妈妈一个人就好了。反正生活也没有什么值得留恋的。死就死。可你呢，像刚刚发芽的草，像刚刚含苞的花。未来的生活对于你，也许是充满了光明和幸福的！

但是，又有什么办法呢？这些年来，我一直逆来顺受地接受生活所给我的一切。最勇敢、最大胆的反抗不过是逃避。而现在，能往哪里去呢？我是个临时工，烧柴厂的临时工；可我并不是临时活在这个世界上的啊。只要一天离开工作，我们娘儿俩就没有饭吃，就无法生存。

虽说烧柴厂领导安排的这一切，我没有办法拒绝，不过这一次，实在是令人难以接受，我还是委婉地提出了自己的意见："谁来住我也没有权利反对。房子是公家的，让我腾出来，我就腾出来。不过这两间房子只有一个门，他要是个女的还行，一个男的，总不方便吧？"

赵强说："这个问题，领导上已经想到了。把中间的门钉死之后，你带着孩子，还住在外屋，走你原来的门。他住在里屋，来回出入从窗户跳不就完了吗。"

胳膊拧不过大腿。看来再说别的也不顶用。唉！那就随你们的便吧。来个杀人犯就来个杀人犯，我也不招他、惹他，他未必会平白无故地拿刀子来捅我。退一步说，捅我也不怕，捅死了更好，那我在这个世界上的苦难就算熬到头了！

想到这里，我没有好气地说："那你们愿钉就钉呗！反正我里屋也没有什么东西，一口酸菜缸，一堆破劈柴桦子，我这就给你们往外搬还不行吗……"

老工会组长和赵强知道我心里不高兴。但他们来也是领导派的。谁愿意自己找个得罪人的差事啊！尽管得罪的是像我这样一个没有什么用处的人。

他们俩倒是挺热心，根本不让我插手，把酸菜缸给我挪到了外屋，又把那一堆木桦子从窗户扔出去，在院子里码上了垛。

这些事干完之后，两个人把那扇掉了铰链的破门，架到门框上，用二寸多长的大钉子固定住。然后，再横着钉上几块木板。从这一刻起，和我一起度过了四个寒暑的破破烂烂的小木房，就被分成两半了。

钉完了门，他们还准备帮我修屋顶。我哪里还有那个心思，便客客气气地谢绝了。

唉！我原来并不迷信。可是，当生活里一个又一个不幸接踵而来的时候，我真有点儿相信命运了。我想，也许我就是受苦的命吧。上帝有意地要惩罚我，怎么也逃不掉，永远也无法得到解脱。

不是吗？"四人帮"已经垮台了，冤假错案，平反的平反，改正的改正；千家万户，笑逐颜开。唯有我，唯有我还是老样子。情况不但没有好转，反倒更糟了。本来，我住在镇外的这两间小木房里，远离尘世的喧嚣，尽管寂寞，但还清静。现在可好，居然要和一个杀人犯为邻了。

反正，我虽然没有住过监狱，也比那里的犯人强不了多少。用屯子里老乡的话说：老鸹落在猪身上，谁也不用嫌谁黑。

二 他

分给我的这间宿舍，我还是比较满意的。尽管它四壁空空，除了厚厚的灰尘和蜘蛛网之外，别无他物。两条长板凳，几块破木板搭成了我的卧榻；一个一米多高的木墩儿，当了脸盆架。厨房和餐厅全都设在墙角。烧柴厂的领导大概是为了体现对劳改释放人员的政策吧，发给了我一个市场上售价8元9角7分的12条芯的柴油炉子。并且，允许我在厂里仓库按月领取做饭用的柴油。还特别关照，以此项名义领取的柴油同样可以用于照明设备。因为在小木屋的棚顶上，还吊着一只约有两个烛光亮度的煤油灯。

很好！

也许可以说是很好很好，或者很很很很好了。一个刑满释放的"杀人犯"，还能要求什么呢？这已经是我在监狱里那60厘米宽的床铺上所梦寐以求的天堂了。

当然，这并不能说明我已经心满意足。如果用挑剔一点儿的眼光来看，这间别墅式的房子，太朝鲜风味儿了——窗子和门，合二而一。不过朝鲜式的窗门合一，位置低些，出入很方便。而我的这个窗子或者叫作门，位置太高了。必须踩着一个树墩子，才能跳出跳入。其实，这问题也不大，哪天有空闲，我自己钉一个楼梯式的台阶，说不定还会别具特色呢！

最令我不能满意的，是我的邻居。俗话说：远亲不如近邻。可我的这位邻居，据厂里的领导介绍：在生产劳动中表现倒还可以，肯干、踏实；但是，在生活作风上有点那个……名声不怎么好。她居然扔下了自己的丈夫从家里跑了出来。你想想，一个正经的女人，能干出这种事情来吗。而且，她也没有跟人家离婚哪。说她是个寡妇吧，她还有丈夫；说她有丈夫吧，却过着独身的生活……

所以，在我搬进新居之前，领导再三关照，要我特别谨慎。寡妇门前闲话多，千万不要闹出点儿什么乱子来。就是有点风言风语，那话传起来也是好说不好听，后果不堪设想！这些话的弦外之音，无非是警告我：无论是至高无上的法律，还是令人肃然起敬的道德，都是铁面无私的。我所刚刚告别的那个一住十年的故居，大门是永远向我敞开着的。

我虽然没有对天发誓，讲什么"天打五雷轰"之类的，却也没少向领导表示：我可以与那位一板之隔的邻居，呼吸之声相闻，老死不相往来。

我之所以敢于这样讲，因为我对自己是有绝对把握的。第一，我想在这个世界上，无论怎样风流的女人，也绝不会贸然地爱上一个杀人犯。她首先应该知道，爱上了我意味着她自己就成了刑满释放分子的家属，而她的孩子，或者我们的孩子，就成了永远也没有出头之日的可教育子女。而我们孩子的孩子，还会像封建社会继承爵位似的，一代接一代世袭这个称号。苦难就会从我们的脚下，一直延伸到看不见尽头的永远。这样的活生生的现实，不是比但丁所描写的地狱更令人心惊肉跳么？

第二么，我已经像受过了宫刑的司马迁，是个中性的人了。我的爱情已经在熊熊的大火中烧成了灰烬。而且，那些死灰已经在冰雪之下埋葬了7年。7年哪，两千五百个没有阳光的阴暗的白昼和同样数量的没有星光和月影的漫漫长夜，已经凉透了。

退一万步讲，假如我的生命中还有一点点火星，可以引起一点爱的温情，我也不会把这种感情交给一个在爱情生活中不严肃的女人。因为我觉得这种感情太圣洁、太崇高了。它包含着父爱的严厉，包含着母亲的慈祥，包含着兄妹之爱的真诚，也包含着同志之爱的无私……不要说把爱情当作游戏，见异思迁、暮四朝三，就是在感情之中，掺杂任何一点杂念，我觉得都是对自己人格和信念的一种不能容忍的亵渎，都是一种应该受到良心审判的罪恶。

有的人可能不止一次地卿卿我我，但是，他可能从来就没有经历过真正的爱情。而我自己觉得，虽然我至今还是一个单身汉，可我却是一位爱情天国中的百万富翁。我所经历的那一切，尽管充满了令人肝肠寸断的悲剧色彩，留下了永远无法愈合的伤痕，我仍然无法忘记它。即或是在囹圄之中，那些美好的时光和血泪交融的时刻,还是常常越过监狱的高墙,钻过窗上的铁栅栏,闯入我的梦境……

我和那个姑娘一块儿从地区师范专科学校毕业,又一块儿分配到林业局第二中学。

那时候,生活里本来的色彩,还没有被疾风暴雨冲掉。理想还在用最绚烂的色彩,向我们描绘着未来。

我们俩都是学生物的。达尔文的进化论和米丘林学说,曾经激起我们多么丰富的想象:原野上盛开的鲜花,为什么会和天上的彩虹同样绚丽?蜂巢里那淡黄色的浆液,为什么会像爱情一样甘甜……

暑假里,我们一块儿到原始森林里去采撷动植物的标本。如画的风景和空气中弥漫的松木油子的香味,使我们沉醉。

那时候的年轻人,心地是多么纯洁啊!夜里,我们在石崖下露宿,围着一堆毕剥燃烧的篝火,无尽无休地谈着我们所教的那些天真可爱的孩子,谈着我们美好的未来。

我们甚至还为将来结婚之后,要一个男孩还是一个女孩,争论不休。

更多的时候,我们两人计划怎样花10年的时间写一部《长白山动植物大全》,要搜集全长白山几百种动物、昆虫和两千多种植物的标本,并且,从它们的起源开始,介绍它们的沿革和现状。现在回想起来,这个宏图也许并不那么堂而皇之。但那时候,这个想法曾在我们心中激起了多么美好的希冀和热烈的追求啊!

谁料到,我们准备用来写书的这10年,会被挪作别的用途!

现在，我寻思起来还有点奇怪，我们为什么非得计划用 10 年呢？说用 7 年、8 年……不行么？偏偏是 10 年！不多不少正好与我被判处的徒刑数量相等。这不能不让人感到有点神差鬼使的味道。

后来，我又带她回到了乡下我的家里。爸爸、妈妈看见我领回了这么一位如花似玉、还在中学里当先生的媳妇，乐得嘴都合不上了。他们把窝里的公鸡杀光，又开始杀那些隔天下蛋的母鸡……

最令人难以忘怀的，是山坡上那片蹿着红缨的苞米地。苞米秆用它那宽大的叶子为我们织成一个隐蔽而神秘的世界。湛蓝湛蓝的天空，显得格外高远，只有几抹淡淡的舒云，薄纱似的挂在那远离尘世喧嚣的天际。我在前边掰着青苞米，她挎着篮子紧跟在我的后边。当我回过身来把第一穗青苞米放进篮子里的时候，我突然发现她的眼里闪耀着异样的光彩，就像是跳荡的火焰，灼热而又飘忽，炫目而又迷人。我的心一下子猛烈地跳起来，周围的一切似乎都不复存在了。不知是因为田野里蝈蝈儿的叫声，还是庄稼梢头掠过的秋风鼓励了我，我情不自禁地把她搂到怀里，颤抖着，第一次吻了她。啊，多么甜蜜，而又多么纯真！幸福，使我们陶醉。一次，又一次……结果，每一穗苞米落进篮里之后，都伴随着一次热烈的拥抱和亲吻。我们在那片苞米地里至少停留了比实际需要长两倍的时间。

回到家里，妈妈一个劲儿地说我们俩去掰苞米，太辛苦了，直埋怨父亲没有主动地承担这个任务。

她呢，甜甜地笑着，一边用那样脉脉含情的目光盯着我，一边大声地数着苞米的穗数："一,二,三,四,五,六……"一共是 58 穗。

我母亲不知道这其中的奥秘,还居然向邻居们夸奖自己未来的儿媳妇办事认真,连从自己家的自留地里掰回来的青苞米,也要点点数目……

唉!这些都已经成为往事,仿佛已经十分遥远了,简直就像是隔了几个世纪、几十个世纪。再不,就从来没有发生过,只不过是从虚无缥缈之中生出来的一场色彩斑斓的梦幻。

后来,当我成了"杀人犯"之后,她还是顶着社会舆论的压力,真诚地爱着我。逢年过节,她都要长途跋涉几百里,到劳改农场探望我,给我送换季的衬衣,带一点吃的东西。尽管我们每次见面谈话时和我写给她的信中,都劝她不要再为我做出牺牲了,可是,她还是坚持这么做。这样的关系,我们保持了 3 年。我没想到,这给人以安慰的 3 年,却加重了我后来那 7 年的苦难!

后来,她突然和林业局的一个造反派头头,不光彩地生了一个孩子。直到最近我出狱之后才知道,她完全是为了我。

她曾把这件事写信告诉我。但在信中,她却隐去了那最重要的真情,只说她对不起我,要我忘记她,就当她已经死了。

我当时很懊恼。我为自己摊上一个失去贞操的爱人而感到痛苦。但是,我担心她会真的自杀,又想起在我们相爱的日子里她对我的千般柔情、万种恩爱,便以宽大为怀,写信告诉她,我可以理解所发生的一切,原谅这一切。我向她表白,我还像从前一样地爱着她,而且,我一再嘱咐她,谁的生活里都会有几天乌云笼罩的日子,千万不要灰心……

一封又一封信，如石沉大海。过了好几年，我终于在一个朋友的来信中得知，她已经到新疆去了，而且在那里同一个农垦局的汽车司机结了婚，并且，又生了孩子……

从此，爱情就在我的心中消亡了。我像她信中所嘱咐的那样，就当作她已经死了。我在自己荒芜的心田里，为她修了一座坟墓，把对幸福的渴望和追求也当作殉葬品，深深地掩埋了。

我不相信在这个世界上还会有什么神奇的火焰，能点燃一颗没有追求的心。

据领导说，我被安排到这里，实在是无计之计；等到局里的宿舍楼盖起来，马上就给我调房子。不过现在，我认为能住在这里，也应该说是不错的了。

我虽然还可以提出几十条对这间小木屋不满意的理由，但是，只要与我所居住过的牢房比较起来，它的缺欠就显得微不足道了。俗话说：知足者常乐。

我突然觉得自己是一个恩将仇报的小人。因为我住在这座小木房里，还时时想着它的坏处，这未免有点太不仗义了。如果小木屋也有灵魂和感觉，它应该伤透了心。我不知道它将用什么方式驱逐或者报复我。

还有我对那位邻居的责难，也实在是多此一举。她有没有丈夫，愿不愿住在自己的家里，又与我有何相干？我又不是公社的民政助理，或者林业公安局的户籍科长，我只不过是一个劳改释放犯，一个工资36元5角整、烧柴厂派在制材厂大墙外堆废料地方的临时更夫罢了。

对了，我突然想到，在我工作的安排上，明白无误地体现了烧柴厂领导的精明。让一个"杀人犯"去当更夫，那真是再好不过的了。因为在我们人类十恶不赦的罪恶之中，再没有比杀人更耸人听闻，更令人毛骨悚然了。今天夜里我上任之时，便应该是那个木桦堆边一个和平时代的开始。

对这个职务我还是满意的。只是有一点感到美中不足，那就是：我又得过那种见不到阳光的生活了！在狱中，是因为分配给我的阳光是有限的，就连夜晚的星空也只有铁窗大小。而现在，是因为我夜间工作，必须在阳光照耀着的白昼睡觉。我已经下了决心，只要天气再暖和一点，我就在院子里搭一张便床。就是睡觉，也应该在阳光下。我是多么需要阳光啊！

啊！阳光！阳光！光明而又温暖的阳光！

三 她

一连几天夜里，我总是做噩梦。梦见一个满脸杀气的彪形大汉，拿着一把血淋淋的刀子追赶我。我在前边拼命地跑，眼瞅着要追上了，我吓出一身冷汗，一下子从梦中醒来了。

小木屋里和玻璃窗外，一片漆黑。一种从来没有过的恐怖的感觉，一下子攫住了我。虽然我明明知道这只不过是个噩梦，但身子还是簌簌抖个不停。脊梁后好像有一阵阵凉风，吹得人头发根儿都竖了起来。

我把小红红紧紧地搂在怀中。我不知道，如果没有这个小小的生命在我的身边，我将怎样度过这好像没有尽头的长夜。

过去，我很少在夜间醒来，所以也从来没有感觉到，这两间小木屋在黑黢黢的大森林中是多么的孤独。我第一次发现：在它那静悄悄的背后，原来还有松涛柏浪单调而沉闷的喧嚣，还有山泉如泣如诉的呜咽。偶尔，几声夜莺的啼叫，显得那么阴森而又凄凉。

我睁大了眼睛，望着那无边无际的黑暗。心中的恐惧，很快地被悲哀代替了。苦涩的泪，很快地就浸透了我的枕头。

我开始把这接二连三的噩梦和像噩梦一样的遭遇，归咎于我那悲惨的命运。我觉得，我的全部不幸，都在于不该错生在一个不幸的家庭里。

我的父亲何炳昆，早年曾留学加拿大。他以优异的成绩毕业于多伦多大学的物理系，并且以一篇高能物理方面颇有远见卓识的论文，获得了博士学位，成为科学界一颗灿烂的新星。

当时，落在广岛和长崎的两颗原子弹的蘑菇云才刚刚散去。世界上各大强国为了赢得未来的战争，拼命地垄断和强化这种武器，不遗余力地在世界各个角落搜罗这方面的人才。

毕业典礼刚刚结束，美利坚合众国的国防部，英吉利王国的剑桥大学，甚至包括刚刚被战争分裂成两半的德国，都向我父亲发出了邀请。幸运女神捧着她红玫瑰和紫罗兰缀成的花环，把一个粲然的微笑，投向了踌躇满志的中国青年。

旧金山一些华侨小报，做了种种的猜测。有的说我父亲欣赏英国的绅士风度和古老的文明，会就教于英国的剑桥大学；有的说我父亲会选择日耳曼民族的勤劳和严谨，他将受聘于波恩政府……

但是，小报记者们的绝顶聪明，却不能适用于一个正直的、热爱祖国的青年知识分子。在我父亲的心目中,在他生命的天平上,祖国重于一切。尽管那时,战争的烽烟从长城脚下一直弥漫到长江岸边……

他向往的是:宝塔山下那滚滚的延河水,清凉山上那清脆的晚钟,那蜿蜒的长城、奔腾的黄河……

所以,我在异国的土地上诞生之后,父母给我取名叫恋乡。恋乡,恋乡,留恋祖国和亲爱的故乡啊!

北亚美利加洲广袤的天空和大西洋浩瀚的波涛,都没有给我留下什么记忆。但是,我却为那些高山和海洋在以后的岁月中,付出了沉重的代价。我开始记事的时候,鲜艳的五星红旗在阳光下飘舞;《东方红》乐曲,从黎明直到深夜,在祖国的大地上回荡……

大概,我也曾有过欢乐的日子,但是它太短暂了,像耀眼的闪电,瞬间照亮了一下,即消逝了。我的父亲和母亲,同时被打成了"右派分子"。不久,我们全家便从北京被遣送到长白山边缘的一个偏僻小镇上来,开始了"脱胎换骨"的改造。

我在自卑和一些人的歧视中长大。我少年时代脖子上没有飘过那被称作红旗一角的红领巾,后来,那枚嵌着麦穗、齿轮,中间画着一轮初升太阳的团徽也与我无缘。

再后来么,那场"收获最大、最大、最大,损失最小、最小、最小"的"文化大革命"开始了。我怀着对伟大领袖毛主席的无限忠诚,与"右派分子"兼"特嫌"的父母划清了界限,到长白山中最艰苦的地方去接受贫下中农的再教育。

我是多么赤诚啊!

为了洗刷我在生前错误选择母亲的罪过，我在农村里干最累的活，吃最粗的饭。而且，在集体户的同学们睡熟之后，我还用冷水洗洗脸，从头到尾，一遍又一遍地学习毛主席的四卷红宝书，几年之间，我写了足足 11 本心得笔记。

我舍不得花钱去买一双暖和的新鞋。一双棉水乌拉缝了又破，破了又缝，垫上一把苞米叶子，足足穿了四个冬天。为了同资产阶级思想彻底划清界限，我从来没有像别的姑娘们那样，围过一条彩色的毛围巾。一顶减价处理的狗皮帽子，我一直戴了六个冬天。

省下来的钱，我像祥林嫂到庙上捐门槛那样，全部献给了生产队。

可我万万没有想到：我的棉水乌拉和狗皮帽子，成了"反革命的伪装"，我所捐献的钱，都是为了"收买"贫下中农，成了"包藏祸心的糖衣炮弹"！

我同户的青年一批又一批被抽调走了。唯独我还留在那里。希望，像天上的星星一样遥远；前途，像山谷中的云雾一样渺茫……

到了 1972 年，我已经是个二十七八的大姑娘了。在长白山区的农村，一个姑娘到这样的年龄还没有出嫁，这本身就是一种罪过。

多少个风雪呼号的夜晚，我孤零零地一个人躺在冰冷的火炕上，想寻求一条解脱的出路。我想啊，想啊，心都想痛了。但是，答案是没有的。难道人可以再重新诞生一次么？

光明像躲在乌云里的太阳，不肯把一线光辉洒在我的身上。

而苦难则如那漫天的雨，用咸涩的泪把我从头到脚淋了个透。

那年冬天，生产队要开豆腐坊，没有房子，说集体户五间房子就住我一个人太浪费，让我腾出来做豆腐坊。可鸟儿还得有个窠，鸡鸭还得有个窝；我一个大活人，总得有个住处。大队书记说，就住在他的家里。

大队书记的儿子叫马明才，有四十多岁了，去年死了媳妇，扔下了两个十多岁的孩子。他外号叫"瞄得准"。不仅长得其貌不扬，而且，一只眼睛上还长了个玻璃花。我们那个地方冬天狩猎，打枪得用一只眼瞄准啊！这一回，他是瞄准了我。但是我还不知道。

因为我是来接受再教育的。而大队书记一家是全县有名的学习毛主席著作的家庭小课堂。我能有机会住在这样一个家庭里，感到格外幸运。

这一家人，对我也格外热情。他们不仅和我同吃、同住、同劳动，而且待我像贵客一样。老太太天天晚上给我铺被，早晨起来打上洗脸水。我再不用像在集体户里那样，下工之后还要自己忙活做饭。而且，自从我搬到大队书记家之后，几乎所有的人都对我另眼相看了。有些人由原来的侧目而视，变作了笑脸相迎。

只有一样，让我感到忧虑。就是马明才那一只眼睛里，总是闪着一种寻获猎物似的、咄咄逼人的光。有一次，家里只有我们两个人的时候，他竟动手动脚，吓得我赶忙从屋子里跑出去。直到天黑，马书记和老伴都回来了，我才敢回家。

关于马明才和他原来的媳妇的事儿，过去我曾听人风言风语地议论过。

原来，那个可怜的姑娘，是解放战争年代一位革命女战士的孩子。部队路过这里时，女战士生下了这个孩子。可当时战争环境很艰苦，孩子没法带，就托付给了当地的农会会长。后来,老会长病故了，孩子就落在了马家。那位女战士可能牺牲了，因为她再也没有来找过自己的女儿。

那个女孩，在马家是当童养媳长大的。才十二三岁的时候，就顶个大人做全家的饭，洗全家的衣服。干的是最重的活儿，吃的是残汤剩饭。像棵旱天的苗儿，长得又瘦又小。

有时到邻居家串门儿，乡亲看她怪可怜的，就拿点好东西给她吃。姑娘一边吃，一边哭。后来，让马书记老伴知道了，骂她丧良心，尽到外边败坏她家的名声。以后，那姑娘就很少出门了。

马明才和她并没有举行婚礼,就同居了。姑娘比他小八九岁。刚满17岁就生了孩子。

从前是养女，婆婆不顺心，骂上几句是常有的事；现在，做了媳妇，丈夫打她就成了家常便饭。

乡亲们说，那个可怜的姑娘一天也没有得好。后来，坐月子的时候，马明才还让她去推碾子，坐下了病，全身瘫痪，在炕上躺了两三年。老婆婆嫌她炕上拉屎，把她搬到仓房里去住。有时一天到晚，连口水也没有人给送，她就用手刮窗子上的霜吃。后来，她就那么凄凄惨惨地死在仓房里了。而且，直到第二天，尸首都硬了，马家的人才发现。

那个姑娘的坟，就在屯后的山坡上。在集体户的时候，到山上去打柴，来来回回都经过那里。想起她的不幸遭遇，我还洒过几回泪水……

在马书记家住的时间越久，不知怎么，我的心就越不安。这一年年终分配的时候，马家竟把我的工分和口粮，都算在了他们家的账上。

这对我来说，实在是个不祥之兆。我这才完全明白了他们的用心。他们是相中了我这个能干的劳动力。而且，按照山区的旧习，娶媳妇至少要花一两千元彩礼，而要是娶我这样的人，在他们看来简直就是白捡了。

现在，那个悲剧将要由我来担当主角，重演一次了。

我要逃脱这个厄运。决定换个人家住。可是，社员们早都看清了马书记的算盘，谁家也不敢收留我。明明有空闲的地方，不是说姑娘要回娘家来住，就说要烘粮储菜。

没有不透风的墙。马书记一家也听说了我要搬家的事儿。第二天，说家里要修理炕，让我到邻居一个老太太家去借个宿。开始，我还认为是下了逐客令，满心欢喜。谁知，这又是有意安排的。

人在孤独的时候，愿意把遇上的每一个人都当成知己。我把自己心中的苦恼和恐惧，一股脑儿全向老太太倒了出来。

老太太听我说完，长叹了一口气说："姑娘啊，啥事都是命里注定的。你呀，就是命不好。我实话跟你说了吧，今儿晚上让你来借宿是马书记安排下的。他托我给马明才说媒。"

我一听说"马明才"三个字，脑袋"嗡"的一声，涨得老大。我一下子想到他那闪着歹意的一只眼睛，想到他身上那股子又酸又臭的味儿。我甚至想象得出他打人时的那种凶狠的样子……难道我真的要步那位躺在山坡上的、烈士的女儿的后尘吗？

不！我不！

可是，将来怎么办呢？得罪了大队书记，还会有个好吗？要走走不了，要活活不下去。天哪！我望着那洒满了清冷月光的窗子，失声地痛哭起来。

老太太见我哭得伤心又可怜，也陪着我哭了起来。

哭了一阵子，老太太又劝我说："恋乡啊，不是大娘昧着良心把你往火坑里推。原来死了的那个姑娘，屯子里谁不知道哇，可大娘是五保户，得罪了人家，就得抱空饭碗哪。你呢，还不是一样？本来就抓你阶级斗争。现在，抓阶级斗争都抓红眼了。那大号的帽子，小号的鞋，摊上哪样不得剥层皮……"

那时候，我想到唯一的出路是去死。但是，我连死的权利也没有。我死了，也会扣上一顶"反党叛党"的帽子。我那本来就蒙受耻辱的父母，还会因为我的自杀，戴上"反革命家属"的帽子。

天还没亮，我就跑到屯子后边马明才媳妇的坟上痛哭了一场。好像土坟里埋的不是那个可怜的烈士的遗孤，而是我自己。

哭够了，我从口袋里掏出笔记本，撕下几张纸，给爸爸妈妈写了一封信，让老人帮我出出主意。我一边写，眼泪又禁不住往下掉，把几张纸上的字泡得模模糊糊。我觉得自己对不起父母，他们自个儿的糟心事已经够多的了，我还要给他们那苦难的心，增加新的烦恼。

父母毕竟是父母。他们心疼自己的女儿，很快地给我回了信，让我马上回家。

马书记怕我回家和父母商量，硬是不准我的假，还让我学习张勇、金训华，扎根广阔天地炼红心。说在农村是干革命，不能轻易下战场。

那些美好的词句后面，包含着多么丑恶的用心啊！我一股急火病倒了，一连半个多月高烧不退，满嘴都起了大泡。他们竟趁我昏迷不醒时，把我挪到了马明才的屋里。而且通过马书记的关系，把结婚证书都从公社领了回来。

全屯子已经没有人不知道我跟马明才登了记。社员们都在准备钱、准备东西，来祝贺婚礼了。

我哭啊、闹啊，都无济于事。最后，被逼得实在无路可走，便向命运低了头。我尽量往好处去想：像我这种人，反正不会有什么真正的爱情了，往哪个火坑跳都是跳一回。嫁给了马明才，至少我的孩子可以不用当"狗崽子"了……

就这样，我成了马明才的续弦媳妇。我们举行的是"革命化"的婚礼。举行仪式的时候，老公公送我们四卷红宝书。

我在苦难的深渊中，又向前跨了一步。

我把这桩所谓的婚事，写信告诉了我的父母。在当时情况下，他们不敢公开地发表反对意见，只有用沉默来表示对我的谴责。后来，我又寄了许多封信，都没有得到回音。

我深深地知道，在这沉默之中，包含着多么巨大的愤怒和痛苦。为此，我也再没有勇气去见他们，甚至每次想到他们的时候，都感到内疚和羞耻。

唉，我有什么理由埋怨我的父母呢？他们比我有勇气得多。

而我自己，过了不久，便像老百姓说的那样：种瓜得瓜，种豆得豆，自食其果了。

我的老公公，是全县有名的样板大队书记。在全专区推广的"毛泽东思想家庭小课堂"，便是他的首创。什么"坐在炕头上，胸怀五大洲，解放全人类，反帝又反修"！什么"阶级斗争是个缸（纲），一片忠心里边装，只要人类还存在，永不放下手中枪"……都被认为是"角度新，思想深，感情真，见忠心"。

我万万没有想到，我的到来，为这个驰名全专区的"家庭小课堂"向阶级斗争的纵深发展，提供了活靶子。

我的公公、婆婆、丈夫、小姑子，作为"毛泽东思想家庭讲用团"，到各地巡回讲演的时候，把我当作"修正主义思想的影响"，写进了讲演稿。后来，帮助"捶路子，调角度"的笔杆子们觉得"影响"二字还不够解渴，就上纲上线，把同我的"斗争"，上升到"腐蚀反腐蚀、复辟反复辟"的高度上去了。

每天晚上，"家庭小课堂"便从"大批判"开路，一家人围住我，让我交出"资产阶级的黑心"。

我没有什么"资产阶级的黑心"，在我的怀中，一个贫下中农血统的孩子正在孕育，而且，很快就要临产了。我忍受着。我想，家毕竟是个家，这一切总有一天会过去。

可是，我又错了。

当时县政治部的一位主任听了他们的讲用，认为我的公公把学习毛主席著作的群众运动又推向了一个崭新的阶段，总结了四句话，叫：学出了新高度，批出了新深度，找到了新角度，提出了新尺度。决定要在我们家，召开全县的政治队长家庭小课堂现场会,要让大家看一看,在社会的最小的细胞——家庭里,夫妻之间、兄妹之间、婆媳之间,怎样开展阶级斗争。

他们为我准备了一份"交黑心、亮靶子"的发言稿,让我到现场会上去念。我一看见那稿子就止不住泪水了。抹一把泪,看上几眼;看上几眼,再抹上一把泪。稿子上竟写着:我是一条化成美女的毒蛇,是林贼复辟资本主义的社会基础;在反党反社会主义的右派父母那里受的就是反革命的教唆。我之所以要嫁给马明才,就是要从大队书记家入手,搞资本主义复辟的活动。搞垮了一个家庭,就使社会主义的红旗上多一个黑点……天哪!怎么能这样卑劣?我只觉得眼前发黑,天地都旋转起来了。

我应该感谢我的父母,我想起了他们的沉默。我已经做了一回软骨头,绝不能再软下去。所以,我死也不肯讲。

我说:"既然你们怕我搞垮你们的家庭,那就放我走好了!"

我那一只眼的丈夫,揪住我的头发,根本不管我那即将临产的身子,用烧火棍狠狠地打我,一边打一边说:"你还想到社会上去毒害更多的人吗?"

那时,我可真体会到"你死我活的阶级斗争"是什么滋味儿了。

凭心地说,我对我丈夫一家有怨恨,但更多的是怜悯。我觉得他们不仅仅是对我这样,父子之间、公婆之间,有时也斗争得厉害。我刚刚结婚的那年春节,老公公非要在大年夜吃忆苦饭。用苞米芯子磨成粉再拌上冻白菜叶子,一闻那股味儿就叫人恶心。老婆婆胃不好,不想吃。老公公当时就发起火来,骂我的婆婆忘了本。老婆婆一气之下，吃了上尖两海碗。第二天闹了个胃出血，差一点儿没送了命。这件事，后来也被写进了讲用材料……

实在没有别的出路，现场会的前一天夜里，我从家里跑了出来。天正下着暴雨，白晃晃的闪电不时划过，把黑黢黢的大山和森林，照得像鬼影一样可怕。但是，我已经什么也不顾了。因为我想死。一个人，把命都豁上去的时候，就无所畏惧了。

我踉踉跄跄，一直跑到牤牛河大桥上。那儿，水又急又深。我只要爬过栏杆，两眼一闭，一切苦难就永远结束了。也许，明天早晨或者中午，一个打猎的人，或者一个采蘑菇的孩子，会在下游的岸边，发现我被河水泡得鼓胀的尸体。

我的公公、婆婆、丈夫又会怎么样呢？

现场会也许还会继续开。而我则被当作一个"顽固不化，带着花岗岩脑袋去见上帝"的典型。这对于我来说，是无所谓的。但是，我那受尽苦难的父母，会因为我，遭受更大的不幸。而和我一样出身的兄弟姐妹，也会因为我的自杀蒙受更大的耻辱。

而且，我的腹中，还有一个即将临产的婴儿。作为一个母亲，我怎么能忍心把自己和孩子一块儿杀死？我不能在自己覆灭的同时，还当一次杀人的凶手。

老天啊！你为什么在不让我好好生存的时候，连死的权利也不给我！

我伏在栏杆上失声痛哭。想到自己要忍受着屈辱活下去，真感到比死更难受。我等待着吧，等待可以自由自在地生活的那一天。如果等不到，我也要等到可以自由地去死的那一天。

我想一阵，哭一阵，在闪电照亮的一瞬，望着那浑黄的洪水出神。不知过了多少时间，一位过路的卡车司机发现了我。那是个好心人，他什么也没有问我，把我扶上了车，一直捎到这个森林小镇上来了。

我们户里原来有一位和我很要好的女同学，在林业局的"五·七办"工作。她十分同情我的遭遇，担着很大的风险，把我安排在林业局供应职工烧柴的木柴厂当了一名临时工。在职工登记表上，为了不再当黑靶子，我在社会关系栏里还是填上了当大队书记的公公和贫农出身的丈夫。

四年了，我在这里生下了孩子。因为她是堂堂正正的贫下中农血统，所以取名叫红红。像父亲给我取名叫恋乡一样，这个名字的本身也反映着做母亲的渴望。

听说我的丈夫曾经找过我。后来，不知为什么，就再没有消息了。在这四年多的时间里，我一直过着平静而单调的生活。人如果没有了希望和追求，也就没有什么痛苦了。我甚至准备就这样一直挨到死。

可谁知道突然间又蹦出来个杀人犯。而且，就跟我住在同一个屋顶之下，仅仅一板之隔。两个屋子大声喘气都能听得见。

想到这里，我死死地盯着黑暗中的那扇板门。尽管我知道他去上夜班了，并不在屋里，但我还是感到恐惧。总觉得说不定什么时候，从那里会伸出一只毛茸茸的大手，手里还攥着一柄血淋淋的尖刀……

四　她

　　整个下午，我的心情都非常烦乱。不知道为什么，我总感到有什么不幸的事情要发生。下班的铃声一响，我就提起装饭盒的网袋赶紧往家跑。

　　黑压压的雨云，把天空遮得格外阴暗。一道又一道白晃晃的闪电，不时地从大山的后面蹿出来，把小镇四周的林莽映得一片惨白。随之而来的"隆隆"的雷声，震得人心都哆嗦。一颗又一颗凉飕飕的大雨点子，接二连三地落在我的脸上、手上。

　　跑过了森林小铁道的道口，我远远地就看见了那两间小木房。我不是用自己的眼睛看它，而是用自己的心感觉到它的存在。在被乌云笼罩着的苍茫暮色里，在那片亭亭玉立的高大的美人松后面，有我的栖身之所。尽管它已经破旧得难以遮蔽风雨，我还是像鸟儿恋着窠一样，倾心地依恋着它。

　　我心里惦记着红红。虽然她已经习惯于那种被锁在屋子里的生活。但是，一遇到雷电交加的暴风雨，孩子就感到害怕。

　　我们车间里那些家属女工，一休息的时候就讲一些天南海北的传闻。不是哪家的孩子在家里玩火把房子点着了，就是什么地方的孩子把暖瓶打了，手上烫起了大泡……我听了总是忘不了。有时候正干着活，突然想起了红红，耳边就会恍恍惚惚地听见孩子的哭声。

　　有人知道我上班的时候，把孩子锁在屋里，说我心太狠。我不狠又怎么办呢？难道我就不知道把孩子送托儿所或者找个老太太带更好吗？可我连穿衣、吃饭都犯愁，哪儿来的钱啊？

一想到这些,我就觉得活着没有什么意思。难道人生到这个世界上来,就是为了忍受这一切吗?

过春节的时候,我领小红红到镇上去。孩子虽小,看见别人穿得花花绿绿,也知道羡慕。但不知道为什么,花衣服、花裤子,她都没向我要,偏偏相中了那挂在柜台上的两条粉红的头绫子。我看了看标价,没有给她买。我不是舍不得钱,我是拿不出钱啊!一条绫子2角5分,两条就是5角。5角钱,就是5斤盐,就是4斤高粱米,就是半斤豆油,就是10斤大白菜呀。够我们娘儿俩活上好几天了。红红哭着不肯走,被我打了两巴掌。

唉,我那苦命的红红,你为什么要摊上一个这么倒霉的母亲啊!

我走着,雨已经越下越大了。我怀着忌妒的心情,回头看了一眼森林小镇上的点点灯火。那里的哪一盏灯不比小木房里的煤油灯更光明啊!而此刻,我的小木房的窗子黑洞洞的。我可以想象得出,小红红正伏在窗子的后面,睁大了她那双哭红了的眼睛,透过这狂暴的夜雨,焦急地盼望着我。于是,我便踏着泥泞,飞跑起来。

跑到门口,我喘着粗气,掏出钥匙来开锁。红红在屋里听见钥匙串儿的响声,马上哭喊起来:"妈妈啊!妈妈,我怕呀!"

我赶忙答道:"哎,红红,妈妈回来了!"

红红哭喊得更厉害了:"妈妈,怕呀,咬啊!咬啊!……"

我心里吃了一惊:什么东西咬了孩子?心里一急,手也发颤。也许是因为这把锁头用的年头太久了,越是着急,越是打不开。真把人急死了!

这时,红红已经从炕上爬到地下来了,在屋里使劲地推着门。

我急坏了。一使劲儿,那把已经磨秃了的钥匙又断在锁孔里了!

红红在屋里,哭得越来越厉害。我站在雨中,使劲儿拽那把锁,怎么也拽不开。没办法,我跑到窗子跟前去,想砸开一块玻璃。

到了窗子跟前,我吓了一跳。窗上的玻璃已经被砸碎了一块。踩在我脚下的玻璃碎片,"咔咔"地响着。我把手从那打碎的玻璃窗格伸进去,从里边打开了挂钩,然后从窗户外爬了进去。我那小红红还在哭叫着推门。听到我大声地叫她,才向我扑了过来。

我抱着红红,摸到火柴,点上了煤油灯。危险、恐怖和许多肮脏的东西,总是隐藏在黑暗之中。当那一豆灯辉把这小小的木屋照亮的时候,红红才安静了一点。但是,她的眼睛里还是充满了恐惧。

我问红红:"什么东西咬咬?"

孩子说不清楚,只是重复着:"咬咬,咬咬……"

我又问:"玻璃是谁打碎的?"

红红指指板门的那边说:"伯伯!"

伯伯?那个杀人犯!

一股无名的怒火忽地从我的心头蹿起。我明知道那屋里没有人,却高声地咒骂起来:"他算个什么东西!以后不许叫他伯伯!"

真是欺人太甚!我们是招着他了,还是惹着他了?他凭什么平白无故地砸我们的玻璃？怪不得孩子吓成这个样子！不知道是因为生气，还是被雨水淋湿的衣服贴在身上感到冷，我浑身打着战，连心都直劲儿哆嗦。我越寻思越来气。

别人欺负我，还有情可原，因为人家出身比我好，日子过得堂堂正正。可他这么个刚刚出狱的杀人犯，也欺负到我头上来了！今天砸我的玻璃，明天就可能来砸我的锅，说不定后天就砸到我的脑袋上来了。不行！我得马上去找领导，叫他立刻滚蛋！他要不搬我搬，领导只要给我们娘儿俩安排个栖身之处就行，反正我一天也不能和这种人再住在一个屋顶之下了。如果领导不帮我解决，将来出了人命他得负责任！

我把红红放在炕上说："红红，你在家，妈妈去镇上一趟就回来。"

红红一把搂住我的脖子，"哇——"的一声又哭了起来："不，妈妈，我怕咬咬……"

我从孩子那有点发直的目光里看得出来，她说的并不是假话。看样子，她已经让那个该死的杀人犯给吓坏了。我不能再把她一个人留在家里。抱着她到镇上去吧，外边又落着瓢泼大雨。想来想去，没有别的办法，只好等明天再说。

天已经不早了，我得生火做饭。可屋里连一块干柴也没有。早晨起来上班的时候，天气还挺晴朗，我就没想起来应该往屋里抱几块干木头样子。现在，只能到院子里去取了。门还反锁着，我又从窗户里跳出去，冒着雨跑到木样堆前。摸着黑，找了好半天，才从样子堆的最底下，拽出了几块淋得不太湿的木柴。虽说不太湿，也是潮乎乎的。引火的时候可就费了劲。一连点了四块松树明子,还是只冒烟,不起火苗。我只好跪在灶门口吹,呛得我的眼睛直流泪。灶下的火点不着,我心头的火可是一蹿多高。

这一切,都怪那个千刀万剐的杀人犯!他要不占了我的那间屋子,我的木头样子能搬到外面去吗?老天爷呀,你"隆隆"地打雷,怎么不把他殛死?还有那个法院,为什么只判他十年徒刑,判个死刑,把他毙了不就好了吗?省着他还作恶!

费了九牛二虎的劲儿,又是吹,又是扇,后来,我不得不狠狠心把点灯的煤油倒上一点儿,这才勉勉强强地把火引着了。可米还没淘进锅里,屋顶又开始漏雨水了。炕头一处,炕梢一处,我赶忙用脸盆、洗衣盆接住。屋地下漏雨的地方就多了,接也接不过来,索性就让它漏吧。把这两间小木房泡倒了才好呢。

这时,我突然听到板门那边也有滴滴答答的漏雨声。我真有点幸灾乐祸了。漏吧,使劲地漏!把那个杀人犯的被褥、箱子里的东西……都给他浇得透透的。叫他没有地方睡,没有地方坐,湿得他浑身长疥疮,早点滚蛋才好呢。

我用最恶毒的字眼诅咒他。但是,天地无灵,厄运却降临到了我的头上。

夜里,小红红开始发烧。刚刚睡下一会儿,就突然哭叫着惊醒了。她那充满了恐惧的眼睛,盯着我看不见的地方,两只小手捂着脸,喊着:"咬啊,咬啊,怕呀!怕呀!"

我急得眼泪都出来了,抱着红红摇晃着:"宝宝,不怕,不怕,妈妈在这儿呢……"

红红还是恐惧地哭叫着,直哭得我的心都要碎了。我不知道过了多长时间，反正我觉得那时间是可怕的漫长，我浑身都急出了汗，她才渐渐平息下来。带着惊魂未定的呆滞的神色望着我，直到轻轻地抽噎着又进入了梦乡。

但是，只要我把她轻轻地往炕上一放，她就会突然浑身痉挛，又哭泣起来。这样，一连发作了好几次。没有办法，我只好怀抱着她，焦急地等待天亮。孩子显然是受惊吓了。

可白天我不在家的时候，究竟发生了什么事情呢？

恼人的夜雨，一直下个不停。从屋顶上漏下来的雨水，像伤心的泪"滴滴答答"地落进接雨水的盆子里。凄凉而又冷峻的山风，透过打破了的玻璃窗往屋里灌。被风雨摇撼着的大森林，发出山洪般沉闷巨大的响声。

长夜啊，像我苦难的命运一样，没有尽头地延续着，延续着……

五　他

与暖洋洋的太阳照耀着的白昼比较起来，春天的夜晚是短暂的。大自然仿佛也十分珍惜光明和温暖，在经过一个漫长的、严寒的冬天之后，有意让生长在大地上的万物尽情地享受一下和煦的春风和明媚的阳光。

本来，我有幸在春夜的星空下，听一听山泉的呜咽、松涛的喧嚣，就已经心满意足了。有时，还可以欣赏欣赏那从如海的苍山后面跃出的一轮明月。不知为什么，那清冽的月光和山谷中飘流的雾霭竟是淡淡的绿色的。尤其是那些粉色树干的美人松，在月明星稀的夜晚，仿佛在朦胧的幻境中翩翩起舞，简直比人间美女们更加婀娜多姿……

除了这些，我还有机会获得额外的福分。因为我发现，我并不需要把整个的白天都用来睡眠。上午八、九点钟入睡，到下午两、三点便醒来了。那是多么惬意的一瞬啊！当你一睁开眼睛，窗外是一片耀眼的阳光。在那万道金辉之中，仿佛有无数五彩斑斓的星星在闪烁。从我那还兼做门的窗户望出去，苍天、大地仿佛都在发光，照得人五脏六腑都一片通明。

在漫长的 10 年里，我已经过惯了那种早晨五点半起床，夜里九点钟就寝的生活。现在，居然可以自由自在地躺在被窝里，而且愿意躺多久就躺多久，既不用担心会有人申斥，也不用担心有人催促。这该是一种多么大的享受啊！我醒了，还放平着身子望着小木屋被烟火熏黑的棚顶，看着那墙角里在建筑艺术上给人以启发的蜘蛛网，细细地品味着"自由"那甜丝丝的滋味儿。

这样，过了不知有多久，突然听见隔壁的房间里传来小女孩惊惧的哭叫声。那声音是那么尖厉，来得那么急促，以致使我这快到 40 岁的人在大白天里都感到有点恐惧。但是，我仍躺在那里没有动。因为我想，既然有孩子，肯定就会有大人。我不愿意见到那位名声不好的女邻居。可以肯定，她会知道我在 10 年之中所挂的头衔。"杀人犯"那三个字，既不像"书记"二字那么令人肃然起敬，也不像"主任"二字那么使人望而生畏。与其叫别人厌烦，还不如躲得远远的。眼不见，心不烦嘛。

几乎是在第一声惨叫的尾音刚落，第二声更加震撼人心的恐怖的喊叫声，又在冲击着我的耳膜。那声音是那样凄厉，显然与孩子受到殴打或者委屈的哭喊声不同。只有当生命受到威胁，至少是感到恐怖万分的时候才能发出来。

我再也顾不得什么了，猛地掀开被子，来不及穿鞋，就光着脚蹦到地下。我扑到钉死了的门边，从板缝里向隔壁房间望去，只见一个三四岁的小女孩躲在墙角，用一双哆哆嗦嗦的小手遮住眼睛，拼命地哭叫着。在她面前的屋地上，一只足有一尺长的山老鼠，正在疯狂地往孩子的身上蹿。

在我们人类的语言中，常常用"胆小如鼠"来形容那些猥琐怯懦之辈。殊不知就连这种最见不得阳光的穴居的小畜生，也知道弱小是可以欺凌的。这一点，大概也是我们这颗有生物存在的行星上一个令人心酸的悲剧。

我愤怒地用拳头砸了两下板壁，震得那些堆积已久的灰尘都落了下来。但是，那个猖狂而又渺小的东西，并没有收敛自己嚣张的气焰。我一个箭步跑到窗前，两手轻轻一扶窗台就跳了出去。跑到邻居的门口，门上挂着一把锁。我拽了两下，没有拽开。赶忙又跑到了窗前。这时，屋里那个小女孩的声音已经有点嘶哑了。我情急之中从地上拾起一根木桩子，"哗啦"一声，捅碎了一块玻璃。然后，伸手进去摘开里边的挂钩，一下子跃进屋去。这时，那个可恶的小畜生已经逃之夭夭了。

小脸儿吓得煞白的孩子，张开两只小手向我的怀中扑了过来。她把脸儿埋在我的胸前，一声声地叫着："怕呀，怕呀，妈妈！妈妈！"

我轻轻地抚摸着她那扎着两根冲天小辫的头，学着过去见过的老人们哄受了惊吓的孩子的样子说："别害怕，别害怕……摸摸毛，吓不着；摸摸毛，吓不着……"

孩子虽然觉得自己得救了，身子还在不停地颤抖。一双滚烫的小手，搂住我的脖子不放。

被人信任，是一种莫大的幸福。尽管信任你的，是一个无知的孩子，也是值得骄傲和自豪的。我立刻觉得自己的形象高大起来，像一位打了胜仗凯旋的英雄。虽然我所战败的，或者说得更堂而皇之一些，是见了我就望风而逃的，只不过是一只稍微大一点的山老鼠，依然使那与我久违了的自尊在心里萌生。

我从口袋里掏出了手帕，给孩子擦了擦挂在腮边的泪珠儿。这时我才发现，我怀中抱着的这个小女孩，是那么天真可爱。她那胖乎乎的小圆脸上，长着一双清澈明亮的大眼睛。那眼睛，大得简直就像商店橱窗里的洋娃娃。一张小嘴因强忍住哭泣紧紧抿着时，一对大酒窝儿便显得格外媚气。

说心里话，孩子这张可爱的面孔，激起了我想要见一见她母亲的渴望。我不相信一个相貌和气质上平庸的女人，会生出这样令人怜爱的孩子。

但我马上就否定了自己的想法，甚至有一种犯罪的感觉。因为我想见一个女人，而且是一个名声不好的女人，这显然应该属于想入非非的邪念。孔丘因为见南子，批林批孔的时候，不是也挨了不少大字报么？像我这样一个必须重新做人的人，要想洁身自爱，不重蹈覆辙，显然更应该防微杜渐、防患于未然。所以，这个闪念的结果，使我更坚定了回避她的决心。

老鼠是被我吓跑了，但隐患并未除去。那个狡猾的小东西随时都可能卷土重来。于是,我决定先把孩子抱回到我的屋里。

孩子被惊吓得太厉害了,身子一直在打战。她那滚热的小手紧紧搂住我的脖子,就连要跳窗子时,把她往窗台上放一放,她也不肯。在那一瞬间,我真有点儿恨那个没有见过面的、也许还是很美丽的女人。恨她的心肠太硬了。怎么能忍心把这么小的娃娃,孤单单地锁在屋里呢?这监禁般单调寂寞的生活,将给孩子打上一些怎样的烙印?除了这污垢斑斑的四壁、一席窗口大小的远天,在那颗幼小的心灵之中,还会有什么别的美好的记忆么?

孩子是爱情的沉甸甸的果实。像田野里黄澄澄的麦穗,像枝头红艳艳的苹果。大自然和人类都是靠果实来延续自己的历史的。如果你不能给孩子以欢乐和幸福,如果你不能教育孩子给她以智慧和美好的情操,那么,你为什么要给她以生命啊!

回到我的屋子里,孩子稍微平静了一点儿。我把她轻轻地放在床上,她乖乖地听从了。她叉开两条腿坐着,歪着头看着我。在那一瞬间,我突然感到这小小的木屋里,增加了不少的生气。仿佛那已经远离了我的人间的生活,又突然返回到我的身边。也许是孩子的牙牙语声,唤醒了我那沉睡了的、关于童年的记忆……

记得小时候,我和同村的孩子们,在村东的水沟子里,光着屁股捉泥鳅。

有一次,我和另外两个小伙伴结伙到地里去偷香瓜。我的心咚咚地跳着,从瓜地旁边的谷地往前爬。我的同伙在不远的地方,轻声地叫着:"黑锅底,摸大的;扁担钩,顺草溜。"结果,在慌乱之中,我摸了四个又大又圆的生瓜。我们几个便坐在长满了艾蒿和节股草的土岗下,享受那苦森森的胜利果实……

为了这件事,我的屁股挨了父亲一顿巴掌。当时那火燎燎的疼痛,几十年之后却变成了温馨而甜蜜的回忆。

那孩子大概也发现我陷入了沉思,"妈妈,妈妈"地叫着我。

我伏下身去,用我自己都感到有点吃惊的温和的声调说:"小宝宝,我不是妈妈,我是伯伯。"

小女孩眨着大眼睛,看了看我,突然用清脆的童音喊了一声:"伯伯!"

我情不自禁地又把孩子抱了起来,用长满了胡子的脸去贴贴她那可爱的小脸蛋儿。

孩子并不计较我是不是杀人犯。在她的心目中,我和她的母亲,以及她所见到的无论什么人都毫无两样。假如我们这个世界上没有大人,全是孩子该有多么好啊!

我尽自己最大的努力,来招待这第一位到我家里来做客的小贵宾。

我从箱子里找出了一包硬板儿糖。糖已经有点化了,黏在包装纸上。这还是在狱中过春节的时候发的,我舍不得吃,一直留到出狱。现在正好拿来招待客人。我实在没有什么可以给小孩子玩的东西。找来找去,发现箱子里还有我在 10 年里攒下来的几块香皂、几条毛巾。我把它们都拿出来扔在床上,让孩子用毛巾把枕头包起来当娃娃抱。

然后,我就把那只 12 个芯的柴油炉子点起来,煮上了一斤挂面。我又把库存的全部——7 个鸡蛋都打在汤里,并且,加了差不多有一匙的味精……

一边做饭,我一边向我的小客人提出了一系列的问题。

"你叫什么名字啊?"

"红红。"

"啊,红红,多么好听的名字啊!你爸爸在哪里呢?"红红摇了摇头。我不知道这个动作的含义是她不知道呢,还是干脆不承认有个爸爸。

"你几岁了?"

她伸出胖乎乎的小手,张开指头,不大习惯地把大拇指弯了下去。

"噢,4岁。你妈妈打你吗?"

孩子点了点头。

一股无名的怒火,突然从我的心头升起。一个大人,打孩子算什么能耐!我又仔细看了看这个可爱又可怜的孩子,一想到她挨打时痛苦挣扎、大声哭叫的情景,我的心里就一剜一剜地难受。

"妈妈都打你哪儿?"我又问。

红红用小手摸摸自己的屁股。

我想起小时候父亲知道我去偷瓜后,狠狠揍我屁股的那痛苦的滋味儿,就好像我自己刚刚挨了一顿打似的。

我望着煮挂面锅里不断泛起的白沫儿出神。直到那些白沫儿从铝锅里溢出来,柴油炉子发出一阵"滋滋啦啦"的响声,我才明白那些泛起的白沫儿将要造成怎样的后果。我赶忙熄灭了炉火。把五个鸡蛋盛在一个碗里,递给了红红。我把剩下的两个鸡蛋盛在我的碗里，又挑上了一碗挂面。

因为我没有饭桌，只能把脸盆扣过来放在床上，来为小红红举行这充满了家庭气息的"宴会"。

那时，我还不知道，我的邻居和她的女儿，因为从家里仓皇出逃，所以，连户口和粮食关系也没有。她们必须用每个月那36元5角的"巨额财富"，来购买议价粮吃。在我们那深山小镇，议价就意味着高价。所以，除了买粮和必须添置的日用品外，她们是不会再有钱来改善一下生活的。肉类、鸡蛋对她们来说，都是可望而不可即的奢侈品。大概因为孩子太无知，她既不懂得蛋黄过高的胆固醇会硬化血管，也毫不担心高蛋白和淀粉会使人过分发胖，一转眼的工夫，五个鸡蛋便被一扫而光了。我赶忙又把埋在自己碗底的两个挖出来，拨进了红红的碗里。但是红红把她的碗送到了我的嘴边，说："伯伯！你吃！"

孩子并不会掩饰自己，她那双大眼睛里，还流露着强烈的食欲。然而，她那幼小心灵的深处想的却是别人。

我感动得几乎流下泪来，赶忙说："吃吧，红红，明天伯伯还给你买。"

红红摇摇头，有点担心地望着我，问："买蛋蛋，面面没、没了……"

我猜了半天才明白，孩子说的大概是钱都买了鸡蛋，就没有钱买苞米面了。这样深奥的问题我是没有办法回答的。

我和红红吃完了饭，已经五点了。窗外，乌云正在集聚，凉风掀动着松涛。又是一场骤雨将至。我得马上去接班。但是，在我用木棍敲碎了玻璃窗之后，还有许多善后工作要做。

还有那只大山老鼠,谁能保证它在红红的妈妈回来之前不再出现呢?

我的时间已经不多了。俗话说:头三脚难踢。我不能刚刚上班就迟到。我让红红坐在床上,继续玩那几条毛巾和香皂。趁这个工夫,我又跳进了邻居的屋里,用石头堵住了墙角上的两个鼠洞。然后,从笔记本上撕下一页纸,写上了我打碎玻璃的原因和准备赔偿的意愿;并用这张纸包上小红红吃剩下的几块糖,揣进了她的口袋里。最后,我又哄着红红,把她送回到自己的家里。

安排好这一切之后,我便迎着山雨欲来的狂风,跑步到制材厂的大墙外去上任视事了。

六　她

不论黑夜怎样漫长,总有一个尽头。但是,随之而来的却是一个淫雨霏霏的早晨。

红红闹了一晚上,直到黎明前才安静下来。我折腾了一宿,又困又累,抱着孩子依着板墙也睡着了。当我被隔壁的窗子打开的响声惊醒时,桌上马蹄表的时针已经指向了八点二十五分。来到木柴厂工作将近四年的时间里,这是我第一次不得不迟到了。

因为我还要找那个杀人犯算账,所以,下了个一不做、二不休的决心。我轻轻地把熟睡着的小红红放在炕上。然后,扯起被子,正准备给她盖时,我突然发现红红的上衣口袋鼓鼓的,好像装着什么东西。我小心地掏出来一看,原来是一包硬板儿糖。我心里纳闷儿:孩子口袋里哪儿来的糖呢?我把糖放在炕沿边,发现那张包糖的纸上还写着字。字是用圆珠笔写的,字体潇洒而又流畅。

没有见过面的邻居:

请原谅我打碎了你家的玻璃。今天下午,一只山老鼠钻进了你家的屋子,直往红红身上蹿。孩子吓得不断地哭叫,我打不开锁着的门,只好砸碎玻璃跳进屋里。

孩子可能吓着了。你回来之后,最好给吃一点压惊的药。

鼠洞已经堵死。

真对不起,玻璃我明天量个尺寸,给您赔上。

敬礼

肖铁城

我把那张已经揉皱了的纸条,反复读了好几遍。我为昨天夜里那些恶狠狠的诅咒,感到内疚。好像我昨天晚上说的和想要说的那些话,都早就被肖铁城听见了似的,我实在有点不好意思见到他。

我悄悄地下了地,尽量不弄出一点儿声响。但是,听得见他正在翻动床铺,将淋湿的什么东西往盆子里拧水。

我管不住自己的好奇心,轻轻地凑到板门前,趴在板缝向隔壁望了望。

完全出乎我的意料,这个杀人犯根本不是我所想象的样子。

他个子瘦高，一张眉目清秀的长挂脸上，架着一副度数不低的近视眼镜。脸上除了那10年严酷的狱中生活所留下来的近于麻木的痛苦之外，显得文静而善良。

我有点感到奇怪：杀人犯怎么会是这个样子呢？记得小时候，我父亲的一位研究心理学的朋友到我家做客时说过，一个人的外貌和他的内心世界之间，有着很密切的关系。譬如一个人很凶恶，那么他的心里总是凶恶的，使他的表情也带上了凶恶的色彩。久而久之，脸上表现凶恶的肌肉发达起来，看上去就一脸横肉。相反，善良的人，心地总是善良的，久而久之，那些表现善良的肌肉发达起来，面容看上去也和蔼可亲。我觉得他的这个结论并不完全是唯心的，还是有一定道理的。

但是，看着这张有点书生气的面孔，我无论如何也想不出他怎么会杀人。

我看着，想得入了神。当我发现他突然转过身，向板门的方向走过来的时候，我赶忙把头低了下去。我生怕他看见我，大气也不敢出，心"咚咚"地跳得厉害。我后悔自己太冒失，不该干这种趴板缝的事。我在那儿蹲了好久，直到清晰地听见他走到墙角上去点柴油炉子的时候，才慌忙站起身来，端起炕上已经快接满了雨水的脸盆，准备泼到外面去。我走到门边，习惯地侧过身子用肩膀去撞门，只听"咣当"一声，门只欠了一道缝。这时我才猛然想起，昨天晚上因为钥匙断在了锁孔里，锁头还挂在门上。

不料，这一声门响却闯了大祸。睡在炕上的小红红受了一惊，两只小手猛地向上一扬，又大声地哭起来，一边哭，一边喊："哎呀,妈呀,咬啊,怕呀……"

那一刹那,我真恨死了自己。我赶忙放下了脸盆,跑过去把小红红抱了起来。但是,小红红还是大声地哭叫着。

肖铁城大概以为我已经上班去了。他一听见红红的哭声,马上喊道:"别害怕,红红!伯伯来了!"

他的动作是那么迅速,话音刚落,我就听见他从窗户里跳了出去。当时,我想说点什么,但又不知道说什么好。正在犹豫,他已经出现在我的窗下了。他伸手打开窗子,刚要往屋里跳,突然发现了我。

短短的一瞬间,他脸上的表情立即变得那么冷漠。他站在潇潇的冷雨中,用比窗外吹进来的风更使人感到冰凉的口气说:"真对不起,我以为您不在家,大山耗子又来了呢。"

我赶忙说:"谢谢,我不在家,多亏了您照顾孩子。给您添麻烦了。"

说实在的,冷丁说那个"您,您"的,我觉得有点儿别嘴。可他听了我的话,既没有表示接受,也没有表示拒绝这种感谢,转过身去就要走。

这时,我怀里的小红红突然张开了双手,冲他嚷着:"伯伯,抱抱!"

肖铁城站住了。只有当他看见我怀里的小红红时,他那冷漠的脸上,才闪过一丝温情。

肖铁城抹了一把雨水,和气地说:"红红,伯伯的身上太湿了。"

病中的孩子格外娇。红红突然从我的怀里挣脱出去,扑到窗前去抓肖铁城。

肖铁城刚刚握住红红的手，就"啊呀"叫了一声。而后，他又像是对孩子，又像是对我说了一句："烧得这么厉害，快让你妈妈抱你去医院看看病吧！"

要知道，现在已经快到月末了，我没有上医院给孩子看病的钱啊！可这话，当着这位新搬来的邻居，我怎么说得出口呢！

我支支吾吾地说："不，不用……小孩子有个头疼脑热的，经常的事儿，吃一点儿药就好了……"

看来，站在窗外的那个人，心肠并不像他的脸色那么冷。

他说："要是那样的话，您就说说药名，我帮您去买好了。"

我急忙推辞："不用，我去就行了。反正我还得到厂里去请个假。"

"那就把红红留给我吧。"

我看了看怀里正在发烧的红红，又看看窗外那落个不停的春雨，觉得除了留给他之外，也实在没有别的办法。我请他在外边帮我把锁头砸开。然后，我用伞遮着雨，把孩子送进了他的屋里。

他把红红从窗子里接进去，却没有地方可以放。现在我才看见我昨天晚上诅咒的结果：床上的被子、褥子，包括枕头在内都被雨水淋湿了。甚至连床板也是湿的。我迟疑了一下，说："您看看，您屋里连个干爽的地方也没有。要不，您和红红到我那屋里去吧。"

肖铁城板着面孔，一连说了好几个"不"字："不，不，不，不……我就这么抱着她，您放心吧！"

我不知道他心里想的是什么。说不定他的耳朵里已经灌满了关于我的坏话,好像我那个屋里是陷阱,是魔窟!我感到恼火,但是,什么也没说,撑着伞,连跑带颠地向镇上跑去。

我只想快一点回来,不要让红红待在他那里太久。因为肖铁城夜里还要上班。

谁知道我这一去,差不多耽误了一个上午。

我先到车间里找到主任请了假。因为几年来我很少请假,所以主任马上就答应了。而且,他也知道,不是到了万不得已的地步,我是绝不会轻易请假的。我是个临时工,不管是病假还是事假,一天不上班,一天就没有工资。没有工资吃什么啊?

有几次,我自己发烧,嘴唇都烧起了大泡,还是强挺着来上班。可孩子不像大人,病了总得有个人照顾啊!

请准了假之后,我又找车间的工会老组长王永顺,想向互助会借两元钱给孩子买药。不凑巧,他到镇上的商店买画黑板报的彩色粉笔去了。左等也不回来,右等也不回来,急得我火上房。后来,大伙劝我干脆到镇上去找他。

这个老头儿还真挺好说话,听我讲明了情况,他向营业员要了一张纸,让我在柜台上写了个借条,当即就给了我一张两元钱的票子,而且再三叮嘱我,如果不够,还可以找他来拿。

拿到了钱,我马上跑到卖药的柜台,买了20片小儿退热片,4包小儿退惊散,5片解热止痛片。等我揣好了药,准备往家走的时候,工会老组长在商店门口拦住了我。他把一包苹果塞在我的手里。

我知道老头儿很喜欢我的红红。有几回我把她带到厂里去,老头儿非抱着红红让她喊"爷爷"。当红红用稚嫩的声音叫他一声"爷爷"之后，老头便用长满了花白胡子的嘴巴亲她。从那以后，小红红一见他就躲。

但是，和厂里的所有人一样，我跟工会老组长并没有更深的交往。甚至平时见面的时候，连个招呼也不打。现在我怎么好意思收下老人的礼物呢？

我赶忙把苹果递了回去，说："老组长，哪好这么的呢……"

工会老组长白了我一眼，用责备的声调说："哎哎，这是给孩子的，又不是给你的，你客气什么！"

工会老组长说完，转身走了。

我怀抱着苹果，望着老人踏着泥水远去的背影，心里一阵热乎乎的。

雨已经停了，但那灰沉沉的云彩，还在湿漉漉的大森林的上空匆匆飞驰。难道那些飘泊无定的烟云也有家么？它们的家中也有千丝万缕的牵挂么？

我从口袋里掏出手帕，把苹果包好，便又踏着泥泞往铁道那边跑去。已经过了铁道，我才忽悠一下子想起来，忘了买上一把锁头。我站在那儿犹豫了一会儿。数了数口袋里的钱，还剩七角六分。这些钱，大概已经不够买一把锁头的了。最后我还是决定等开了工资再说。

我在草地上迅速地走着。我不愿意再踏那土路上的泥泞。因为那两只黏着混浊的泥浆的脚，总是让我联想起我所走过的差不多快半辈子了的人生道路。草叶上挂满了水珠儿，蹭得我的裤腿一直湿到膝盖。可它毕竟给我一种清洁的感觉。

过了铁道口到小木房,大约还有一里的路程。这条路我至少走过了一千次。在阴雨连绵的盛夏,在落叶纷飞的深秋,在大雪没膝的严冬……在黎明,在月夜,在黄昏……那条曲曲弯弯的小路,不知道留下了我多少重重叠叠的脚印。

来匆匆,去也匆匆。每一次都因为把红红一个人锁在家里,心中难免有千丝万缕的牵挂。但是,今天是个例外。虽然红红在发烧,我的心中还是有一种说不出的安宁的感觉。我的孩子第一次在我不在家的时候,有了个温暖的怀抱。现在,不要说来一只山老鼠,就是来一只恶狼,她也不会受到伤害了。

可是,多么遗憾哪!假如那个人不是一个杀人犯,不是一个刑满释放分子,该有多好啊!

我回到小木屋的时候,肖铁城正在给红红剥鸡蛋。我看看那一地鸡蛋壳儿,估计她至少已经吃掉三个了。

红红见了我,高兴地叫道:"妈妈!红红吃蛋蛋!"

我既感激又抱歉地冲邻居笑了笑。

我对红红说:"宝贝,乖,快跟妈妈回家去吧。伯伯该睡觉了。"可红红说什么也不肯:"不嘛,伯伯不睡觉。伯伯给红红剥蛋蛋。"

我又有点惊讶了,这个孩子居然可以一口气说这么多的话!

我的邻居说:"不忙,让她在这儿玩一会儿吧。我也不怎么困。"

我实在不愿意过多地打扰这个陌生的男人。而且,说心里话,我也不愿意让孩子和一个杀人犯有过分的亲密。尽管这个杀人犯从外表上看并不那么凶恶,举止也还文质彬彬。但是,他毕竟是个杀人犯啊!

我又是吓唬又是哄,最后,把工会老组长送的苹果也拿出来了,红红这才不情愿地跟我回到我的那间小木屋里。

我的邻居并没有睡觉。我看见他在院子里挖了两个坑,埋起两根木桩。然后,扯上一条绳子,把被雨水淋湿的被褥拿出来晒上。后来,又用我借来的梯子和窗下那卷油毡纸,爬到屋上修起屋顶来。

红红吃了药,安安静静地睡去了。

我把红红放在炕上,走出屋来想帮帮他的忙。可是,他连头也不抬,只冷冷地说了声:"不用!"就继续干自己的活了。

我又回到屋里,听着屋顶上尽量放得轻轻的脚步声和锤声,突然产生了一种从来没有过的温暖的感觉。这种莫名其妙的感觉,使我很伤心。因为这立刻使我想到,虽然打倒了"四人帮",但一个名声不好的女人和一个杀人犯之间的任何一点儿瓜葛,都会引起多么可怕的后果啊!

唉!你呀,你呀,你为什么是个杀人犯,而且,是那么好心的一个杀人犯?

假如你的面目不那么清秀;假如你的举止不那么庄重;假如你的心肠不那么善良……也许,我这颗布满了伤痕的心会平静得多。

唉,你呀,你呀……

七　他

其实，我并不是一个杀人犯。我不仅没有杀过人，在某种意义上说，我是一个被杀害的人！

和与我同龄的千千万万人一样，我也曾有过崇高的理想、坚定的信念。我曾幻想过要做中国的米丘林，要做中国的达尔文；我曾立志要在世界生物学界，为祖国争取荣誉。

我的悲剧，仅仅在于给予我生命、哺育我成长的那个长白山中的小小村落，它是那么质朴，那么真诚。脸色被山风吹得黑红、骨节因为劳动而变得粗大的乡亲们，把说谎和阿谀逢迎看作是莫大的耻辱；把光明正大、堂堂正正做人看作是无上的光荣。还在我刚上中学的时候，邻居的叔叔大爷、婶子大娘就夸我有出息。说我厚道，说话丁是丁、卯是卯，并且断言将来我一定会有所造就。

在我们那土里土气的小山沟里，骨气比才气更可贵，做人比做官更不容易。

但是，谁会料到，正是乡亲们交口称赞的我的美德，成了我在那场被称为"革命"的浩劫中遭难的原因。

在上海《文汇报》发表了姚文元《评新编历史剧〈海瑞罢官〉》的文章之后，我越读越不是滋味儿。当时，我和我们学校语文组的另一位教师，联名写了一篇商榷性的文章，题目叫《要历史地评价历史》。初生的牛犊不怕虎。我们把这篇长达七八千字的文章，寄到了《光明日报》。很快就收到了编辑部寄来的小样。同时，学校的党支部也收到了报社发来的了解作者情况的信函。怎么也没想到,我们所参加的这场学术问题的争论,很快就转入了据说是"你死我活"的阶级斗争。更加不幸的是,我们所批评的对象姚文元,居然成了具有至高无上权力的中央"文革"的成员。

在他由一个十里洋场上的文痞,摇身一变而身价百倍的时候,我和我的合作者却随着这场"鱼龙变化",成了"野心家""小爬虫""眼镜蛇"……最后,终于成了"不齿于人类的狗屎堆"。但是,那些曾经是我的同事和学生的造反派们,却不怕"狗屎"脏了他们的手掌和鞋底儿,昼夜不停地用我们高远的祖先所传下来的堪称国粹的刑罚,触及我们的皮肉。

一位读过英国诗人布莱克的诗的造反派头头,还曾经引用过这位文学大师的一句名言说:"我们所说的人的肉体,实际上只是人类灵魂的一部分。直到今天为止,肉体是通往人类灵魂的唯一通道。"

所以,触及皮肉,是触及灵魂的开始。

说实在的,那时候有许多人,包括我自己在内,可能根本就没有什么灵魂。有的人,是廉价地把它出卖了;而那些觉得自己的灵魂已经一文不值的人,则随手把它扔了。

现在想起来,我成为"杀人犯"的那个夜晚,还是非常令人恐怖的。我们学校的党支部书记、校长、教师,一共三十多名当时被誉为"牛鬼蛇神"的人,先是被扒光了上衣,团团围在大教室里的三个柴油桶制成的火炉子旁边。说到这里,我就不能不埋怨几句我们那位扛大活出身的老支书。他怕冬天冷,学生们上课时冻着,便把原来教室里的砖炉子统统拆掉了,换上了这种铁炉子。而且,屋顶上的烟囱修得老高,升上火之后,炉子像火车头似的"呜呜"直叫,一会儿工夫,炉筒子就红了半截儿。现在,那些过去的受益者们把享受这个温暖的福分,让给了我们。为了让我们显示"牛鬼蛇神"之间的紧密勾结,造反派们逼着我们手挽手围着火炉站着。然后,他们把精选来的双鸭山大块煤,添进了炉膛。不一会儿工夫,我们就真正地体会到"卡路里"到底是什么了。我们那位可敬的老支书被"优待"在炉筒子跟前。他胸前的皮肉被烤焦了,我有生以来,第一次嗅到人油的味道。

引用布莱克诗的那位造反派头头说,这是对我们的热情帮助。而我们这些"牛鬼蛇神"必须接受"烤"验!

听到这种话,我首先想到他是有天分的。如果他不把才华用在火炉上,即或是不读布莱克的作品,他也可能因为丰富的想象和大胆的联想而成为诗人。当然了,在这种时候,一支可以产生千古绝唱的笔,远不如一根"文攻武卫"的棍子更令人肃然起敬。

这之后,我们又被请到零下三十多度的大操场上去进行"冷静思考"。为了使我们发热的身体和头脑,彻底地冷静下来,我们被送到房山头上被称为"风口浪头"的地方。直到我们每个人都差不多用自己的实践证明了,我们最多只不过是一具"资产阶级的政治僵尸"的时候,才被重新领回大教室,进行最后一个项目,叫作"钟馗打鬼"。

头头一声令下,立刻棍棒横飞。于是,在"无产阶级革命造反派"的强大攻势面前,一片"狼哭鬼嚎"之声。狼,是资产阶级的野心狼；鬼，是反革命的牛鬼蛇神之鬼。

人啊，作为一种高级动物，可能被剥夺反抗的权利，却失不掉保护性反应的本能。当一根棍子向我头上飞来的时候，我怀着恐怖的心情，死命地抓住了它。这一下子可激怒了打"鬼"的"钟馗们"。十几个人一齐扑了过来。不知道是哪一位棒子手，"砰"的一声把从天棚上吊下来的电灯泡打碎了，屋里立刻陷入了一片黑暗。

黑暗中，我觉得一个人向我扑了过来。他用双手掐住了我的喉咙。我透不过气，眼睛一冒金星，身子直挺挺地向后倒去。那人还是不肯撒开手，重重地扑倒在我的身上。等我清醒过来，感到呼吸顺畅了一点的时候，我还听到棍棒向我抡下来的声音。但是，奇怪，我却感觉不到疼痛。

这场对"牛鬼蛇神"的毁灭性的打击，前后大约持续了半个小时之久。当电灯重新亮起来的时候，人们发现那位布莱克的弟子已经替我去见马克思了。

造反派绝不会打死自己的战友。于是，我立刻被扭送到了林业公安局。第二天，满街都是要求公安机关"严惩杀人犯肖铁城"的大标语。还没到中午，我就开始挂上"杀人犯"的牌子，在森林小镇上游斗了……

我由自己这个"十恶不赦"的罪名，想到了我的女邻居不好的名声。说实在的，在那些年代里，所谓的"英雄标兵"和"牛鬼蛇神"一样，货真价实的不过凤毛麟角，而滥竽充数的则是绝大多数。

我第一眼看见何恋乡的时候，给我印象最深的，不是她的美丽，而是那惊弓之鸟似的、胆怯的表情。生活的无情风雨和岁月的严霜，在她那张端庄清秀的脸上留下了深深的痕迹。

与粗犷的北方姑娘相比，她更多的是南方姑娘的清秀和纤弱。我想象不出，这样柔弱的身体里生长着一个怎样坚强的灵魂，不然何以会承担得了这副思想和生活的重担？这两间小小的木屋，在那个时代大概就是正直和被损害的人的标志。它建筑在人间，却又远离人间，像是通往地狱路边的荒村野店。一个孤孤单单的女人带着自己的孩子住在这里，经受着寒冷、贫穷、寂寞和无望的折磨，假如她有个家，有个丈夫，只要可以忍受，会跑到这里来吗？我们的道德为什么容忍虐待，鼓励忍受，却不准人追求幸福？

我看到那对清澈的大眼睛，感到的是纯洁和善良；我看到她那双粗糙的手和微驼的背，想到的是为她分担一点痛苦；我听到她温和悦耳的声音，想到如果她能笑一笑，那笑声一定会像银铃般的动听……

啊！多么恼人的春天！那散发着幽香的花朵，那无忧无虑歌唱着的小鸟，那潇潇洒洒的春雨，那在阳光下飘流的雾气，都叫人想到情意缠绵的爱和温暖的家。也许，一个寂寞孤单，再加上一个孤单寂寞，得出的和就会有完全相反的含义。但是，人们会不会也把一个"杀人犯"和一个"名声不好"的女人加在一起呢？那么，攻击、嘲笑、歧视，会不会比现在翻上一番呢？回答是肯定的。而这个结论使我感到恐惧。

啊，我的血肉之躯的同类，难道你们只愿意看到我们这些惨遭不幸的人永远不幸下去么？

我永远也无法忘记，她抱着红红，用那么凄凉绝望的目光看着我的一瞬。像一个溺水的人，在即将沉沦的时候，投向岸边的人那充满了乞求和留恋的一瞥。

我不知道给过她生命、哺育她长大成人的父亲、母亲看到这情景会怎么想；而那些不是何恋乡的父母，自己也有儿女的人们，看到这情景又会怎样想；

我不知道给过她知识的教师和与她同窗共读的同学，看到这情景会怎么想；

我不知道那些曾经爱过她，曾经用火辣辣的目光望过她那双清澈明亮的眼睛、盯过她那苗条背影的往日的多情种子们，看见这情景会怎么想；

我更不知道在她生命的里程中，由于各种各样的原因，帮助过她的人，影响过她的人，和那些迫害过她的人，诬陷过她的人，用种种手段把她逼迫到这两间远离尘世喧嚣的小木房里来的形形色色的人们，看见这情景会怎么想……

假如他们还有点良心的话。

八　她

时间好像突然加快了步伐。短暂的春天很快地过去了，随之而来的是万顷林海之中炎热而多雨的盛夏。

从小木屋的窗户望出去，是远处苍翠的峰峦和近处草地上的鲜花。红色的杜鹃花、紫色的鸽子花、黄色的金钟花……一片片、一丛丛，如织如绣。一阵阵微风吹过，从敞开的窗子灌进屋子里来的是百花浓郁的芬芳和大森林那股子醉人的松木油子的香味儿。

大自然变了,变得色彩那么明丽。

我们的这间小小的木屋也变了。这得感谢我的那位巧手的邻居。他用从烧柴堆里选来的破木板锯锯刨刨,帮我打了个木架子,一个小衣橱。现在,锅呀、碗呀、瓢啊、盆呀、都放到木架子上去了。我还把一条旧床单缝缝补补,浆洗干净,挂在架子正面。冷眼看上去,还挺阔气哩!一张圆桌面的"靠边站",也给我这原来挺寒酸的家,增加了不少光彩。现在,那张"靠边站"的圆桌面上,摆着我得超产奖发的一套搪瓷茶具。如果夸张一点说,我这个家已经有点富丽堂皇了。

小木房的屋顶经过几次修理,已经不再漏雨了。现在,无论天上的乌云怎么翻花打滚,无论雷声怎样惊天动地,我们娘儿俩都可以安安稳稳地躺在小火炕上睡自己的觉,再也不用拿那些盆盆罐罐去接雨水了。

我们的小院也焕然一新。肖铁城利用休息的时间,用桦木杆儿围了一道栅栏。不知道是为了划清界限,还是象征性地说明这里住着两户人家;在两个窗子的中间地方,修了一道矮矮的篱笆,把小院一分为二。

肖铁城把这两半小院,诙谐地称为两半球。因为在这个小小的世界里,我们也和居住在两半球的居民一样,轮流分享着黑夜和白天。他一直在制材厂的大墙外打更。当他在月光星影里履行自己职责的时候,我正搂着小红红睡觉。而当我去木柴厂同那台大带锯打交道的时候,他却在小木屋里,跑到梦乡之中去寻找自己失去的夜晚。像今天这样，我们俩一块休息，可以打个照面的机会，在一个月里，只有两次。

如今，我休息的日子也不那么匆忙了。因为我的邻居白天的时间比我多，他去打酱油打醋，买盐买菜……总是给我捎着。甚至，连那些劈柈子、打煤坯的事，也都帮我做了。我感到过意不去，趁他不在家的时候，把他被雨水淋脏的被褥、枕头都拆洗了一遍，还帮他洗过满是汗渍的衣服，补过露脚后跟的袜子……

最能够感觉到我们生活所发生的变化的，还是小红红。自从那天门上的锁被砸坏之后，我就再没有买锁头。这倒不是因为我买不起一把锁，而是因为白天有我的邻居在家，小红红有个伴儿了。

昨天夜里下了一宿雨。早晨起来，肖铁城就带着小红红到树林子里采蘑菇去了。雨后的林子，是个百宝箱，什么木耳呀、金针菜呀，蘑菇呀，应有尽有。不要说别的，单蘑菇就有十几种，什么黄蘑、榛蘑、猴头蘑、花脸蘑……一上午，就能采满满一花筐。上个休息日，他们采的蘑菇，我都帮他用麻绳儿穿起来，晾到窗下了。这么多蘑菇，一冬天也吃不了。我真有点丰衣足食的感觉了。

照理说，这一切都应该使我心满意足了。可谁知道，小木房变得越来越美好的时候，我的心里却越是感到惆怅，甚至有点凄凉。当这间小木屋里的家具越来越多的时候，我却感到生活中缺少的东西也越来越多了。我比任何时候都更感到寂寞。

寂寞，那是一种想要了解别人，也想要被别人所了解的强烈的渴望。

我不明白，这种感觉，为什么偏偏在这个时候，悄然地爬上了我的心头。

四年了。在天寒地冻的隆冬，大雪吹得小木屋直摇晃，早晨起来，窗子和门都被大雪埋住了，我只好像个老鼠似的，打开门，掏个洞钻出去，然后，再一点点清理。那时候，我并没有感到过寂寞。春夜清冷的雨，夏日狂暴的风，秋深时节漫天的霜……都曾包围过这两间小小的木屋，但是，寂寞却没有能包围住我。而现在，为什么反倒不能自拔了呢？

人说：痛苦是希望和追求的产物。当然，没有了希望和追求，也就没有了生活的意义和真正的幸福、欢乐。

想到这里，我突然感到一阵无名的恐惧。我在追求什么呢？

过去，我走在小镇的街上，像走在空旷荒芜的沙漠里，对于喧闹人间那匆匆忙忙的脚步、拥拥挤挤的身影，我一概视而不见。我虽置身于人间，却与人间隔着那厚厚的大气层和飘于太空中的无数星系。可现在，那在暮色中飘过的情人们的双双人影，和那些抱着孩子、深情相望的年轻夫妇，都使我羡慕至极……

有时，我竟情不自禁地对着镜子，仔细端详我自己那张好像突然变得年轻了的面孔。不知道从什么时候起，在我的小镜子旁边，居然增加了一盒对于我来说实在是太昂贵了的"面友"……

打倒了"四人帮"，连姑娘们衣服的色彩也变得鲜艳起来。"一把抓"的纱巾，几乎是人人必备。那些时髦一点儿的姑娘们，在天气晴朗的日子里,居然穿起了花花绿绿的连衣裙。当然,我远没有达到时髦的程度,但是,也精打细算了两个多月,做了一件灰涤卡的西服上衣。

不管小木房离镇上有多远,那里衣服的色彩,那里歌声的旋律,那里人们脸上突然展开的笑容,都在不知不觉中感染了我们的小木房。这一切给我们带来了欢乐,也带来了苦恼。

还应该提到的是,木柴厂里,第一次不因为我是个"黑五类",而剥夺我当先进生产者的权利。我的名字开始出现在红榜上。车间里,第一次不再计较我的家庭出身,而让我做了兼职的统计员。现在,我在那个堆满了烧柴的大院里,再不用低着头走路。我开始觉得我和这里所有的人一样,站起来不比别人矮,坐下去不比别人低。

我比他们少的只有一样东西,那就是——幸福!

啊!天哪,我所说的幸福是什么?难道就是那神秘而诱人的爱情吗?

我虽然做过别人的妻子,却没有谈过恋爱。我不知道热烈的拥抱和甜蜜的接吻到底是什么滋味儿;我也不知道那些躲在僻静处的情人们,没完没了地说的是些什么话。

但是,我也明白了一点点儿。那就是,为什么那些沉浸在爱情的欢乐中的姑娘们,会用那么富于弹性的步子走路;为什么那些怀春的少女会在对情人深情的一瞥中,眸子里流露出那么多的温情;为什么被爱情的火焰点燃了的姐妹,面颊会突然变得更加红润,声音会变得格外温柔悦耳……

难道我也真的爱上什么人了么?

这太可怕了。我的脸倏地发起烧来,一直烧到耳根;心跳也加快了,像是一只突然撒起欢来的小马驹,在胸膛乱蹦乱撞。

我忽然想到,我的邻居是不是早已经发现了我自己还未察觉到的、心灵深处的秘密?我慌张地向窗外望了望,林子里还看不见肖铁城和红红的影子。他们大概走到奶子泉那边去了。整个世界都静悄悄的。被阳光照耀着的远山,屹立在一片淡蓝色的雾霭里。那些亭亭玉立的美人松,雨后显得格外清新,像是浴后的少女,在风中梳理着自己的秀发。在小木房的桦木栅栏外边,红玛丽、蓝蛋缸儿、壕沟溜子等几十种叫不上名来的山雀,在狂欢似的唱着歌……

窗外那一切,好像在轻轻地呼唤着我。我走出门来,深深地呼吸着大自然的芬芳。晾在绳子上的衣服已经干了。我把肖铁城的衣服敛在一起,拿回屋里叠好。那洗干净了的衣服,也散发着阳光的香味儿,我又把一个掉了的纽扣缝上。这一切都做完了,肖铁城还是没有回来。

不知道为什么,我突然产生了要到他屋里去看一看的强烈愿望。因为在屋顶修过之后,我们两家都用旧报纸糊过墙壁。那道可以让我窥视一眼邻室的板缝,已经被遮住了。

我抱着给他洗好的衣服,走到他的窗下,窗子敞开着。

我鼓起了勇气,顺着他钉的一个小小的梯子爬进屋去。

唉,男人毕竟是男人。这间屋子即或是不能用"乱糟糟"三个字来形容,至少也可以说是不整洁的。首先是桌子上的那些书,堆了一大堆。我走过去看了看,都是一些关于生物学的,还有几本外语书。看来这个更夫并不准备一辈子在木材厂的大墙外守夜。

我转过身来，倚在桌子上，仔细地打量着这个曾经是我堆放烧柴和安置酸菜缸的房间。如果我要是这里的主人的话，床就不能搭在这样一个不当不正的位置，应该摆得靠墙一点儿。桌子也不能挤在墙角，应该放在窗下，这样光线会更充足些。洗脸盆架后边的墙上，应该挂一面镜子，就是现在镇上百货公司卖的那种不带框的长条镜子，才四元多钱，又便宜，又雅致。另外么，这空空荡荡的窗子上，应该用白线勾织一个窗帘……

我正站在那里胡思乱想，突然听见红红在院子里喊："妈妈，快来看大鱼啊！"

这下子可坏了！要出去已经来不及了。我像一个跑到人家家里偷东西的贼似的，感到懊悔而又羞愧。

肖铁城看到我从他的窗子里爬出来，也感到吃惊。

我涨红脸，低着头说："铁城大哥，洗好的衣服，我给你放在床上了。"

说完了之后，半天听不见答话，我不由抬起头来，看见他正痴呆呆地望着我。他那双一向冷冰冰的眼里，突然燃起了奇异的火花。有生以来，还没有谁向我投来过这么充满感情的目光。这个发现使我的灵魂感到战栗。

"妈妈！快看这条大鱼啊！"

小红红的一声喊叫，好像把肖铁城从沉睡中惊醒了似的。他赶快移开了目光，掩饰地弯下腰去，匆匆忙忙帮红红去拿那条放在蘑菇筐上的大鱼。

鱼还活着，红红刚拿起来，鱼儿就蹦起来。小红红吓了一跳，赶忙撒开了手。肖铁城又伸手去抓,鱼儿又蹦了两蹦,跑到我的脚下来。我伸手把鱼按住。

红红拍着手笑着,喊着:"捉住了!捉住了!"

肖铁城站起来,用手臂抹了一下脸。手背上的土,在脸上留下了一道黑。我看到他那个样子,忍不住笑了。肖铁城知道自己的脸上抹上了泥土,又换了一只手抹了一把,结果,又添了一道黑。真的,脸上抹了两道黑有什么好笑的呢?可我就是想笑,而且憋不住。肖铁城看看自己的两只手,知道再抹也无济于事,只能越抹越黑,不觉也笑了。那是一个多么罕见的微笑啊,就像连雨天里,偶尔从云缝里露出来的一丝阳光。

他说:"趁着鱼还新鲜,快给红红做了吧。"

我又看了他那抹得像唱戏似的脸,笑着提起了大鱼,连句感谢的话也没有说,返身回到了自己的那间小屋里。过了好一会儿,我的心还激动得"咚咚"地跳。

红红坐在院子里的一个小木墩上,开始吃她从林子里采来的草莓。

肖铁城在地上铺开了一条大塑料布,在太阳底下晒他采来的蘑菇。

我呢,在屋里收拾那条大鱼。先刮了鱼鳞,摘掉了鱼鳃,然后再开了鱼膛。我升上了火,用了差不多满满一铁勺子豆油,把那条大胖头鱼煎得金黄。炖在锅里之后,我又在肖铁城的塑料布上挑了一小盆鲜嫩的小蘑菇洗干净放在汤里了。

当那带点醋味儿的鱼香,在小木屋里飘散开来的时候,我的心又一次剧烈地跳荡起来。我把那张"靠边站"的圆桌,搬到炕沿儿边。再在桌边摆上了我仅有的两把椅子。这样,刚好可以坐下三个人。我还切了一点芥菜疙瘩腌的咸菜,舀了一碟豆瓣酱。最后,又从我的碗橱里挑了三只大小一样的饭碗,三双筷子,洗了又洗,擦了又擦,摆在桌上。

可惜,我没有大一点的盘子,那条大鱼我又舍不得弄断。最后,我把搪瓷茶盘用肥皂粉洗干净,把那条大鱼盛起来。

一切都准备好了之后,我把红红喊进屋来。红红一看见桌上的大鱼,乐得拍着手蹦高:"哎,大鱼呀,大鱼呀!"

说着,跑到桌边就想吃。我一把拉住她,俯首在她的耳边轻声地说:"去,叫伯伯来吃鱼。"

红红听说叫伯伯来吃鱼,高兴地跑出去了。在那几秒钟里,我的心都快跳到嗓子眼儿了,脸又有点热乎乎的。我望着桌上那摆成花样的三双碗筷,想不出他来了之后,我该说点什么。

我赶忙解下了围裙,情不自禁地对着镜子理了理头发。在那一瞬间,我突然被自己漂亮的样子给迷住了。说心里话,我还是头一回觉得自己长得还挺端正。我还发现自己胖了一点儿,像人家说的,身上也有了线条。

我不敢对着镜子多打量自己,怕肖铁城来时看见。隔着一道板墙,我听不清红红在跟肖铁城说什么。这个小机灵鬼儿,几个月的工夫好像长大了不少,现在,什么话都会说了。而且,说着说着还会蹦出几个叫人意想不到的文绉绉的词,什么"所以"呀,"非常"啊;有一天把我给吓了一跳,她竟说将来要当"达尔文"……

听见隔壁的窗子响了一声,我抑制不住自己兴奋的心情,赶忙抓起饭勺子,把三只碗都装上了大米饭。

但是进屋来的,却是小红红自己。她抹着眼泪说:"伯伯不来!"

我的心"咯噔"翻了个个儿。是啊,他不来!他不想来!他也不屑来!

他知道自己早晚会平反。而我呢,有什么人会为一个"名声不好"的女人发一个公文,取消这个称呼呢?再说,我虽然已经离开了那个只有一只眼睛的丈夫,但是法律上并没有履行手续,在户口本上我还是他的妻子。除此之外,我还带着这么一个4岁的孩子。现在,找不到婆家的大姑娘有的是,谁愿意跟我这么个人不人、鬼不鬼的人自找麻烦呢?

可是,话又说回来了。我请你来,是吃你自己买的鱼,你怕个什么!我又不是魔鬼,能把你吞了,还是能把你嚼了?

我生气地对红红说:"他不来拉倒,咱们自己吃!"

小红红撒娇地说:"我不吗,我不吗,我要和伯伯一起吃!"

我感到心里一阵难受。肖铁城啊肖铁城,我们娘儿俩有什么对不起你的地方,你竟这样伤我们的心!大人有错,孩子也有错么?

红红还在喊着:"我要和伯伯一起吃,我和伯伯一起吃……"

我也不知道哪儿来的一股火,把手里的饭碗往桌子上一蹾,压低了嗓门厉声地说:"别吵!再吵我打你啦!伯伯死了你还不吃饭了?"

红红好长时间以来没有受过这样的委屈了,她忍不住"哇"

的一声哭了起来。孩子一哭,我的眼睛也发起酸来。

我真想把那条鱼给他端回去。后来,又觉得这样做太过分了。也许肖铁城是对的,不论是他瞧不起我,还是怕别人说闲话,难道不都是人之常情么?

我含着泪,把那条搪瓷盘里的大鱼用筷子夹成三段,把中间最大的一段装进一只大碗里,又舀了一点鲜蘑菇,端过去放在他的窗台上。

他站在窗前。我看了他一眼,他也看了我一眼。我们谁也没说一句话。

九　他

我望着窗台上那盘孤零零的鱼和窗外那突然变得空荡荡的山林和一席远天,心里突然感到一种说不出来的孤寂。

我觉得幸福对我来说,是可望而不可即的。恰如那天上的流星,它们带着美丽的光焰,似乎在向我飞来,而转瞬之间,又消失在那无边无际的黑暗之中了。

当我第一眼看见何恋乡从我的窗子里爬出来的时候,我突然怔住了。我仿佛看到年轻时的恋人又微笑着向我走来。

我注视着她。那一瞬间,我几乎忘掉了世上的一切。

啊,多么熟悉呀!灿烂阳光下这苗条的身影,那散发着青春气息的好闻的香味儿,那双清澈明亮的大眼睛⋯⋯

她抬起头来望着我,仿佛在说:怎么?你不记得我了吗?我为你经历了苦难、折磨。本来我对幸福和希望已经不抱任何幻想了。可是，生活是多么的奇妙啊！这一切，都突然间变得美好起来。我不是又回到你的身边了吗？

那时我的心也在说：是的，我们并没有白白地付出代价。我将用百倍的热情和真诚，来补偿你所失去的一切。让我们重新开始吧！

尽管你不是她，但是，你那颗善良、质朴的心，不也是那样美丽么？尽管你不是她，可你所经历的苦难和艰辛，不是同样值得同情和尊敬么？

我心底那早已经熄灭了的爱情的火焰，突然不可抑制地燃烧起来。

但是，当我晾完了蘑菇，顺着那个粗糙的木梯爬进这小小的窗口的时候，我一下子从五彩缤纷的梦幻之中惊醒了。

这间破破乱乱的房屋，使我忆起了我刚刚告别不久的那个一住10年的故居。

虽然我们这两间小小的木房，远离尘世的喧闹，可它仍然受着尘世间冷暖的影响，为那里的一切成文、不成文的法则所支配。

不是吗？她至今还是人家的妻子。尽管她从来也没有爱过那个人，尽管她的结婚证书是通过后门领来的，尽管她在那里挨打受骂，备遭摧残。但是，法律还在威严地宣布，你是马明才的媳妇，你是属于他的！就像他的一间房子、一只饭碗、一捆柴火，或者一双鞋一样……

而我呢，我还戴着"杀人犯"的桂冠。

在我们这个山高皇帝远的山沟里，还有一条不成文的法律。

那就是一个人犯了错误，或者有了什么罪过，那别人无论用什么错误的方法对待他，都不会受到谴责。

我们镇上不是有过么，一个13岁的孩子，在商店里偷了几个苹果，结果被民兵指挥部抓去，让几个喝醉了酒的"群专"活活打死了。因为他们打的是一个小偷，即或是打死了也天经地义。

我的10年冤狱至今还没有平反。如果再有什么"桃色事件"的把柄，攥在把我送进铁窗的那些人手中，他们就会拿这新的一条"罪证"，证明我从来就不是什么好东西。由此推断，不仅人是我杀的，连那次磨石河林场烧掉上百万立方米森林储材的大火，说不定也是我放的呢！

在我们这个孔圣人的遗训根深蒂固的文明古国，一个平民百姓，只要一沾上"桃色事件"的边，那就立刻会成为最热门的新闻。街谈巷议，风传遐迩；遗臭万年，万劫不复。这一点，无论是说明了有人对此津津乐道，还是说明了我们这个古老民族的道德面貌是何等的令人肃然起敬，但对当事者来说，都不能不让人感到毛骨悚然。

这就是为什么红红来叫我的时候，我坚决拒绝了的原因。

从某种意义上说，我比何恋乡更迫切地需要那顿充满了家庭气息的午餐。因为10年来，我不仅没有一个家，甚至没有做人的权利呀！

以往的一切，我看在眼里，记在心头，虽然我一向沉默。但是我清楚地知道，我那年轻美丽的邻居，在泉边往我的衣服上打肥皂的时候，真正要洗掉的是什么；我也清楚地知道，在我肩头的补丁四周，那密密的针脚缝进去的又是什么。我虽然不敢正眼去看她的目光，却感觉到在她注视我的时候，我的身上有一种被炽热的火焰灼烧的感觉。当然，我也可以区分开，女邻居说话的声音和吹过小木屋的春风，哪一个更加温柔……

我又不是傻瓜。我完全明白，何恋乡在餐桌边为我安排的位置，实际上，也是她在生活中为我安排的位置。应该坦白地承认，那正是我想得到的。

但是，从我那兼职做门的窗口，到何恋乡那张小小的圆桌边，中间有多少可怕的陷阱，有多少不可逾越的万仞高山啊！

神圣而不徇私情的法律和尖刻而又不诚实的舆论，同样都使我望而生畏。

为了这些，我才不得不蘸着何恋乡和小红红那伤心的泪水化妆，可悲地在生活里扮演着连我自己也深恶痛绝的冷酷无情的角色。

然而，我没有想到，我的这个举动，会这样严重地伤害了女邻居的自尊心。她好像又突然衰老了。看着她迈着沉重脚步的背影，我的心在隐隐作痛。作为一个受害者，我为自己无意中加入了那个伤害她的长长的行列而感到痛苦；我为自己在她那布满了伤痕的心上，又添了一道新的伤痕而感到内疚。

我希望用自己的实际行动，来弥补过失。

下班之后，我连觉也不睡，就抡起大斧，劈上一堆响干的木桩子。可当我把它们送到何恋乡的屋里的时候，发现灶坑旁边，早已经堆得满满的了。那些将要在灶下的烈火中化成灰烬的东西，仿佛在嘲笑我：肖铁城同志，您的这种热情似乎是多余的！

我到镇上领粮的时候，像往常一样到邻居家去取口袋，发现何恋乡不知道什么时候，早已经把粮领了回来。那些装得满满的口袋，警惕地望着我，生怕我再用它们装上一些痛苦和不幸背回这个小屋……

那些穿脏了的衣服，也必须由我自己来洗了。是的，几十年来，我一直是自己洗的。可现在，我突然觉得这件事本身，就是对自己的一种惩罚。我无论花多少工夫，使用多少肥皂，也无法洗掉那笼罩在我心头的阴影。仿佛我的心，被一层油腻腻的污垢包裹着，它们是那过去的岁月里混浊的空气和流水的沉积物，也许，还有在伤口上凝固的血。

欢乐的日子，总是显得过于短暂，而无聊和忧郁的时光，则显得无限的漫长。快也好，慢也好，时间总是在前进。枫叶如火的秋天又随着萧瑟的西风来到了人间。追逐春天的大雁，又排成"人"字荡荡南飞。漫山遍野开放的鲜花，已经结下沉甸甸的果实。

那天，何恋乡休息，她拿着粮口袋到小镇上买米去了。

我呢，到泉边去洗衣服。泉水已经有些凉意，手指头被冰得通红。

尽管何恋乡对我很冷淡，但在我们之间保持中立的红红，一直跟我很友好。妈妈不在家，她看我到泉边洗衣服，也跟着跑来。

虽然，我不是一个歧视妇女的大男子主义者，但我还是顽固不化地认为：正像劈桦子、扛粮袋这些活不应该由女人来干一样，洗衣服也不是应当由男人担当的工作。如果恭维一点儿说，女人在这方面是有天赋的。

我抓住衣服，使劲地在石头上搓。但衣服上的污垢好像有意证明我无能，丝毫不肯减色，这使我有一种被欺负的感觉。

这时，何恋乡扛着满满一口袋粮，从小镇的方向走过来。

红红看见妈妈来了，在草地上飞快地向何恋乡跑过去。

我假装没有看见，依旧洗我自己的衣服。但是，眼睛不服心管，我还是用余光看见了何恋乡把红红抱起来亲了亲。然后，又把什么东西塞进了她的口袋。

后来，红红蹲在地上，要替妈妈背那个粮袋。她在地上一拱一拱的，既逗人喜欢，又惹人心酸。

何恋乡显然早就发现了我，但故意装着没看见。她转过脸去，同坐在粮袋上的红红唠嗑。红红不时用手指指我，她可能向红红询问有关我的什么情况。

我低头继续洗我的衣服。看着从衣服里冒出来的那些白色的肥皂泡沫，顺着小溪的流水越漂越远，我的心里感到空空的。

我把一件衣服洗完，放进脸盆里的时候，发现何恋乡正从地上往起扛粮袋。袋子太沉，扛了几次都没扛起来。小红红也在一旁煞有介事地帮着托，结果那个粮袋还是没有扛上肩。

何恋乡失望地松手站起来，一转身，正好看见我在望着她。她马上像要吵架似的把手叉在腰上，示威地盯着我。虽然我们之间相距有三四十米，看不清她的表情。但是，从她的动作、体态我可以感觉到，她对我是多么蔑视、多么愤慨！

动作是一种无声的语言，她在谴责我：你还是个有血有肉的人么？你的心就那么冰冷，看到一个女人拿不动东西，连帮都不愿帮一把，还站在那里看热闹！

她喘着粗气，像对着我的脸似的，对着草地狠狠地吐了一口唾沫。

我的心像被针戳了似的。我觉得一个人最大的痛苦，莫过于不被别人所理解。

何恋乡不知道，我在学校读书的时候，曾经是学雷锋的积极分子。我曾抢救过一个骑自行车摔倒的工人，并主动献血。而且，按照当时模范行为的标准，没有留下自己的姓名。后来，医院里的一位医生在大街上认出了我，一直跟踪到学校，这事才被传开。当时省里的青年报上还报道过我的事迹。因为时间太久了，都被人们忘记了。

何恋乡也不知道，我本来是想走过去帮她扛粮袋的。但是，顺着森林小铁道，过来一个骑自行车的人。她没有看见，我却看了。假如这个骑自行车的人认识我们，那将产生怎样的后果呢？

另外，何恋乡也完全可以不必为我拒绝到家里去吃鱼而大动肝火。她应该体谅我的苦衷。

有句俗话，叫作：不怕一万，就怕万一。万一我们一起吃饭的时候被人看见，那么，谣言就会像可怕的瘟疫一样，在几天之内传遍全林业局。

第一个看见的人，会怀着哥伦布发现新大陆的激动和骄傲的心情，告诉人们，我和何恋乡在同一个桌上亲亲热热地共进午餐，那样子完全和一家人一样。

而到了第二个人的嘴里，这件事就会带上鲜明生动的文学色彩。那些并不是作家的人，往往比作家们更会使用细节的描写。他们会说我歪着头,眯着眼睛,用火辣辣的目光盯着那个"名声不好"的女人。

到第三个人去讲它的时候,那桌上除了有一条大鱼之外,还应该有一瓶通化葡萄酒厂出口转内销的红葡萄酒,或者一瓶辽源出品的龙泉白酒。我与那个大队书记的儿媳妇推杯换盏,眉来眼去……

第四个人会应声附和,带着同情我的声调为我辩护。说我动手动脚,可能是醉了。本来么,蹲了10年监狱,那地方又不是饭店酒家,虽说放出来了,心里也不痛快,几杯醇酒下肚,醉了也不足为奇……

第五位很自然地就会联想到我醉之后,肯定爬不进那么高的窗子,那么,只有睡在何恋乡的床上。而且,一个孤男,一个寡女,两个人像住在月亮上一样僻静,说不定早就非法同居了……

老实厚道的正人君子,会"啧啧"摇头,表示对这种伤风败俗的行为深感意外;素有先见之明的仁人智者,马上会说:从我搬到小木房的那一天起,他们就预见到会有这贻笑大方的一天……

的确,谣言也是一种创作。它的炮制者,始终没有忘记那富有强大力量的现实主义的表现手法。而利用谣言来伤人和杀人,至今还是"帮四人"和"四人帮"的徒子徒孙们一件颇有威力的法宝。

就在我陷入沉思的时候,那个骑自行车的人已经帮助何恋乡把粮袋扛到肩上。

小红红见妈妈扛起粮食要走,便又朝我跑过来。没跑几步,又被何恋乡叫住。我远远地看见,何恋乡硬是把哭哭啼啼的红红拉走了。

看到这个情景,我心里一阵刀绞似的难受。难道我们心上的阴影,还要再笼罩孩子的生活吗?

望着她们母女走远的背影,我突然感到这个广漠的世界空旷而又凄凉。一种莫名的孤独感悄然地爬上了我的心头。

我苦笑了一下,低头继续洗我的衣服。

有什么意思呢?我没有伸手,粮袋不是照样扛到肩上去了么?在这个地球上,少了谁地球还不是照样旋转?假如 10 年之前,我不是被以宽大为怀的法官判处有期徒刑,而是被拉到东山脚下的黑石坑枪毙了,今天,这天空不是照样会这样清澈湛蓝?一泻千里的松涛柏浪不是照样会这样翠绿欲滴?这汩汩的泉水不是照样会这样川流不息?这悠悠的白云不是照样会这样无忧无虑吗……

我这么想着,肥皂不知道什么时候被水冲走了。唉!冲走就冲走吧,就当我从来没有过这么一块肥皂还不行么!

十 她

大森林里冬天的标志,不是光秃秃的枝丫,不是像一群鸟似的被西风追逐着的落叶。因为这里是红松的故乡,四季常青。大森林里冬天的标志是第一场铺天盖地的大雪。

啊!那洁白如玉的雪花,像一群群从天外归来的蝴蝶,在大自然的怀抱中尽情地飞舞。只一个黄昏,山啊,树啊,小镇上那一排排红砖房的屋顶啊,都变成了银雕的、玉砌的,像神话中的美丽的世界。

冬天,山中的夜晚来得特别早。五点钟下班的时候,街道两边那些结满了霜花的窗子里,已经透出了一束束橙黄色的灯光。我围着那条暖融融的拉毛围巾,顶着漫天飞舞的雪花往家走。一过了森林小铁道,我就望见了小木房的灯光。一种温馨、亲切的感觉油然而生。那里,是我的家。在我们人类所居住的这颗行星上,当半个地球笼罩在夜色中的时候,从城镇到乡村有多少盏灯火呀。每一盏灯下,都有一个家庭。那里有欢乐、痛苦、追求、失望、诞生、死亡……但是,只有一盏是属于你的。有多少流落异乡的旅人,为了看一眼自己的那一盏灯火,不惜跋山涉水,远渡重洋,甚至花费终生的血汗!

今夜,叫我感到意外的是,小木房不是一个窗口亮着灯,而是两个窗口亮着灯。虽然灯光那么微弱,在雪夜里像掉进棉花堆里的两颗黄豆粒儿。但在我看来,它是那么亲切、那么耀眼!

我脚下那松软的雪花,像铺在地下的一层鹅绒,踩下去毫无声响。鸟儿藏进了林子,喧闹的松涛也已安静下来。

夜,恬静得像一个甜蜜的梦。我提着空饭盒飞跑起来。装在饭盒里的钢勺儿哗啦哗啦有节奏地响着,像是在给我伴奏。

快接近小木房子的时候,我突然听见了小红红的哭声。

"伯伯!伯伯……"

我赶忙跑过去,见红红光着头,两只小手冻得通红,正扶住肖铁城窗前的梯子往上爬。

我赶忙抱住红红,问:"你怎么光着头跑出来了?"

红红伤心地哭着说:"伯伯不理我。伯伯躺在床上不起来,我要找伯伯……"

我心里一惊。肖铁城虽然对我总是敬而远之的,但对孩子一直很亲热。不论什么时候,只要红红叫他,他总是哄着红红玩。有时候红红调皮,他比我还有耐心。今天怎么把孩子关在窗子外边?

我用嘴往玻璃窗上哈了几口气。不一会儿,窗户上的霜花化开了一个小洞。我伏在窗户上向屋里一看,吓了一跳。

肖铁城直挺挺地在床上躺着,压在被上的半截子羊皮袄已经掉在地上。我的心一下子紧了起来,呼吸也急促了。我害怕:该不是为了给他平反的事有障碍,寻短见了吧?想到这一点,我就什么也不顾了,使劲地用拳敲打着窗框。肖铁城听见了敲窗子的声音,慢慢地转过头来,眯缝起凹陷下去的眼睛往窗子这边看了看。他当然看不见我,我却可以看见他突然苍白和消瘦下去的面孔。这时,我才放心了一点儿,原来他病了。

我也顾不上回一趟自己的家,推开窗子,抱着红红跳进了肖铁城的房间。

这是我在间壁门钉死之后,第二次走进这间屋子。这次比我上一次进来的时候更乱。我走到床跟前,拾起那件掉在地下的半截子羊皮袄给他压在脚上。然后,又替他掖了掖被子。

肖铁城睁开他朦朦胧胧的近视眼,看了看我。我看他眼睛有点发红,嘴唇也烧得干裂了。我走到桌边拿起暖瓶,想给他倒一杯水喝。可是,暖瓶都倒过来了,只流出了眼泪似的几滴水珠。

屋子里冷得像冰窖。炉火早已经熄灭了。我用手摸了摸炉盖子，呀，刺骨的凉！我把头上的拉毛围巾解下来，放在桌上用一张旧报纸盖好。又从绳子上拿一条毛巾罩在头上，然后就开始掏炉灰。我先把一块松树明子放在炉箅子上，再加上木桦子和块煤。炉火升起来了。从炉盖子的缝里冒出几股烟之后，烟火把炉筒子里的冷气顶了出去，火炉子便"呼呼"燃烧起来。屋里有了点暖和气，玻璃上的霜花开始渐渐融化。

我拿起铝壶，想给他先烧一壶开水。谁知把水舀子往缸里一伸，"哐当"响了一声。原来，水缸已经冻了，缸里装的是一个冰蛋蛋。我只好又从窗户跳了出去，回到我的屋里打了一壶水，顺便捎回来六个鸡蛋和一卷挂面。这个可怜的人，也许一天没有吃饭、喝水了。

把水坐在炉子上之后，我这才想到应该去请一位医生。

我让红红待在肖铁城的屋里。围上围巾，我又冒着大雪向镇上跑去。

天黑得厉害，路早被大雪封住了。我就冲着铁道口的灯光走，一路上跌了好几跤。

走在路上，我想：我去请个医生，医生能来么？碰上个好说话的还可以，要是碰上一个像肖铁城那样冷冰冰的，能请得动吗？后来，我拿定主意先去找王永顺。老工会组长就住在烧柴厂的大墙外。

老工会组长正在吃饭，听我一说，马上把碗放下来，跟我一块儿到了医院。说来也巧，值班的医生正好是老工会组长儿媳妇的哥哥。他二话没说,就跟我们来了。

  回到了小木房,大夫在炉子上烤了烤听诊器,给肖铁城听了半天。量了体温,切了脉,最后确诊是重感冒。

  我问大夫:"用不用住院?"

  大夫说:"不用,在家里好好养两天,我给你开点好药,比住院强。再说,大雪天来回一折腾,病人也受不了。"

  我又问:"吃点什么好?"

  大夫笑着说:"你不都准备好了吗,荷包蛋热面汤,最好多加点姜,吃完了发发汗。再加上我这针安痛定,明天就能好。"

  老工会组长说:"恋乡啊,到年终了,厂里的任务挺紧,派不出人来照顾他,你就多费点心吧。明天上班我跟领导说,你就是咱们厂子的全权代表了。"

  医生有点奇怪:"怎么,你们俩不是一家的呀?"

  老工会组长马上接过去说:"邻居,邻居!"

  医生觉得自己有点太冒失了,马上说:"就是嘛,远亲不如近邻么!"

  打了针,肖铁城的精神好了一点儿。

  老工会组长和医生坐下来吸了一支香烟,就走了。临跳出窗子的时候,老工会组长还问肖铁城缺不缺钱,互助金归他管,用钱只管吱声。

  肖铁城摇了摇头。这个冷冰冰的人,眼里也闪过了一丝感激的神情。

  他们走了。我给肖铁城吃了药,又煮了荷包蛋热面汤。美中不足的是我没有姜。闻着那股子香喷喷的面条味儿,我才想起来,忙了半夜,我和小红红还没吃饭呢。我给肖铁城盛了一碗面条和五个荷包蛋,又给红红盛了一碗面条和一个鸡蛋。可这个小丫头,非得把她那个鸡蛋也拨进肖铁城的碗里,一边拨,一边嚷着:"我不要蛋蛋,我不要蛋蛋,蛋蛋给伯伯吃,伯伯病了。"

肖铁城动了一下。在昏暗的煤油灯下,我看见几颗闪亮的泪珠从他的眼角上流了下来,一滴又一滴滚落到枕头上。

我扶着他坐了起来。把枕头、半截子羊皮袄垫在他身后,让他依着。

当我捧着那碗荷包蛋热面汤,递到他面前时,他眼里闪烁着泪光,它们映着跳荡的灯火,仿佛在燃烧。

肖铁城嘴唇哆嗦了半天,才用哽咽的声音说了一句:"谢谢你,恋乡!"

我望着他,用刚刚能听得见的声音回答说:"谢什么,互相帮助嘛。"

他抬起头来看着我,仿佛要在我的脸上,找出这句话后边的含义。

我低下头去,避开了他的目光。接下来是沉默。只有熊熊的炉火和即将沸腾的壶水,在轻声地喧闹。我不知该说些什么。突然想起了厂里的传闻,便问他:"听说,在给你办理平反的事了?"

肖铁城点了点头。

我感到有点凄凉。我想象不出他从这里搬走之后,我将怎么孤单地在这里生活!尽管在这之前,在差不多四年多的时间里，我就是一个人带着红红在这里度过的。但是，在经过了这短短的几个月之后，再让我回到那种日子里，我感到恐惧。

我有点伤感地说："那你就不用再住在这破破烂烂的小木房里了。"

"你的生活也会好起来。"他望着我说。

"我？"我苦笑了一下，"打错的'右派''反革命'，受迫害的老干部，都有人给平反。难道会有人给一个自己走错了路的女人平反吗……"

他显得有些激动，凹陷的眼睛里，又闪现出了火花。"为什么不能！现在，大概要我们自己来为一个时代、为我们的民族和国家来平反了！"

十一 她和他

她

这一年的冬天特别冷。打猎的说，今年打的狍子和狐狸，毛都比往年厚。

我们的两间小木房被旋风刮来的雪埋了起来。积雪和屋顶在同一条斜线上，远远望去，像一座冰堆玉砌的金字塔。

1978年的春节，就在这冰天雪地里来到了人间。

小镇上的人们，多少年没有过上这么一个丰盛的春节了。往年，每人2斤猪肉的定量变成了5斤。多年不见了的大带鱼、黄花鱼，也摆上了商店的柜台。金纸的香烟、瓶装的好酒、花生仁、粉面子、虾米皮、细粉丝、花椒、大料、面起子……还有包着玻璃纸的上海糖、哈尔滨饼干、苹果、鸭梨、冻梨、大柿子……一进商店，真有点儿叫人眼花缭乱。

假如国营商店的这些东西，还不能使你满足，那自由市场上更是应有尽有。肥猪肉的膘足有一巴掌厚。小鸡、鸭子、大白鹅在大花筐里扑棱着翅膀叫。黄烟、粉条子排成一大溜，虽说价钱比公家的贵一点儿，可总有地方买去了呀。

除了这些，还有两样让小孩子最高兴的东西。一是礼花、爆竹；二是玻璃罩的灯笼。有小孩的人家，好像不买上几挂鞭炮、几十个双响子，那就不能算过年了。

今年也不知道是怎么回事儿，就像开会研究过似的，家家都买了灯笼。往年，只是在正月十五元宵节的时候，镇上有几户人家挂一挂。可今年的三十晚上，家家都有一盏灯笼。远远望去，灯山灯海，一片光明。

大概最昏暗的，就数我们这两间远离镇上的小木房了。因为厂里已经答应给我们调新房子，在明年竣工的职工宿舍里，一家给我们两间。所以，小木房就不再维修。这可能也是我们最后一次点着煤油灯过春节了。

本来，我的邻居今晚应该去值班打更。虽说打倒了"四人帮"，社会治安好多了，不会有人在春节夜里跑到制材厂的大墙外去偷几块木头疙瘩，但总还得有点警惕性啊。厂里的领导为了让职工过个好年，分别把顶班的工人都换了下来。这样，肖铁城才能待在家里过除夕。

人们好像突然都年轻起来，也有了玩的兴致。过去几年过春节,怕沾上"四旧"的边,天一黑,人们就早早睡觉了。从去年春节开始,家家都守岁,半夜里还要吃一顿猪肉馅的饺子。

我想到这一年里肖铁城没少照顾我和孩子。今天,还给小红红买了不少礼花和爆炮,还有两条大粉红头绫子。我也没有什么感谢他的,给他捞了些酸菜,让他包几顿饺子吃。

唉,这个可怜的人,比我更凄凉。不管怎么说,我身边还有个小红红。吵也好,骂也好,总有个人可以说几句话。

他呢,日子过得就像贴在墙上的年画,有影没有声。

从他病好了之后,我们两家的关系有了点缓和。可他还是那么不冷不热的,我有时候真恨他!但是,心不服人管,我常常情不自禁地惦念着他。那张戴着黑框眼镜的清秀的面孔,总搅扰着我的梦境。说来也怪,我越是想忘掉他,他的影子越是追逐着我。有时做梦梦见他,醒来后,就更加惆怅。

前几天复查组找他谈了话。全镇上的人都传说要给他平反了,我高兴得一连几夜都睡不好觉。凭良心说,我并不想从他的身上得到什么,我只是想尽自己的力量使他生活得幸福一点儿。

我想着,几十个饺子一会儿工夫就包完了。

小红红捧着几本新买来的小人书,着了迷似的看着,头也不抬。

现在,我已经再没有什么活要干了。桌上的马蹄表已经指向了八点半,就这么坐上几个小时,也实在太寂寞了。

窗外,北风还在呼啸着。大片大片的雪花像扑火的飞蛾,往玻璃窗上乱撞。板壁的那边,怎么还是静悄悄的?

他在干什么?

他

本来我可以利用春节的几天假期和串休,回到久别的故乡,去看一看我那年迈的父母和思念我的亲人。但是,我思想斗争了很久,最后,还是决定留下来。

父亲、母亲这10年里为我日夜操心,不知道已经老成了什么样子?兄弟姐妹,舅舅,姨父,教过我的老师,同窗共读的同学,几位和我要好的朋友,都因为我受过牵连。因为给我定的罪名,不仅仅是杀人犯,在这个名称的前头,还冠以"反革命"三个字。有的因与我有书信往来,有的是因为到镇上来办事没有住旅店,在我们宿舍的空床上住了一宿……这些都成了与我是"一丘之貉"的罪证。

最冤枉的要数我的表弟关河。他参军后驻防在上海。我曾托他在南京西路的新华书店买过几本有关的资料。在我被打成"反革命"之后,他也被以"为反革命杀人犯提供攻击伟大领袖毛主席和中央'文革'的炮弹"为理由,开除了军籍、团籍,遣送回乡劳动改造了。

我见了这些人,说些什么呢?有我这么一个可以唤起不幸往事的人在屯子里,这个本来应该热热闹闹、欢天喜地的新春佳节,也会罩上一层阴影。

不回去吧,父亲母亲是会想念我的。但是,彻骨的思念也会比看见自己遭难的儿子这副穷困潦倒的样子要好过一点。

当然,我不愿意离开这里,也许还有我自己也说不清楚的原因。

虽然从我拒绝吃鱼的那天起,我和何恋乡就很少说话,但却从别人的嘴里了解了许多。红红还像从前一样,几乎每一个白天都待在我的小屋子里。她已经是我生活中不可缺少的一部分。昨天,我在镇上给她买了几本连环画册,今天又给她买了一些礼花和头绫子之类的。小红红特别高兴。看着她甜甜地微笑着的小脸,我的心中也充满了喜悦。

还有那位邻居,我走了,小木房空了一半,她会感到孤独和凄凉的。有我在这里,虽然不能和她相望而坐、促膝谈心,但毕竟在与她只有一板之隔的地方,还有一个会喘气的人,不至于让那种被生活遗忘和远离人间的感觉总折磨她。

我所能做到的,也许只有这些。一个人的能量有限,这已经可以使我心满意足了。如果我必须在这两间小木房里住下去,有这么个冷淡却友好的邻居,至少也是个安慰。

我原先并不打算在春节夜里守岁,也不想吃饺子。后来我想:如果我过早地熄灯睡去,何恋乡和红红会感到冷清的。所以,我故意使劲在菜板上剁肉馅,把锅碗瓢盆弄出叮叮当当的响声。我要替这个世界,给她们带来一点节日的喧闹。

我的这点喧闹的声音,突然被隔壁的吵嚷声压过去了。我听见何恋乡正和一个粗声大气的男人吵嚷。

他是谁?为什么在大年三十的夜晚造访这被人遗忘了的小木房?

她

门开了。随着一团雪烟和雾气,一个戴着狗皮帽子、穿得像一只大狗熊似的男人闯了进来。

我万万没有想到,来的竟是我那一只眼的丈夫!小红红看见他,吓得赶忙放下手里的连环画扑进了我的怀里。他也不用我邀请,扯过一张凳子,就在门口坐了下来。

我看见他,心里立刻感到一阵刀绞似的疼。他扯我的头发、用脚踢我怀孕的身子、用最肮脏的字眼骂我的情景,立刻一幕一幕,演电影似的掠过了我的心头。我的身子又禁不住地哆嗦起来。

我瞪着他说:"你到这儿来干什么?"

马明才用手揉了一下鼻子,笨笨磕磕地说:"咱爹说,让我接你们娘儿俩回家过阴历年去呀。"

我一听要接我回去,就气不打一处来,挖苦他说:"啊,你们家过年做的忆苦饭吃不了啦,是不是?再不,就是来找阶级斗争的主攻目标、大批判的活靶子来了!"

马明才毕竟还算个老实人,到了节骨眼儿上,连句赶劲儿的话也说不出来。

他寻思了一会儿,解释说:"哪儿的话呢,现在,'四人帮'也倒台子了,大批判也不时兴了,大伙都得靠挣工分过日子了。去年,咱们队一个工核一块八角多钱。你不在家,咱们家少说也少开了七八百块。今年,说啥也不能再吃这个亏了。这不,过完了阴历年眼瞅着就该送粪了。一天都给十好几个分,这回说啥也不能再耽误了……"

原来,是找我回去给他们挣工分的!在他们眼里,我简直就跟牲口差不多。

跟这种人能说什么呢?

我看他冻成那个样也怪可怜的。虽然我恨他,但他也是个人。不管他曾对我怎样不好,毕竟做过我的丈夫。

我把话头岔开说:"你大概还没有吃饭吧?我给你煮点儿饺子,你吃饱了到镇上找个旅店住下,明天趁早回去吧。咱们俩的事,就算拉倒了!"

他霍地站起来,粗声说:"什么?拉倒了?说得倒轻巧!敢情你模样长得漂亮,又念过书,再找个主儿,也不犯愁。我在屯子里找个媳妇就那么容易啊?不要说黄花闺女,就是找个寡妇,没有个千头八百的能娶到家么?嘿嘿,你要实在不回去也行,你得出钱再替我说个媳妇……"

天哪!我的脑袋"轰"的一下,气得差点儿晕过去,眼前直冒金星。瞧着他那副耍无赖的样子,我实在火得不行,用在农村学来的脏话回敬他:"你别不要脸,我给你再娶个媳妇,你是我的儿子还是我的孙子?你们老马家穷不起了,跑到这儿来讹我!我嫁到你们家,没有花你们一分钱;跑出来的时候,连我自己的衣服都没带出来。我没有找你要东西就好事了,你还来找我要钱?呸,你也不脸红!你给我滚,滚出去!"

马明才让我骂得直喘粗气,光张口说不出话来。

这时,小红红也帮我喊:"出去!"

这一下子,马明才那一只眼睛马上瞪圆了,他冲着小红红骂道:"好啊,你这个小丫头崽子,你还敢骂你爹?"

我那小红红也不示弱,抱住我的大腿,用更大的嗓门喊着:"出去,出去……"

那个凶神恶煞,冲过来踢了红红两脚。我一把没抓住,红红跌倒在地上,"哇哇"地哭了起来。

他似乎还不解气,又扬起了巴掌,嘴里嚷着:"让你哭!让你哭!"

这一下子我可火了。也不知道哪儿来的胆量,当时,我把一切都忘了,只想扑过去和他拼了。我伸手去打他、挠他。他一把揪住我的头发,用大巴掌使劲地打我。我一声不响地和他搏斗。"靠边站"的桌子撞倒了,饺子撒了一地。

红红吓得拼命地哭。

我好像疯了,用手乱抓。反正我已经下了决心,就是让他打死了也绝不示弱。

就在这时,房门开了。

他

听到红红尖厉的哭声,我的心像被马蜂蜇了一下子,立刻钻心地疼。后来,又听见桌子翻倒的声音,才知道出了事。

我赶忙从窗户跳了出去,闯进了邻居的房门。第一眼看见的,就是一个五大三粗的汉子揪住何恋乡的头发,在使劲地打她。

我大吼了一声:"住手!"

虽然发出的声音并不像我预想的那样富于威慑的力量,那人听了还是愣了一下。我就趁这个工夫跳过去,一把把他推开了。

那人踉跄了一下,撞在墙上,用舌头舔了一下被何恋乡挠出了血的上嘴唇儿。

"你为什么打人?"

"你管得着么!"

"我为什么管不着,你打人就不行,打人犯法!"

说着,我像老母鸡对付老鹞子似的,把何恋乡和小红红挡在了我的身后。

"她是我老婆,不跟我回家,我就揍她!"

听了这句话,我怔住了,只觉得自己来得太冒失。

在我们中国,虽然宪法上规定不准打人,但是,丈夫打老婆好像是个例外。

我真想马上走开。可小红红用颤抖的小手死死地拽住我的衣角。何恋乡正扯起衣襟擦着泪,在我的身后嘤嘤啜泣。在这个远离小镇的地方,除了我再没有第二个人可以保护一下她们母女了。我要真的走了,那未免有点太残忍了。再说我已经来了,就是现在走掉,该担什么嫌疑,也还得担什么嫌疑。于是,我决定一不做、二不休,跟这个野蛮的丈夫斗到底。不过我说话的口气,在不知不觉中已经缓和下来。

我说:"你有理讲理,不能打人。"

见我软了,那人反倒硬气起来。他盯着我说:"打还是轻的。今天她不跟我回家,我剥了她的皮!"

何恋乡也不肯示弱:"你小样!你寻思还是'四人帮'那时候呢,你说打就打。跟你回家,你做梦!"

那人凑上来叫号:"你再说一句!"

何恋乡也真犟:"我说啦,你咋地吧?你是能抓把土把我埋上,还是能吐口唾沫把我淹死?"

那个气红了眼的庄稼汉,一把把我推开,又扑到何恋乡的身边,用大拳头劈头盖脸地打起来。

我也不知道从哪儿来的一股子劲儿,上去一把把他推了个狗啃屎。又一次把我的邻居和她的小女儿藏在我的背后。

那人从地上爬起来,还要再往上扑。但是,一看到我那两只冒火的眼睛,他有点胆怯了。

他指着何恋乡骂着:"你这个臭婊子,我说你不想回家呢,原来你在这儿找了个野汉子!"

何恋乡还没有等他说完,就打断了他:"野汉子又怎么样?比你还多一只眼睛,也不会打我。哪样不比你强!他可不会让我出钱给他娶个媳妇。我就看他对我的心思,可一看见你就恶心,就浑身起鸡皮疙瘩……"

这回那个庄稼人冲着我来了。他狠狠地揍了我两个嘴巴。我丝毫没有思想准备。脸上火辣辣地疼,我用手一摸,一股腥热的血,顺着我的嘴角流了下来。

我没有还手。在何恋乡说过那一席话之后,我虽然认为自己是清白的,但还是感到有点理亏。我心里埋怨何恋乡,干吗要说那些话,弄得我有口难言,跳到黄河里也洗不清?另外,十几年来,我挨别人打已经习以为常。我想不起来,也不敢还手。对于平等待我和我应该平等待人,反而不大习惯了。

我没有还手这个事实,鼓舞了那个想要尽情发泄自己怨恨的家伙。他又向何恋乡扑了过去。这回,他觉得自己的拳头已经不能一解心头之恨,顺手抄起地上的一根木棍,痛快淋漓地打起那个柔弱的女子来。

在我们这个文明古国的漫长的历史中,我眼前所发生的这种行为,似乎是从来不被谴责的。尤其是何恋乡有了那番自供状之后。妻子,就是丈夫的私有财产,像房子和家具一样。如果被别人拿走,那就是偷盗的行为;惩罚那背弃主人的牲畜或者别的什么东西,显而易见是顺乎天理、合乎人情的。

丈夫随意打他的妻子,怀疑人的打被怀疑的……我不明白,我们这个世界为什么要遵循这种法则?为什么有一些人可以欺负、侮辱另外一些人,那些人却不能反抗呢?

眼下,"四人帮"不是已经打倒了吗?我们不是都获得了做人的权利了吗?可为什么我们自己还要用那些往日里的无形的枷锁桎梏束缚着自己?软弱、怯懦和犹豫,曾经带给了我们些什么呢?假如我们这样窝窝囊囊地活着,低三下四地活着,那么活着还有什么意义!

聚集了十几年的不平、愤怒,一齐在我的心头如同火山一样爆发了。我冲过去,像捉只小鸡似的,抓住了那家伙的领子,把他推到门口。然后对准他那张丑陋的脸,用尽浑身的力气,狠狠地打了他一拳。那人尖叫了一声,从门里飞了出去,跌倒在门外的雪地上。好一会儿,他才缓过气来,抹了一把鼻子上的血,恐惧地望着我。

我盯着他,身子因激动还在哆嗦着。我为自己打出的一拳,感到骄傲。他打了我,我也打了他。我不是挨揍,我们是打架。我们是平等的。

那人吃力地从地上站了起来,一边慌慌张张地往后退着,一边用连他自己也不当真的口气呜呜噜噜地嘟哝着:

"好哇,你等着,你等着……"

我站在门口,像个打了胜仗的将军,手叉着腰,用响亮的声音回答说:"我等着!"

她

我一头扑进了肖铁城的怀里,像个受了委屈的孩子似的,尽情地哭了起来。让那些悲哀的往事、可怕的记忆,都顺着泪水流走吧!

他用手轻轻地抚摸着我的头,也抚摸着我那颗布满了伤痕的心。我觉得,在这个世界上,在充满了风浪的人生旅途中,这热烘烘的胸脯是我一个避风的港湾。

小红红站在我们两个人中间,两只小手分别抱住我们俩的各一条腿。

我把头紧紧地贴在他的胸前,隔着那有点汗味儿的毛衣,可以听见他的心在"咚咚"地跳。慢慢地,窗外那呼号的暴风雪,墙台上"嗒嗒"走着的马蹄表,炉子里"呼呼"作响的煤火……所有的声音都倒退到遥远而又遥远的地方去了。我的耳边,只剩下那像沉闷的雷声一样的心跳声,和像海涛一样汹涌澎湃的热血的轰鸣。

我们三个人就这么静静地站着。不知道过了多久,肖铁城突然像触电似的把我推开了。

我后退了几步,惊讶地望着他。他的脸色有点惨白,避开了我的目光，低垂着眼帘望着地下那些被踩得乱七八糟的饺子。

我担心他累了、气坏了，便把门边那张凳子搬过来，放到他的身边。他看看我，没有坐。

我用询问的目光，不解地望着他。

过了好一会儿，他才慢慢地说："你刚才为什么要说那些话？"

我问："哪些话？"

"那些气话……"他的声音有些沙哑。

我着急地辩解说："我是生气的时候说的，可不是气话。我说的是真话、心里话。我就是这么想的，为什么不能这样说？"

他有点慌张地说："那怎么行呢？"

"为什么不行？"

"我们没有这种权利。"

我说："我可不是用权利，是用心这么想的呀！"

他显得更窘了："不，不，不能这样，我们还是……"

我心中刚刚燃起的一团火，被一盆冷水泼灭了。难道我就命中注定要过那种孤独、凄凉的生活么？

肖铁城，难道你不知道你对我是怎样重要么？你是我重新开始生活的一丝希望；你是我由苦难向幸福过渡的一个机会！

可你想的是什么呢？你胆怯么？你怕我连累你吗？如果真是这样的话，那你为什么要从窗户跳出来干这种傻事？你让那个彪形大汉打死我好了。你是为了怜悯我才挺身而出的吗？但是，我需要的不是怜悯！这些年苦难的生活曾经夺走了我的希望，却没能摧毁我的自尊心。相反，我好像更加敏感地时时维护着它。我已经错了一回，我不会再重蹈覆辙。这一辈子，绝不会再为了爱情以外的原因嫁人。

把你那些廉价的怜悯收起来吧。赐给那无家可归的猫、被大风吹翻了窠的雀儿……我可不需要！

我擦了擦脸上的泪，严肃地说："如果是这样的话，我并不想感谢你。你要是觉得我所说的那些话对你是一种负担或者侮辱，那么，请你回到自己的屋子里去吧。"

他吃惊地看着我。

我接着说："如果我不能得到真正的幸福，开始一种新的生活，我为什么要从一个火坑跳到另一个火坑里去呢？那个庄稼人还在镇上，我可以跟他回去。"

他呆呆地站在那里。

我转身开始收拾自己的东西。窗外，暴风雪在春天将至的时候，发着野威。

他

我回到了自己的房间里，两只手抱着头，坐在床边。像暴风雪一样狂暴的波涛，在我的心中翻腾着。

……故乡蹿出红缨的苞谷地；被篝火照耀着的夜色中的大森林；大教室中的炉火；突然打碎了的电灯泡；铁窗外那闪烁的寒星……

一幕幕往事，电光石火般地闪过去了，退到遥远而又遥远的岁月中去了。取代它们的是红红那天真的笑脸和何恋乡那充满了哀怨的目光……

是的，我曾有过挫折，几乎丧失生命。但是，那时我并没有屈从。就是在那些无情的棍棒向我头顶飞来的时候，我不是也勇敢地伸出双手去遮挡过吗？

可是，是从什么时候开始，在心中熊熊燃烧过的希望之火熄灭了？自己开始用那看不见的绳索捆绑自己。

怯懦、忍耐、无尽无休的悔恨，拯救了哪一个被厄运攫住的人？

现在，当人们都在开始崭新生活的时候，我为什么还要向过去屈服？当生活把我当作一个人的时候，我自己为什么不把自己当作一个人？

我为什么不能像所有的人那样去生活、去工作、去学习、去爱、去恨……

在亿万人的希望之中，有我的希望！

在亿万人的幸福之中，有我的幸福！

新的时代，同样赋予了我人的尊严和神圣的权利！

我想着。隔壁的房门突然响了一声，紧接着，一切都归于沉寂。

她走了？

她走了！

是因为我的软弱和无能，又把她推回到往日的痛苦的深渊中去了！同时，也把我自己推进了悔恨的深渊。

不！我不能失去她！我不能错过获得幸福和重新生活的机会。让所有那些束缚着我的枷锁见鬼去吧！

我三把两把扯掉了糊在间壁墙上的旧报纸，使劲地用手往下拉那块儿钉门的木板。板子钉得太结实了。我抄起一把劈木桦子的大斧,运足了力气劈下去。只"哐哐"几斧,就把那道把我和红红、恋乡隔开的板门劈开了。

我跨过门去,追赶我的幸福、我的爱!

跨过屋门,我怔住了。原来,何恋乡并没有走。她抱着红红坐在那张小凳子上,用满含热泪的目光深情地望着我。

我也热泪盈眶地望着她。现在,我觉得不需要再用语言表达什么了。我觉得我们俩想要诉说的一切,都在那匆匆的一瞥之间表达得淋漓尽致了。

马蹄表响了。时针过了十二点,已经是新的一天了。

红红从妈妈的怀里蹦下来,拉着我的手说:"走吧,伯伯,妈妈说铃一响就过年了,我们放爆竹去呀!"

我们三个人走出了小木房。无边无际的大森林里,暴风雪还在撒着欢。小镇上爆竹齐鸣,礼花飞腾!

我们也点燃了一挂爆竹。那迸着火花的爆竹,立刻打破了山林的寂静。而我们小木房里射出来的两点灯光,顷刻之间也变得明亮起来。它们以自己骄傲的光辉,融入了背景上的小镇的万家灯火。

恋乡沉默着。她那睫毛上挂着泪珠的眼睛,凝望着风雪弥漫的远方,仿佛在倾听渐渐走近的春天的脚步声。

我问她:"你看见了什么?"

她笑着说:"彩虹!"

我也抬起眼来,望着远方。啊,整个世界都被那既表示痛苦也表示欢乐的液体淹没了。远方的灯火和礼花,仿佛在这液体中融化了，化作了七彩的长虹！

尾　声

不久，我和马明才正式办了离婚手续。我和铁城在五一结了婚。

铁城平反之后，又回到二中教书去了。

我也在父亲平反之后，接班做了正式职工。

林业局分给我们的新房子，我们没有要。现在，我们一家三口还住在那两间小木房里。不过，小木房已经维修一新。

迷人的春天又来了。

我的那位一心想当中国米丘林的生物学家，简直把我们的小院变成了花园。我觉得，铁城也这么觉得，那五彩缤纷的花团，正是我们生活的色彩。

啊！可爱的小木房！

　　　　　　　　1980 年 9 月 28 日—10 月 6 日初稿于上海
　　　　　　　　1980 年 11 月 24 日改毕于湖南长沙
　　　　　　　　1980 年 12 月 30 日再改于上海

爱情交响诗

假如衣服和衣服恋爱,
衣服褪色的时候,爱情就失掉了光彩;

假如容貌和容貌恋爱,
爱情的裂痕会随着脸上的皱纹悄悄展开;

只有真诚的心和真诚的心相爱,
爱的花朵才芬芳四溢,百年不衰……

——题诗

第一乐章 爱的甜梦

我躺在沙滩上,两只手不停地抓起像面粉一样细碎的沙子把自己埋起来。沙子是热的,与冰冷的江水比较起来,它似乎充满了脉脉的温情。当我抓起它们的时候,它们便嬉戏似的顺着指缝儿溜走了。落在身上的时候，皮肤就有一种痒酥酥的感觉，犹如满含着爱情的抚摸。就连从沙滩上冒出来的那带点儿土腥味儿的气息，也令人沉醉。假如不是少女的身心过于敏感，就是因为沉醉在爱情之中的恋人，认为世界上的一切都像诗一样迷人。那时，我觉得我所憩息的那片荒凉的河滩，是我们所生活的这个世界上最令人神往的地方。

大概世界上所有的恋人，都希望能有一个属于自己的世界，让他们能有机会远离人世的喧嚣。现在，这个荒凉的河滩就只属于我和我的孟觉。因为严格地说，这里只是在枯水季节裸露出来的江底。八、九月份，洪水泛滥的时候，这金色的沙滩和那些根须裸露的江柳，紫红紫红的料吊子花，还有那沙沙作响的芦苇和蒲棒草，就都被淹没了。那时候，我所躺的这个地方，应该是鱼儿遨游的天地。可现在，这片荒沙，这一阵阵江涛拍岸的声响，水草深处野鸭子的叫声，这凉习习的江风和江面上那缓缓移动的片片帆影，都只属于我和我的孟觉。

仿佛这片荒凉的江滩，不是地球的一部分，而是一颗独立的行星，在茫茫的宇宙间按照自己的轨道运行，因为它远离人间。这里太偏僻了。从草原上的小县城到江对岸，有二十几里。从江对岸到这里又要乘船。我和孟觉是骑自行车到江边的。然后，又在水文站借了一只小舢板划到这里来。没有打羊草的牧人，也没有打鱼的渔民（因为现在是禁捕期）。只有远处的铁桥上快速驶过的列车，才让我们想起我们所生活的时代与人类的联系。

我躺着。透过茶色的墨镜望去，整个世界都是玫瑰色的。七月的骄阳，昂首阔步在高远的天宇。几朵梦幻一样飘忽的游云，沉思着走向遥远的天际。啊，它们是从哪儿突然出现的呢？那几只洁白的打鱼郎，即或是在茶色的镜片后面，它们的羽毛依然白得耀眼。它们是何等的傲慢哪，展开的翅膀动也不动一下，从天空中滑下来，一直冲向那波澜不惊的江面。我的视线被自己那丰满的胸脯挡住了。我想，那几只洁白的打鱼郎正掠过浮着云影的江面，溅起一轮又一轮波纹……

作为一个芭蕾舞演员，我曾扮演过《天鹅湖》中的奥杰塔。当魔王罗特巴尔特把我所扮演的公主变成天鹅之后，我也曾怀着爱情的渴望在天空中翱翔。

柴可夫斯基天才的旋律和列夫·伊凡诺夫充满了音乐抒情性的舞蹈语汇，给我插上了一双翅膀。我飞呀，飞呀……

啊，少女时代的梦境也是五彩斑斓的。我就在七月的阳光下睡着了。我梦见自己在嫩江的波涛上和打鱼郎一起飞翔。我在大朵的云彩间俯瞰大地。我不仅可以看到闪光的湖泊和银带似的江河，甚至可以看到蜜蜂在向日葵盛开的花盘上采蜜；我甚至可以嗅到蹿出红缨的玉米那沁人肺腑的清香……

我不知道我究竟睡了多久，直到有人用狗尾巴草轻轻扫过我的脸，我才醒过来。但是，我没有睁开眼睛。因为我知道这是孟觉。他的脸，就在我的脸的近前，我甚至可以感到他的呼吸。我就是闭着眼睛，也可以看到他那一头鬈曲的黑发，被金色的阳光勾勒出来的轮廓；也可以看到那双黑亮的大眼睛里闪着的、深情的火花……

这是一张多么英俊的面孔啊！不仅仅因为我深深地爱着他，我才这么说。你知道，当我挽着他的臂膀，在北京的大街上走过的时候，有多少美丽的姑娘向我投来嫉妒的目光啊！

但是，不知道为什么，父亲和母亲都不喜欢这个美术学院的高材生。为了这一点，我是多么伤心啊！可是，我也没有气馁，我已经早就不是个孩子了。我有权决定自己的一切。我想把事情尽量做得好一点儿，能和平解决问题的时候，尽量不用战争。于是，我把孟觉的画，一张又一张拿回家里，向他们解释，他所画的风景，怎样地带有列维坦的风格，而他所画的人物，则是多么明显地吸取了伦勃朗的技法。他完全可以成为中国美术界一颗灿烂的新星。而且，我甚至不怀疑，他会在世界的美术界，引起注意。这样一个爱人，无疑会给我带来光荣和骄傲。而我，已经被舆论界认为是舞蹈界的一颗明星了。我们将互相照耀着，在人生的旅途上前进……

可是，我的父亲，那位身经百战的将军，在他前半生的戎马生涯中，几乎是战无不胜的，这次，竟在他自己的女儿面前那么伤心地长叹了一声。他知道无法说服我，只是无可奈何地说："孩子，你讲的这一切，都不是爱情最可靠的依据。"

我当时是多么的幼稚啊！我当着那两位白发苍苍的老人发火了："那么，你们反对的依据是什么呢？他不是党员，或者他出身于小商贩的家庭，跟一位将军的女儿不门当户对，是不是？但是，我既不是古代的祝英台，也不是现代的刘巧儿。我不会因为爱情以外的原因嫁给任何人！"我之所以这样说，是因为我知道他们很中意爸爸的警卫长何大年。当他还是个孩子的时候，就跟在爸爸的身边。几次生死的关头，他都挺身而出保护了爸爸。有一次，攻打一个县城，伤亡很惨重。两个先锋连的连长,都牺牲在城下了。父亲是个火性子,提起两支二十响要自己往上冲。何大年拦住了他。虽然当时他只有 17 岁,却率领一个连冲了上去。他身体三处负伤,荣立了特等功。

是的,作为一个英雄,他是令人崇敬的;作为一个男子汉,他也仪表堂堂。我在他的身边长大,怀着兄妹般的情谊相处多年。但是,难道这些就可以成为爱情的依据么?

虽然何大年比我大差不多 10 岁。但是,他一见到我的时候,便很拘谨,甚至有点紧张。我知道他对我也有很深的感情。但是,一个舞蹈界灿烂的明星,会爱一个朴实无华的大兵吗?因为时代已经变了。我们需要的是一种现代的生活啊!

像今天这样,我的孟觉坐在一柄花伞的下面,支上画架子,面对悠悠的江水和一望无际的原野,来描绘迷人的风景。我呢,躺在寂静的沙滩上,尽情地领略大自然所蕴藏的诗情。美丽的面容和朝气蓬勃的青春,就像画布上明丽的色彩和我那火一样颜色的游泳衣一样,给这荒凉的河滩带来了多少生气啊!

那根狗尾巴草,还在轻轻地抚摸着我的脸颊。我忍不住想微笑。人说,突然爆发的大笑,只是浅薄的开心;而会心的微笑,才是从心中溢出的幸福。但是,我忍住了。我出其不意地、迅速地伸开双臂,一下子搂住了他的脖子。他笑着向后躲闪的时候,我便被从沙堆里拖了出来。他那宽厚的嘴唇,落在了我的唇上。一个热烈的长吻,像火一样灼人。我的身体和灵魂都在轻轻地战栗。

他把我抱起来向江边走去。他那肌肉发达的双臂和宽大的胸脯,就是我所感受到的整个的世界。我仰着头,遥望着晴明高远的天空。他那张俊秀的脸,就是挂在我面前的、一轮照耀着我的太阳……

他把我放在江水里洗得干干净净之后,便领我去我们下的挂网上摘鱼。那时,一艘从哈尔滨方向开来的客轮从附近驶过。那些依着栏杆的旅客们,羡慕地看着我们。

我们的收获还可以。网上一共捕到了两条半尺多长的鲫鱼,一条嘎牙子,还有几条当地人叫老头鱼的小鱼。我们就在江水中,把鱼杀掉、洗净。然后在沙滩上扒了一个坑,放上我们带来的铝锅。在沙滩上拾了一些从上游冲下来的干树枝儿,生火做饭。因为我们只有一个锅,只好把大米、鱼、西红柿放在一起,一次煮熟。你知道吗?当那一缕缕淡蓝色的炊烟在荒岛上飘起来的时候,我自己仿佛也在风中飘了起来。

我们轮流趴在地上吹火。用石头、剪子、布的手势游戏,决定谁去拾柴。

我们的西红柿鱼饭终于好了。我敢说,那是世界上少有的美味佳肴。我们饮着啤酒,在那柄花伞下野餐。用折断的江柳枝当作筷子,用小小的啤酒瓶盖当匙儿用。我想,当年的鲁宾孙如果不是和那个黑皮肤的星期五一起生活,而是和他所爱的姑娘,那么,他也许不会离开那座荒岛。

一位著名的诗人曾经说过,掌管时间的神,手里拿着两只计时的漏斗。一只滴得很快很快,是给那些欢聚的恋人们的;另一只滴得很慢很慢,是给那些别离的爱人们的。我和孟觉,当然使用的是前一种。当我们想起要渡江回城的时候,一轮又圆又大的夕阳,已经插进了江波,在细碎的浪尖上,燃起了一团团的烈火。而相反的方向,乌云则像泛滥的洪水,翻着浪花涌了过来。我们赶忙收拾东西,上船渡江。

但是,暴风雨比我们的动作更迅速。白亮亮的闪电,不时划破天空,照耀着突然变得狂暴起来的江流。隆隆的雷声,贴着水皮儿疾走,就在我们的头顶发着野威。尽管孟觉使劲地划着双桨,小船还像被小岛吸住了一样,不肯前进。

风浪越来越大了。黑黢黢的天地之间,只能看见一片白茫茫的浪花。不知道是天上落下来的雨,还是蹦进船里的浪,水已经没过了我们的脚面。我用做饭用的铝锅拼命地往外舀,但仍然无济于事。

黑暗中,我看不到孟觉的表情。但那模糊的身影,那充满了信心的动作,给我以无穷无尽的力量。

他喊着:"阿玲,别害怕!"

我也喊着:"有你我什么也不怕!"

真的,我当时真是这么想的。和他在一起,我一点也不觉得孤单,更不知道什么叫恐惧。我想,如果船真的翻了,明天,风平浪静的时候,人们会在下游的某一个江湾,发现一对互相拥抱着的尸体。这种轰轰烈烈的死亡,也会成为情人们崇拜的壮举。

我们和风浪搏斗了差不多一个小时,终于到达了对岸。但是,这里不是我们要停靠的地方。我们在不知不觉间,被江水冲出了几十里。尽管这样,我的心还是为我们征服嫩江的壮举所激动。虽然我自己早已经被淋得浑身淌着水。我首先想到的是用一个热烈的拥抱和亲吻,来犒赏我心目中的英雄。

孟觉对我说:"阿玲,来,帮我把船往岸上拽一拽,不然,它会被江水冲走的。"

我们费了好大的劲儿,才把船拖上岸来。细心的孟觉还是不放心,又把锚链头上的铁棍儿深深地砸进了泥土。

现在,我们必须在这荒无人烟的地方过夜了。开始,我们想把船扣过来。但是沙滩上太潮湿。另外,下这样大的暴雨可能会有洪峰。万一在下面睡着了,要跑就来不及了。还是孟觉的眼睛尖,在闪电照亮的一瞬间,他看见不远的地方,有一间打鱼人的小网房子。我们收拾好东西,手牵着手向网房子走去。我希望这情景,成为我们一生的写照。让我们就这样手挽着手,走完生命的旅程吧!

原来这是一座废弃了的空屋。黄泥土墙,黄泥的屋顶,窗子和门早已不知去向。到这个时候,我才怀念起自己的同类。我多么希望这里能住着一个白发白须的老人啊!当我们叩响门环,把他惊醒的时候,他会披上衣服,打开吱吱作响的木板门,用手遮着油灯,诧异地打量着在雨中站立的我们……

可这一切,只能是幻想了。

泛着白沫的江涛,咆哮着拍打着堤岸。霹雳和闪电,仍旧搅扰着天庭。凉风卷地,骤雨漫天。白天里,那片令人陶醉的风景,想不到竟变得如此阴森。

孟觉仿佛知道我在想什么,他紧紧握了握我的手说:"你等着,我进去看看。"

我拉着他的手不放:"不,咱们俩一起进。"

孟觉犹豫了一下说:"里边也许有什么小动物在躲雨,你别害怕。"

你看,他处处想着我。

果然,当我们走进小土屋,孟觉开始用打火机照明的时候,突然有两个毛茸茸的东西,从我们的脚边窜了出去。我虽然早有思想准备,还是被吓了一跳。我叫了一声,双手紧紧地抓住孟觉那结实的臂膀。

他抚摸着我湿漉漉的头发,温柔地说:"别害怕,是两只比你的胆儿还小的兔子。"

我被他逗笑了,轻轻地推了他一把说:"好,好,你的胆儿比兔子大!"

当打火机又亮起来的时候,我才看清楚,原来这个没有窗门的小土房,并不像我们想象的那么凄凉。屋地上,是干净的,而且还有一块可以休息的席片。屋角里堆着一大堆蒿子秆。当然了,这里既不是北戴河的中海滩,也不是庐山的脂红路。不过,就我们的处境来说,这小土屋的可贵程度,不亚于那些清幽典雅的别墅。不过,这也不是说它是十全十美的。最大的缺点就是蚊子太多。没有到过嫩江草原的人不知道。那里的蚊子多得惊人,每到黄昏,蚊子从草丛里飞出来寻食,江面上像蒙着一层黑雾。无数个细小的嗡嗡声汇集在一起,就像有一架民航机在飞行。现在,它们捷足先登,躲在小土屋中避雨。我和孟觉一出现,它们便不顾死活地向我们扑了过来。顿时,无数根毒针,把腿上、脚面上、脖子上、脸上,叮起了一片片红包。

我真不明白,这些没有灵魂的小动物,怎么会如此残忍?它们为了自己的生存,去吸别人的血已经够卑鄙的了。可是,它们并不满足，还要在它们吸过血的躯体上，注入一点儿毒素，有时，竟传播可以夺去生命的疾病。这是何等伤天害理的行径！但是，这种现象竟是活生生的现实。它们不是得意地嗡嗡叫着，在这个小土屋里飞来飞去吗？

孟觉见我气急败坏地轰着蚊子，笑着说："你等等。我马上把这些吸血鬼赶出去。"

他抱过来一堆蒿子秆，然后伏下身去用打火机把它们点燃。很快，那浓浓的白烟便带着扑鼻的清香味弥漫了整个的小土屋。几分钟之前还猖獗一时的蚊子，立刻从门和窗子，飞向茫茫夜雨中逃命去了。

火越烧越旺。小土屋里渐渐温暖起来。只有这个时候，那紧紧贴在身上的湿衣服，才显得格外冰冷。孟觉把衣服脱了下来，站在门口拧干了雨水。当他回过身来，准备到火堆边烤干的时候，才发现我还呆呆地站在那里。

孟觉看着我说："我出去，你把衣服脱下来，拧一拧，烤干。不然受了凉会感冒的。"

他说着，就要往外走。

"不！"我看了看风雨交加的屋外。我怎么能忍心让他再到外边淋着呢？我说："你背过脸去，不要回过头来就行了。"

他转过身去，面对着夜色中的大江。

我也转过身去，脱下了我身上湿透了的衣服。

"你的体形太美了！"孟觉感叹地说。

我生气地说："不准回头！"

孟觉解释说："我没有回头。我看的是墙上的影子。"

我侧过头去,果然,在泥皮剥落的土墙,篝火的光辉映出一个少女美丽的身影。连我自己都不得不承认,她是美的!

孟觉接着说:"我将来要给你画一张裸体的像。就以这堆篝火为背景。你的身体在火光的照耀下,也像在燃烧。因为你是一团照耀着我生命的火焰……"

孟觉的话像一股暖流冲击着我的心。我几乎忘掉了一切,喊了一声:"孟觉!"

孟觉以为发生了什么事情,猛地回过头来。他愣住了。是的,我在他那黑亮的瞳孔中,看见有两堆烈火在熊熊地燃烧!

第二乐章　爱的噩梦

古往今来的文艺作品中,有多少是描写别离的呀。但是,没有一篇能表达出我们别离的痛苦和惆怅。

在拥挤的月台上,他假装和我悄悄私语,偷偷地吻了吻我的耳朵。我也用同样的方式回敬了他。

我曾想忍住不哭,泪水却不听心的管辖。它们涌上了眼眶,把整个世界和我那颗隐隐作痛的心,都泡在了那酸涩的液体之中了。

他被分配到省艺术学院当美术教师。我答应他,回到北京之后,马上就为他调回首都奔走。如果调不回来,我就去东北。我既不怕这里冬季的严寒,也不怕塞外的荒凉。为了爱情,我愿意把自己的生命和他的生命联系在一起。

开车的铃声响了。那令人心碎的时刻终于到了。我忘记是哪一对相爱的人曾经说过，每一次和自己的爱人分离，都像是一次小小的永别！这次分别，再见面说不定要等到他的寒假。可现在，月台上的相思红还开得像一团火呀！离大雪纷飞的冬天，还有多少个漫长的日日夜夜啊！

我这样想着，不顾一切地冲上去，抱住他的脖子使劲地吻着他。我不知道列车的窗口和月台上，有多少羡慕、妒忌、蔑视、不满的目光看着我。在这个世界上，只有我和我的孟觉！我爱着！

我差不多以每小时60千米的速度一直哭到北京。列车到站停下来的时候，我也没有停。

父亲和母亲，也刚刚从北戴河避暑归来。他们在客厅里同我进行了一场严肃而伤心的谈话。

首先，父亲做了自我检讨。他甚至老泪纵横，说这些年来，由于忙于工作，很少顾及对我的教育，如果我不能正确地对待理想和生活，那他和母亲是有责任的。

看见父亲这样真诚激动，我也哭了。

何大年也在场。他的眼里也含着泪花。

接着，父亲批评了我，用不正当的理由在团里请假而且超假是错误的；并且说，我没有同他们商量，就擅自到东北去的做法，也是不谨慎的。这时，我的心中便萌生了一种隐隐约约的敌意。我甚至有点恨他们，为什么不能理解自己的女儿？为什么一定要扼杀我的欢乐和幸福？为什么一定要干涉我那充满了诗意的爱情？难道人老了，都要这样吗？

站在一边的何大年，大概看出了我的心情，他犹豫了好一会儿,才低声地说:"小玲,将军是为你好。孟觉这个小伙子,是有才气,长得也不错,但是为人比较轻浮……"

我心中的怒火一下子燃烧起来。当着父母无法爆发的一切,这下子可找到了一个爆发的机会。

我讽刺地说:"你怎么知道?"

但是,那位忠厚的战斗英雄,并没有听出我语气中明显的恶意,依旧平静地说:"我的家就在嫩江边的那个小镇上。我听说,他有个舅舅在国外。现在,他已经找到了一个华侨商人的女儿,准备出国了。你不要上当,受骗……"

我一下子从沙发上蹦起来,冲着何大年喊道:"胡说!造谣!卑鄙!无耻……"

我把我能够想起来的最恶毒的字眼,一股脑儿倒了出来。

现在,他那张敦厚的面孔,在我的眼里,变得那么丑陋;那双吃惊的大眼睛,在我的心中,像狼的眼睛一样闪着绿光。

父亲火了,拍了一下茶几站了起来,对我训斥道:"住口!太不像话了!"

我看了一眼我那可怜的父亲。我突然觉得我和我的亲人们的所有不幸,都是这个想入非非的大兵造成的。我恨不能冲上去,撕破他那张可憎的脸。但是,我被爸爸的另一个警卫员拦住了。我挣扎着,喊叫着……

何大年却站在那里,一动不动。

就在这时,我的手触到了警卫员腰间的枪盒。我一下子把手枪拔了出来,对准何大年扣动了扳机。

"砰"的一声,枪响了。

机灵的警卫员用手挡了一下。子弹从何大年的头顶飞了过去，把窗子上的一块玻璃击得粉碎。

几乎就在同时，我手中的枪被父亲夺走了。他用另外一只气得发抖的手，重重地打了我一记耳光。

为了表示抗议，我当天就搬到剧院里去了。而且我声言，只要何大年还留在我的家里一天，我就绝不跨进家门一步。

我只在剧院里住了六天。第七天的晚上，警卫员带车来接我回去。他只冷冷地告诉我一句："警卫长走了，回老家了。"

回老家了？走了？我的心突然紧紧地收缩了一下。说心里话，我虽然恨他，发誓不见到他，可当他真的走了的时候，我突然又感到有点凄凉。这些年来，他几乎成了我们家庭的一个成员。我还清楚地记得他一直像个大哥哥似的对待我。小时候，到天安门广场去看焰火，他让我坐在他的肩膀上。后来，我进了舞蹈学校，星期天有时回不了家，总是他骑着自行车给我送换洗的衣服和妈妈亲手给我做的吃的东西。可现在，他走了。在那个四面红墙的小院里再也看不到他那憨厚的笑容，再也看不到他那魁梧的身影了。而且，我还不好意思问，他是自己要求走的，还是父亲把他送走的？他是复员转业了，还是调动了工作？我甚至设想，在放假的日子，他会一个人来到嫩江边上，除了草丛中的野鸭和天空中飞过的雁群，只有疲惫的斜阳，照耀着他孤独的影子……

唉，他走了。他所预言过的不幸却来了。

没有多久，我收到了一封孟觉的来信。它正像那个晴朗的夏日之后突然到来的雨夜，把我的生活变得黑暗而又凄清。

那信的措辞,依然那么美,它所表示的内容却像魔鬼的面目一样狰狞:

阿玲,你好!

这也许是我写给你的最后一封信了。因为几个小时之后,我就要越过国境,到我一无所知的国度里去留学了。这一切,都是命运的安排。而我们个人的希冀,则显得那么渺小和软弱无力。说心里话,我是非常留恋你的,就像留恋这片生育过我、哺育过我的土地。和你共同度过的那些美好的时光,是我一生中最辉煌的日子。过去没有过,将来也不会再有了。你是我所见到的最美丽、最善良的姑娘,我相信在世界上不会再有第二个。

但是,人生的意义并不仅仅局限于爱情。对于我们来说,最崇高的使命是克服一切困难,摆脱一切诱惑,倾注满腔的热忱,使自己的事业走向辉煌的顶峰。为人类和我们所生存的这个时代,留下一点东西。正是这样一种忘我的求索精神和建树功勋的渴望,使我忍着巨大的悲痛,把自己的心撕成两半。一半留给你和我的祖国,一半留在我的躯体中,带着滴血的伤痕,和我一起去攀登!

但是我相信,无论怎样严重的伤痕,时间一久,总会愈合的。我为自己给你的心灵带来创伤,而永远不会原谅自己。但是,我请求你原谅我这无可奈何的别离。记住,无论我走到天涯海角,我都会永远爱着你、怀念着你。看在我们度过的幸福时光的份上，不要记住我的坏处。

　　让我最后一次，不经你的同意，吻吻你那双美丽而多情的眼睛吧！

　　永别了！

你的孟觉
1959 年 8 月 23 日

　　就孟觉来说，这些华丽的辞藻所构成的内容，也许是真实和合乎逻辑的。但是，在我看来，它们竟丑恶到不堪入目的程度。我把一个少女最纯洁、最美好、最真挚的感情，毫无保留地交给了他，而他竟把这一切践踏了、抛弃了。山盟海誓，在顷刻之间变成了无耻的谎言；忘我的狂欢和天真的嬉戏，转瞬化作了难以排遣的痛苦的记忆。悔恨、羞耻、绝望、孤独……这些磨人的感情，像一群饥饿的老鼠，轮流地来咬我这颗渗着血珠的心。我已经忘记了，我是怎样地度过了那些闷热的初秋的夜晚。一天又一天，我睁着眼睛，看着窗外那明亮的路灯，被晨曦所吞没；一个夜晚又一个夜晚，我在可怕的噩梦和比噩梦更可怕的回忆中度过。

　　那个曾经欺骗过我的年轻人，有一点说的是对的：就是无论多么严重的创伤，时间一久总会愈合的。尽管它们还会在阴雨天里隐隐作痛。第一阵痛苦的暴风刮过去了，当我从幽怨的旋涡之中挣扎出来之后，我开始认真地思考一个问题：我和孟觉之间，究竟有多少爱情？是的，我们有过狂热的拥抱和亲吻，有过窃窃私语的彻夜长谈。但是，人和人之间的爱，难道就这样肤浅么？那是我们在春天的大自然里，在猫儿嬉戏的屋顶，在鸟儿喳喳的枝头，司空见惯了的情景啊！

可是，在指地对天的山盟海誓之后，在异性之间胆怯含羞的那层神秘的面纱被揭掉之后，他竟然扬长而去。是的，马克思列宁主义的认识论，承认世界上的一切都在发展变化之中，爱情也不例外，它可能发生，也可能消亡。但是，爱情这个古老而又永远新鲜的字眼，在我们之间存在过吗？他走了，说是为了人类的艺术事业而献身。可是，他没想再回来。他连生育他的祖国和民族都不爱，难道会爱我吗？

我感到惭愧。我曾认为父亲提出这样一个问题，是肤浅和古板得可笑的。因为我觉得爱就是爱，不必问为什么。在经历了这次巨大的不幸之后，这个问题才显得如此严肃而又深沉。我也没有想到，要对这个问题做出一个答案，还要经历痛苦和磨难。而我的教师，只能是那既没有起点，也没有终点，永恒的时间。

我有了教训，却没有引出正确的答案。在被欺骗之后，我认为这个世界上，根本不存在那种叫作爱情的东西。它不过是诗人和作家们笔下一种虚无缥缈的幻境；它不过是富于幻想的年轻人心中一种可望而不可即的海市蜃楼！我曾想过要独守终身，但又无法承受世俗的压力。于是，我只好随波逐流，和团里一个追求我的演员结了婚。并且，努力把我的小家庭建筑成一座人生旅途上避风的港湾。

但是，我终于发现，没有爱情的家庭，比没有爱情的孤独，更百倍地磨人。这种错误结合的最合乎逻辑的和最正确的结局，当然是砸碎那已经变成了枷锁的婚姻。

我领到离婚证书的那一天,是1966年3月8日,距我住院分娩的日子,仅有13天,距我们光荣伟大的党和十亿善良朴实的同胞所经历的那场浩劫,也只有咫尺之遥了。

第三乐章　爱的觉醒

如果可以绕过那些被泪水泡得苦涩的岁月,我是绝不会提及它的。但是,我的思绪恰恰是在那沸腾的狂涛中,变得沉寂深邃了;我的心恰恰是在那片浓重的黑暗中,看到了一片耀眼的光明;我生命之中的爱情之花,正是在最严寒的季节里迎着风雪开放了!

党的六中全会的公报,已经代表我们评论了那场动乱的千秋功罪。我的故事想述说的,仅仅是我个人的痛苦与欢乐。

我的父亲,在一夜之间,成了"反革命军事政变的黑干将",他和母亲一起锒铛入狱了。

我被当作狗崽子,赶出了我们的旧居。我带着刚刚三个多月的小女儿,住在一个大杂院的一间7平方米的小屋里。而剧院,则为我准备了一间比这个面积更小的楼梯下的工具室。每天上班之后,让我反省自己反党反社会主义的罪行。其中还有一条是,彻底交代与叛国分子孟觉的黑关系。

开始,他们让我把孩子带来,一起蹲那个小小的隔离室。可是,我没有奶,尽管我恨不能把满腔的血都化作乳汁,来哺育我那襁褓中的女儿,吃过许多副催奶的药,仍然无济于事。

孩子那饥饿的哭声,使我那些曾经朝夕相处的同志们,不忍卒听。而剧院造反派的头头,就是我刚刚离婚的丈夫。他虽然信奉不是爱人便是仇人的真理,毕竟还对自己的女儿有一点恻隐之心。于是,宣布我可以把孩子放在自己的家里,白天来剧院反省,晚上回家去照顾孩子。但是,我没有钱雇保姆,多亏了好心的邻居大婶,每天帮我照看那个无知的小生命。

我现在来叙述这些,并不是因为我对自己的遭遇耿耿于怀,而仅仅是因为下面故事的需要。幸福和苦难都是相对的。我的境况比大多数被关进"牛棚"的人好得多。我没有挨过毒打,我也没有被挂牌子游过街。除了我那离婚丈夫的幸灾乐祸的目光之外,我几乎是生活在同情之中。更重要的是父亲在临进监狱之前,曾经语重心长地嘱咐我,无论个人受到多大的委屈,被多少人误解,都不能对党、毛主席和我们的事业产生任何一点动摇和怀疑。一个共产党员,一个革命者,他们与革命事业的关系,不是庸俗的商品交换。他们不能拿革命对自己的利弊,来决定自己对革命的态度。而恰恰相反,无论革命对自己产生的影响如何,他们都必须保持对革命事业的无限忠诚。

父亲的话,成了我在那间没有阳光的工具室里,战胜黑暗和恐惧的巨大精神力量。

我在深重的苦难中,又度过了一个闷热而漫长的秋天。严寒的冬天来了。初冬的第一场雪,在天空中狂乱地飞舞。仿佛它们也想使自己的行动,与生活杂乱无章的节奏相协调。

我正伏在一个废纸箱上,写检查交代材料。一个臂上戴着红袖标的"群专"来叫我。我以为又是提审,马上站了起来。可他告诉我,有一位军人要见我,现在,就在剧院的会客室等候。当然了,能允许我去一见的,只能是一位军人。因为在那个时候,一颗红星两面红旗,是这个国家能够生存的保证。他们天经地义地应该受到人们的信任和格外的尊重。但是,这个军人是谁?因为"隔离室"这三个字,是从传染病院的病房里引用过来的。有什么人不像躲避瘟疫一样躲避住进隔离室的人呢?

我在会客室的门口愣住了。站在我面前的,正是当年在我的枪口下侥幸活下来的何大年!他显得老多了,军帽下露出的两鬓已经生出了丝丝白发。那张总是挂着憨厚笑容的脸上,已经出现了纵横的皱纹。但是,他还是那么威武,像随时准备接受首长检阅似的,笔直地站立着。最令我不能平静的,是他那双满含着热泪和深情的眼睛。就在我们的目光相遇的一瞬间,他已经对我说出了全部的思念、疼爱、理解、原谅、同情和追求。人说眼睛是心灵的窗子,我现在透过那两扇明亮的窗子所看到的,是一颗多么美好的心灵啊!

我真想扑过去,伏在他的怀里痛哭一场。但是,现在我是一个被隔离审查的对象,而他则是那个年代最受信任和尊重的坚强柱石。我忍住了。我把那苦涩的泪,都流进了心里,甚至连眼睛也没有眨一眨。

我看得出何大年也很激动。他咽了几次唾沫,想说点什么,可没有说出来。

会客室里是一阵令人难耐的沉默。那时,我才体会到"此时无声胜有声"的绝妙,才承认了沉默是人类语言中最有含量和最富于色彩的立论。因为我正是在那阵沉默中,了解到了我自己和那个当年的英雄之间,在心灵深处有相通的东西。他告诉我,他绝不相信我会是一个反党反社会主义的反革命。不管到什么时候,他都会是我可以信赖和依靠的朋友。而我也告诉了他,我绝不像我所表现出来的那么仇恨他,相反,我之所以那样做,恰恰表现了我与他之间存在着一种特殊的友谊。而这正是当时我自己所没有清醒地认识到的。当然,沉默所包含的内容,远不止这些。而最最绝妙的是,我们用这种方式所进行的谈话,是那两位坐在沙发上的"群专"无论如何也无法听懂的。

我不知道那阵沉默究竟延续了多少时间。它也许很长很长,可以孕育和诞生一个新的信念;可以砸碎并且重新熔铸一个自我……它也许很短很短,甚至一根划着点烟的火柴还没有燃尽;甚至从我的发梢抖落的几片雪花还没有来得及落在地上……

何大年向我跨了两步,把一个绣着"为人民服务"字样的军用黄挎包递给了我,说:"这是我捎给你的一点儿东西。你看看吧,后天我再来。"

我还没有来得及考虑接受还是拒绝,他已经跨出门去。我望着他,直到他那高大的背影被漫天飞舞的雪花遮没了。

夜里,孩子已经睡了。我才怀着忐忑不安的心情,打开了那个黄挎包。

最上边,是从一个笔记本上撕下来的一页纸,上面匆匆忙忙写下的几行字:

小玲:

这是我在分别后的7年里,写给你的信。每月一封,一共是82封。过去,我没有勇气把它邮给你。

现在，我把它们带来给你看看。我写得不好，你别笑话。可我说的都是心里话。

何大年

我的手禁不住有点发抖。我把那82封信捧起来，贴在我咚咚跳着的胸口，像抚摸着我的孩子一样，抚摸着它们。我紧紧抱住它们，像突然重逢了我所失落的珍宝。我一封又一封地看着何大年的信，一直看到天明。滚烫的泪，几乎打湿了每一页信纸。是的，这里没有华丽的词句，没有那火辣辣的关于爱情的大胆表白。我所看到的，只是一颗朴素而真挚的心！

他在信中告诉我，离开了北京之后，他调回家乡的一个军分区任政治部主任。他和故乡的人民一起度过了三年困难，后来又在嫩江边上一个小小的渔村，参加社会主义教育运动。在远离首都的地方，他默默地工作着。

同时，他也默默地怀念着我。他的心是多么细啊！他怕我在困难时期营养不好，影响舞蹈的演出，省下自己的口粮换成黄豆，捎给了我的家里。他为了工作，也为了更进一步地了解我，读了大量的哲学、政治和文学作品。从欧文、傅立叶、费尔巴哈、黑格尔，一直到马列主义的经典。他读了《钢铁是怎样炼成的》《战争与和平》《静静的顿河》《红与黑》《约翰·克利斯朵夫》。特别读了大量的德国的现代文学著作：雷马克的《凯旋门》《生死存亡的年代》，安娜·西格斯的《第七个十字架》。他对德国文学严谨的现实主义、深刻的思想内容，表示特别欣赏。他还读了大量的古典文学和外国的诗歌，从聂鲁达的《伐木者，醒来吧！》直到希克梅特的一些短诗集。他研究中国的绘画传统,读介绍《韩熙载夜宴图》和《清明上河图》的文章;浏览列维坦、列宾、戈雅、毕加索的绘画。他还特别关心关于舞蹈的知识,甚至在省城上演电影《红菱艳》的时候,他竟利用休假日,去增加自己的修养……

我读着……这个当年的战斗英雄,终于成了我心目中的英雄!

他把自己对祖国的爱,对人民的爱,对党的爱,对事业的爱,同对我的爱,融为了一个水乳交融的整体。正是这种爱,产生了不断的追求、热烈的向往,使一个单纯的人充实起来,使一个朴素的灵魂,变得更加美好!

这就是爱的伟大力量么?它使浅薄的变得深沉,使无知的变得博学,使愚笨的变得智慧,使无华的变得光辉,使冷漠的变得多情,使单调的变得丰富,使平庸的变得出类拔萃,使疏远的变得亲近,使灰心的变得充满希望,使消沉的变得充满了朝气,使枯燥的变得甜蜜,使混浊的变得清晰……

与这个原来被我认为是粗俗的大兵相比,我是何等的愚昧和浅薄啊!

正是在我因为爱情的挫折,万念俱灰,认为在这个世界上不存在爱情的时候,最真诚的爱,正在遥远的地方像太阳一样照耀着我。

这种爱是那么朴实。他不是把爱情当作鲜花,折来装点自己的生活;他不是把爱情当作美酒,痛饮之后使自己陶醉。在他的爱中,没有索取,只有慷慨无私地给予;在他的爱中,没有半点矫揉造作,只有一片透明也似的真诚。

我突然觉得,自己虽然有过拥抱和接吻,虽然领过结婚证书,生育过女儿,却从来没有经历过真正的爱情。或者,我所看到的只是在灿烂的阳光下,爱情投在地上的影子:我感到赏心悦目的,仅仅是爱情晾晒在绳子上的光彩夺目的服装……

啊!那82封信,对我来说,是关于人生的82本教科书;是82条可以昂首阔步的通衢大道;是82座价值连城的宝库;是82座可以一览众山小的高峰……可它们,仅仅是那颗美好心灵的一个小小的角落。

一直在我的心中沉睡的爱情被唤醒了。在经历了五彩缤纷的梦幻和光怪陆离的噩梦之后,活生生的现实,令人鼓舞。但是,那巨大的欢乐,就像阴雨的日子里从云隙中偶尔透下来的阳光,转瞬即逝了。因为我知道,何大年在7年多的时间里,一直深深地爱着我,他当然希望有一天,能和我把命运结合在一起。尤其是现在,当我遭到不幸的时候。而我怎么能不考虑这件事情的后果呢?他本来就是父亲的警卫长,是本应该受到株连的人物。现在,之所以幸免于难,仅仅因为他已经远走他乡,暂时地被人们忘记了。如果我不抑制自己的感情,同他结合,那么这件事的本身,很可能被当作是一种大胆的挑战。疯狂的报复将会接踵而来!

我在激烈的矛盾和斗争之中。我觉得扼杀自己的生命,也会比扼杀自己的爱情容易一些。三天的时间很快过去了。当我还在痛苦地寻求出路的时候,他已经来了!

我激动地迎着他跑过去。我想马上告诉他,信我已经读过了,我很感动。但是我们的结合是不可能的。我不同意。

我想把这几句话说完,转身就跑掉。我害怕我没有勇气把自己的违心的行为坚持到底,马上又会把真心话说出来。

但是,还没有等我说话,何大年就制止了我。他说:"小玲!你什么也不要讲了。我已经和你们夺权小组的负责人谈过了。他们已经同意了,你看,介绍信都已经开了。他们同意我们结婚。只是怕让你去登记影响不好,要派个女同志顶替你去!"

啊!这一切来得太突然了!

我一下子跌坐在沙发里,双手捂着脸哭了起来。我不知道自己为什么要哭。是委屈吗?可能是。像歌里唱的:当着你亲人面,有泪尽情流。是悔恨吗?也许。因为为了这一天,我付出了多么惨重的代价。不,都是,又都不是。我感受到了从来没有过的巨大欢乐和幸福。我把自己的生命和另一个崇高的生命结合在一起,他将使我战胜孤独和恐惧。以后,无论环境怎样恶劣,形势怎样严峻,我都将安之若素。

我尽情地哭着。像一个刚刚诞生的婴儿,用大喊大叫宣告:又一个新的生命降临到这个世界上来了!我要把那令人心酸的往事,都顺着泪水,从心中冲走。因为我即将开始崭新的生活了。

何大年是理解我的。他既没有安慰我,也没有劝阻我。

过了一会儿,他和团里的一个姑娘走了。那个姑娘将顶替我的名字和他一起到结婚登记处履行手续。她将代替我回答登记处工作人员提出的问题。

我呢,又被押回到那间楼梯下的小屋里。

临分别的时候,他告诉我说:"下班的时候,我在门口等你。我已经买了一点好吃的,还有你爱喝的通化葡萄酒。我们两个人,对了，还有孩子，我们好好庆祝一下。"

我记着这些话。并且，从分别的那一刻起，我就在心里想象着，大年从剧院出去要走的路。我想象着，我挽着他的胳膊，走在他的身边。不行，在马路上，一个穿军装的军官怎么能和一个女人挽着胳膊走路呢？不过，也没有什么。反正又不是真的。我挽着他的胳膊，把头依着他那肌肉发达的肩膀。现在，应该转过街角了。那里，有一家卖水果的小铺。旁边便是交通岗的岗楼。那条路来往的车辆特别多。有些车根本不是司机开的，而是那些戴着红袖标的红卫兵。看见他们的车来了，你得远远躲开。是的，我得牢牢抓住大年的胳膊，直到路上确实已经安全了，才能过横道。然后，要走过一条长长的小胡同。不知道为什么，街道办事处要设在那么偏僻的一条小胡同里。那条路大概要走15分钟，也许要更长一点儿。现在，应该到了。走过一条窄窄的走廊，向左拐，第二个门，便是结婚登记处。在一张破旧的桌子后面，坐着一个面部表情十分严肃的中年妇女。她的脸色，为什么连一点儿笑容也没有？说话的时候，连眼睛也不抬。不论是谁，都要像放录音机似的，千篇一律地问：

"年龄？""工作单位？""是自由恋爱吗？""有没有什么人反对？"……

我心里突然"咯噔"一下子翻了个个儿。这是不是一个骗局？因为夺权领导小组的头头，便是我刚刚离婚的丈夫。他怎么会这么轻易地同意了我和何大年登记结婚？因为我和他一起生活的时候，我曾讲过我和何大年的关系，他妒忌得要命，恨不能把何大年真的用枪杀死。今天，怎么会突然立地成佛，大发慈悲？我后悔自己当时太激动，只顾尽情地哭了，忘记问一问大年找谁谈的话，怎么个经过。唉，这个当兵的，他虽然读过那么多的书，思考了那么多的问题，但是，在生活中依旧那么单纯，像一个轻信的孩子！

时间突然放慢了它的步伐。我急切地盼望着何大年和那个女同志归来。尽管我已经坚定不移地相信，这是一个阴谋，还是想亲耳听到它的具体的结果。

那位替我去登记的女同志终于回来了。她伏在我那间工具室的小窗口，悄悄地，但又兴奋地告诉我："妥了。一切顺利！"

我点了点头，谢谢她。

但是，我并没有马上高兴起来。因为，我特别相信我的预感。不知道为什么，我总觉得这次格外顺利的结婚登记，是一种不祥之兆。

我焦急地等待着下班的铃声。与其说等待幸福的欢聚，还不如说等待着知道那不幸的结果。

下班的铃声终于响了。其实，剧院里的人，早就走得空空的了。可是，我的隔离室外边，依旧上着锁。我以为是"群专"队的疏忽，从小窗口向戴红袖标的人喊着。可是，没有人理我。冬天的黄昏，凄清而又短暂。紧接着到来的夜晚，即或是在那些疯狂的日子里，也显得死一般沉寂。

我知道，大年正在门口等我。他该多么焦急啊！从我的小屋到剧院的门口，只有短短的几十步的路程。可是，在那个初冬的夜晚，这中间的距离显得像地球和月球那么遥远。

大概快到十点钟了。那位曾经做过我丈夫的造反派头头，才来到小屋的门口。

他用嘲弄的语气说:"新娘子,想新郎都快想疯了吧?"

人怎么能跟畜生对话?我沉默着。

他不断地用手搂着头发。我知道,他一喝醉了酒,就是这个鬼样子。

见我不答话,他暴跳着说:"真不要脸!要你好好坦白交代罪行,你一个字不写,反倒想要结婚过蜜月了。你想得可倒美。告诉你吧,过去,你的孩子没人照看,所以,每天放你回家。从今天起,你的丈夫可以照顾孩子了。你就由日托变成了全托。在问题没有弄清之前,彻底隔离!"

一张结婚登记证书,使我同时失掉了与爱人和孩子见面的机会。我望着窗外那深不可测的夜色,听着吹过首都上空那凄厉的风声,惦念着在剧院门口走来走去的大年,和在大杂院的小屋里嗷嗷待哺的女儿。

这便是我的新婚之夜。

后来,每天下班的时候,大年都到剧院门口等我,一直徘徊到深夜。一连几天,见不到我的影子,打听不到我的消息。

最后,他的假期已经结束了。只好抱着我的小女儿,返回了嫩江边上那个风雪弥漫的小镇。

第四乐章　爱的永恒

我在监狱里一住5年。

那花岗岩筑成的石头房子,可以关住我的身体,却关不住我的心。在多少个月明星稀的夜晚，在多少个春雨潇潇的黄昏，我的心插上一双翅膀，越过铁窗的栏杆飞向北方，飞向嫩江边上那座尘土飞扬的小镇。我好像从来也没有离开过大年和小女儿的身边。

正因为这样，我也从来没有感到过孤独。唯一磨人的，是彻骨的思念。

1971年的夏天，中央为死去的父亲平反了，我也被释放了。获得自由之后的第一件事，就是买一张去东北的火车票，去看望我的丈夫和女儿。

我用口袋里仅有的钱，在王府井给大年和孩子买了一些糖果、果脯、点心。我还在妇女儿童用品商店，估量着5岁女孩的身高，给我的小女儿买了几件衣服。

因为我已经无家可归，在火车站的长椅上打了个盹儿，便匆匆登车北上了。

汽笛声声，轮声隆隆。一路上扬旗起落，日夜兼程；四野里大地旋转，山河退去匆匆……

虽然是特快列车，我还是嫌它走得太慢。5年了，我盼着这一天，心都要盼碎了。深重的苦难，会把平平常常的幸福映衬得光华夺目；漫长的别离，会把短暂的相逢酿造得浓郁芬芳。即将到来的那个激动人心的时刻，激发了我大胆的幻想。我偷偷躲在窗帘的后面笑，我有意地在洗脸池边走来走去，为的是有机会看一看我即将展现在他面前的容颜。追求幸福是人类超越一切生物的美好素质；而轻易地忘掉苦难，则是我们中华民族一个优于异族的美德。

人间的道路，不像人间的苦难，它无论怎么漫长，总会有个终点。

我终于到达了那个草原上的小城。那时，一轮昏黄疲惫的夕阳，正在地平线上跌落。带着蒿草清香味儿的淡淡的炊烟，像一层雾一样笼罩着那些平顶土屋构成的街道。被称为"驴吉普"的胶轮毛驴车，把我和别的旅客送进城里。

我是在12年后，旧地重游。那时，我是私自从家里出走，来找孟觉度假。除了那个象征着我后来生活的风雨之夜，别的一切都被光阴的逝水洗刷得淡漠了，仿佛没有留下什么记忆。这些街道、房屋，也显得这样陌生。

我找到了军分区。年轻的值班军人接待我的时候，显得有点紧张。我告诉他，我是何大年的妻子，我从北京来看望我的丈夫。他没有马上回答我，而是匆匆忙忙地出去了。过了一会儿，他回来了。不知道是由于年轻人的羞怯，还是别的什么原因，他看也不看我，说："何大年同志住院了。军区医院离这里很近。拐过街口，路边的红楼就是。"

我谢过他，匆匆忙忙往医院奔。虽然我对他的健康担心，但还是抑制不住自己欢快的心情。我们对于幸福的要求，实在是太低了。他住院了，失掉了健康但还保存着生命。我还可以看到他那憨厚的笑容，看到他那满含着深情的目光，听到他那带着浓重东北方言的声音。而他，也可以看到我的目光，看到我的身影，感到我对他火热的爱情……

这是多么巨大的幸福啊！

我几乎是跑着赶到了医院。当来到病房门口的时候，我不得不停下来，平息一下剧烈的喘息，让我那颗激动得像要从嗓子眼儿跳出来的心，稍微平静一下。然后，我才轻轻地推开了房门。

我日夜思念的亲人躺在病床上。他比从前更加瘦削和衰老了。只有苍白的脸上，那双明亮的眼睛还是那么有神。他看见我走进来，眼里立刻闪出了异样的光彩。他的喉头动了一下，想说什么，没有说出来。

在他的床边，坐着一位白发苍苍的老太太。她的脸久经岁月和塞外草原的风雨，颜色红黑而粗糙。高高的颧骨和宽宽的额头，使这位陌生的老人显得刚毅而又慈祥。同样，她对我也感到陌生。但是，我从她欣喜的目光中感到，她是知道我的，而且希望站在她面前的，真的是何大年的爱人！

我的小女儿正坐在床边的一个小板凳上看小人书。是的，这是我的女儿，她和我小的时候长得一模一样。大概她对我突然闯进这个房子有点不满，冷冷地问我："同志！你找谁？"

我哭了。我感到痛心。不是因为我的孩子对我疏远，而是因为那孩子的神情。在她说话的语气和表情中，看不到一点幼稚和天真，相反，却打着磨难的痕迹。作为一个母亲，我孕育和分娩了这个小小的生命，却没有给她一个无忧无虑的童年，却没法给她一片没有乌云的天空，却无法给她一个可以滋生甜美梦境的温暖的怀抱。虽然这一切，也许并不是我的过错，我还是因为这过于残忍的一切，不能原谅自己。

我向前走了几步，蹲下来，抚摸着孩子的头说："孩子！我是你的妈妈，我是来看你和爸爸的。"

孩子躲开了我，躲在老奶奶的身后，用不信任的目光打量着我。

这时，那位老太太却掀起衣襟，擦起眼泪来。我知道何大年是个孤儿，在故乡并没有什么亲人。所以老太太的泪水使我感到诧异。老人大概看出了我的心思，她走上前来，抓住我的两只胳膊，翻来覆去地端详着我。

她哽咽着说："大年总念叨你，说盼不到你来了。我说，你准能来。就冲你们俩的情分，老天爷也得成全你们！你看看，总算把你给盼……"

老太太说着，禁不住放声哭了起来。

这时，我听见躺在病床上的大年，轻声地制止她，叫了一声："妈！"

妈？我感到意外。不知如何是好。

老太太抹了一把泪，接着对我说："孩子，我这辈子不配有这么好的儿子，也不配有你这么好的媳妇。不知道是哪辈子作了孽，我自己生的儿子，是个畜生。你知道，他疯了似的造什么反。今天斗这个，明天打那个，后来，天报应，武斗的时候挨了个枪子，死了。剩下我这个孤老婆子，给大年来看孩子。你这女婿对我是没说的。可这年头，好人没有不遭殃的。从你那儿回来没有几天，就给抓起来了，说是你爸爸的黑爪牙，跟你结婚是向无产阶级猖狂挑战。反正，要整你，啥都是罪了。大年呢，啥都不怕，唯独不放心的就是这孩子。听到要抓他的风声，他给我跪下了，磕了三个响头，叫了我一声妈。把他这些年存的两万多块钱，都给了我。嘱咐我一定要把孩子抚养成人。

万一他回不来，就带着这个纸条，到北京找你……"

她说着，从贴身的口袋里，掏出个信封。

站在我面前的这个普通的老太太，又是一个多么伟大的母亲！她哺育了我的女儿，照顾着我的爱人。她把母爱给了我们这些陌路相逢的同类。

我"扑通"跪了下去，发自内心地喊了一声："妈妈！"

也正是在这同时，我的小女儿扑进了我的怀里，用同样的称呼叫了我一声！

妈妈！我这个曾经被侮辱、被迫害的人，居然也有一个这样崇高、这样圣洁、这样伟大的称号。是的，世界上一切宏伟巨大的，像喜马拉雅山和长江、黄河；世界上一切最细微的，像天空飘落的雨点儿，地上芊芊的小草，都有自己的母亲。她是爱的源头，又是爱的女儿。

母亲告诉我，她的儿子，在四年多的时间里，一直住在一间潮湿的地下室里。冬天阴冷，夏天闷热，吹不着风，也见不到阳光。他得了周身性的风湿症，现在又转成了风湿性心脏病。除了头部还可以动一动之外，已经全身瘫痪。但是他还顽强地活着，准备重返自己的岗位，等待着我的来临……

听了这些，我深受感动。这一切，唤醒了我作为一个人的美好天性，又坚定了我对建设一个人与人之间真诚相爱的人间天堂的信念。我从女儿搂着我脖子的那双火热的小手上，获得了关于未来的希望。

我在这里住了下来。我们四个人把那间小小的病房当作了家。

为了让大年吃得好一点儿，我在小镇的商店里买了一个煤油炉子。于是，锅碗瓢盆、油盐酱醋也接着出现了。过去，我所讨厌的烦琐的家务，突然成了我引以为自豪的天职。除了这些之外，我把和老妈妈一块儿给大年洗脸、洗手，用小匙喂他吃药，当作一种做妻子的骄傲。

闲下来的时候，大年让我读他写给我的那 82 封信。在那些信中，他有许多地方回忆起我们一起相处时的美好时光。他谈到曾经批评我的娇气，故意把我领到警卫班的食堂吃战士的伙食；谈到他给我讲父亲的战斗故事、艰苦的生活，引导我走向更壮丽的人生。他所说的许多往事，我当时并没有注意到。可是现在，当我坐在他的病床边，忆起这些往事的时候我才发现，在我所走过的人生道路上，这个当年的战士，无疑是我的一个良师益友。当我认识到这些的时候，原来我所陶醉的一些所谓幸福和欢乐，就显得庸俗而又浅薄。

就是这样的日子，我也只有幸过了 21 天！

我永远也不会忘记那天早晨。天空中乌云奔涌。屋檐上，像伤心的泪一样，落着点点滴滴的雨水。

我刚刚洗漱完毕，准备做早饭。突然发现大年的嘴唇在轻轻地动。因为昨天夜里，他的病连续发作了几次，一直没有休息好。我担心会出现什么意外，赶忙走到床边。我的小女儿也跟着跑过来。

我问大年："你渴了么？是不是想喝点水？"

我从他的表情可以看出：不是。

我又问："你饿了么？喝点牛奶吧！"

我又没有猜对。

这时,我的小女儿说话了:"妈妈,我爸爸想亲一亲你!"

大年闭上了眼睛。

我聪明的孩子说对了。

啊!他要吻一吻我!我的心在咚咚地跳。因为这也是我心中强烈的愿望。我爱他。当我用任何别的方式都无法表达我心中那炽烈的感情的时候,我才想要得到,同时又献上那神圣的一吻!

我俯下身去,双手抱住他那已经失去了知觉的双臂。我火热的嘴唇送到他那有点苍白的嘴边。

在那一瞬间,我自己仿佛被一股热流融化了。我看到一轮又一轮碧蓝碧蓝的海浪,从远处涌来,整个的世界被淹没了。我看到灿烂的阳光,在碧蓝碧蓝的天空中照耀着,原野上盛开的鲜花像弥漫在大地上的彩色的云雾。我看到熊熊的烈火在尽情地燃烧,地球上所有的冰山都被融化了,所有黑暗的角落都被照耀得一片通明……

大年那厚厚的嘴唇,有点发凉。他在我的唇上,像婴儿吸吮乳汁那样吸吮了一下,便突然不动了。他好像突然放弃了他在这个世界上想得到的一切,突然向我们肉眼所看不到的遥远的地方退去。我拼命地想抓住他,但是,那股把他从我的身边夺走的力量实在是太强大了。在它的面前,人类的任何努力都是无济于事的。我感到了一种难以名状的伤痛,像一柄锋利的尖刀,突然刺在了我跳动的心上。殷红的血伴着苦涩的泪,淹没了我所能看到的一切。

军分区的领导要把大年的遗体埋在嫩江边的高地上。因为这里是他的故乡。我没有同意。他虽然已经死了,我还是离不开他。我把他的遗体火化了。和我们的母亲一块儿,捧着大年的骨灰,背着我们的小女儿,登上了返回北京的列车。在人生的旅途上,我将继续匆匆忙忙地赶路。

　我不是孤独的。大年爱着我,我也爱着他。再过一百年、一千年,这种爱也不会褪色。因为我相信,真正的爱情是永恒的!

1981年8月14日—8月19日

漂在湖面上的倒影

一 突然升起的幸福的星辰

小客轮那单调刺耳的"嗒嗒"声突然沉寂下来,像汹涌澎湃的海潮落下去之后,滩头的岩石突然露出了水面。原来那被马达声淹没的人间的喧闹,骤然间显得甚嚣尘上。乘坐这次客轮的旅客,绝大多数是不大出远门的乡下人。所以,船要在终点停靠的时候,整个客舱里呈现出一片人为的、毫无必要的慌乱。结伴而行的熟人高腔大嗓的吆喝声;襁褓中的婴儿在年轻母亲重整被子时的哭声;老农民麻袋里小猪崽的嚎叫声;老太太柳条筐里鸭子、大鹅大惊小怪的叫声;还有刚刚进城归来,要炫耀一下自己刚买来的四个喇叭收录机的小伙子,放大了音量的流行歌曲声……汇成了一股充满了生活气息的、低沉而宏大的声浪,掠过那银光闪烁的波涛,在湖面上回荡。

漆成乳白色的小客轮熄掉了发动机之后,在靠近岸边的水面上划了一个弧形,掉转船头,缓缓地向码头靠拢。离那木头的浮动码头还有一段距离，那些背着包、挎着筐、扛着麻袋的旅客们已经争先恐后地向靠岸一侧的甲板上涌了过来，可能有的人还要赶搭回村去的公共长途汽车，还有些人要赶到旅客登记站去登记住宿。反正一个个都匆匆忙忙。船上的女服务员，手拿扩音喇叭厉声劝阻，结果如风过耳。看那场面，就像我脚下的这艘客轮顷刻之间就会沉掉似的。

我可能是这条客轮上最沉着的一位旅客了。我把黑色人造革的手提箱从座位下面拉出来，放在座位上。把黄色尼龙布面的画夹子背好，再把那件米色的大地牌风雨衣往肩头一搭，下船的一切准备工作就已进行完毕。不过我站在原地没有动。因为和他们那些乡下人挤在一起，有点不大符合我这青年画家的身份。另外，我也不怕别人批判我轻视劳动人民，我已经不大习惯那久违了的，蛤蟆头烟和酸臭的汗味混合在一起的乡下人的气息。

另一个原因是我心情烦躁。越是在人多的地方，越是在嘈杂的地方，越是难以忍受。可以毫不避讳地说，我是为了逃避爱情的烦恼才到这松花湖畔的小镇来的。按照规定，在大学毕业分配工作之后，我还有一个短暂的假期。我本来可以利用这宝贵的时日回到嫩江草原上的故乡去，见一见我父母和亲人。但是，为了躲开一个人，我选择了相反的方向。

从长春出发，乘了几个小时的火车，又乘了几个小时的客轮，现在终于到达了我这次旅行的目的地。因为在这个偏僻的小镇上，没有人焦急地等待着我，我也没有急切想见的人。我只要按照孟宪民给我画的那张"联络图"在天黑之前找到林业站，见到那位我还从来没有见过面的老站长石庆河，寻到一个栖身之所，便算是万事如意了。而现在呢，太阳还浮在湖面上，银亮的闪光从窗口射进来，晃得人眼睛直冒金星，这说明天时尚早。我就更有理由垂手而立，以一个旁观者的身份，观看一下人们在互相争夺时的千姿百态。

我就那么站着。直到所有的人都走光了，服务员提着水桶，拿着拖布走进客舱来搞卫生的时候，我才迈着从容不迫的步伐，通过那架颤颤悠悠的跳板走上岸来。

岸边的小镇叫塔头甸子。可能在下游丰满水电站的拦洪大坝修筑之前，松花江上游还是一条瘦水的时候，这里曾经有过一片野鸭子、大雁和长脖子老等栖息的塔头甸子吧。可光阴的逝水把多少大地上存在过的痕迹都冲刷掉了呢！此刻，那长满了塔头缨子和蒲棒草的塘甸，已经和往昔那荒凉寂寞的岁月一块，沉埋到碧波粼粼的湖底去了。在它的岸边展开的，是与这个充满了诗意的朴素名字完全不相干的另外一种景象。

从码头通往小镇上去的泥泞的土路，被小商贩们的售货摊床挤得窄窄的。从当地的土特产品、瓜果菜蔬，直到广州、上海的应季服装，不能算应有尽有，也可以说琳琅满目了。

靠近码头的地方，卖香瓜的最多了。按照长白山里的习俗，瓜摊都是就地摆设的。在翠绿翠绿的香蒿上，像一座座小山似的堆着各种颇负盛名的品种，什么金道子、小牙瓜、蛤蟆酥、虎皮脆、红糖罐儿、羊角蜜……卖西红柿的，也有一些看家的品种：大牛心、小牛心、红灯笼、牛奶柿子。红的像玛瑙，黄的似琉璃。不要说吃上一顿，就是看上几眼，心里也甜滋滋的。

再往前,就是卖烧鸡、酱肉、素鸡豆腐的食品摊了。跨过一道小桥,继续前进,就走进了更加耀眼的百货市场。一个摊床连着一个摊床,在白布撑起的阳篷下,竹竿上高挂着款式新颖的各种尼龙衫裤、连衣裙和做工精细的童装。从湖面上刮来的清风一吹,猎猎招展,像是盛大节日里悬挂的彩旗。小商贩大多数都很年轻,有的还操着江南口音。他们自己戴着茶色的、粉色的麦克镜,蓄着长发,穿着紧身的衣裤,那种舶来的味道甚浓,与这质朴的湖畔小镇极不谐调,甚至可以说是形成了鲜明的对照。

叫卖声此起彼伏:"哎,牛仔裤,货真价实坚固呢,誉满全球苹果牌! 12元一条,便宜到家了!"

"出口转内销丽丽牌洗发香波,存货不多,欲购从速……"

一个个声音沙哑,在人们可能相信的范围内比赛着吹牛皮、说大话。我昂首阔步在小贩们的面前走过,目不斜视,旁若无人。要知道我是从省城来的。那些长途贩运的小贩们,尽管有妙计千条,也不会从我的口袋里掏走一分钱。但是,山场大了什么野兽都有。也还真有不识时务的。一个瘦得胸脯像洗衣板似的年轻人,光着膀子在人群里挤来挤去,他把包装上画着女人大腿的两双劣等尼龙丝袜,差不多伸到了我的鼻子底下,腔调油滑地喊着:"先生! 连裤的尼龙丝袜,法国进口,3元一双! 走亲戚,送女友,这是必备礼品! 您来几双?"

我冷冷地瞪了他一眼,像什么也没有看见、什么也没有听见一样,继续向前走去。那个瘦猴子似的家伙,脸皮真够厚的了。他不仅不感到尴尬,反倒不以为然,依旧跟在我的背后,吵吵嚷嚷:"哎,存货不多,就这两双。过了这个村,就没这个店了……"

我真想转回身去,好好教训教训这个流里流气的小贩。但是,我忍住了。跟这种人能讲出什么道理来呢?我何必对牛弹琴!但是这个小小的不愉快的插曲,在我本来就不愉快的心里又投下了一道浓重的阴影。爬上一段陡坡,来到小镇的主街时,我已经感到十分疲惫。

我无精打采地走着。胸膛那颗布满了伤痕的心,被痛苦和烦恼装得满满的。再没有一点儿空隙来容纳小镇这迷人的景色和令人神往的风情。尽管我的手提箱里装着满满的几十筒颜料,但我没有办法使自己的生活有一点暖调子的亮色。有的读者也许会猜测我是不是失恋了。坦白地说:没有!我的痛苦是因为我已经不再爱别人了,却被人一往情深地爱着。因为在过去的岁月里,我在精神上、经济上,都对她负有难以偿还的债务,所以,绝情之心早已有之,却迟迟不能付诸行动。因为世界上没有任何爱情,哪怕是最短暂的爱情,不是伴随着山盟海誓的。现在,要把誓言变作谎言,要把充满了柔情的窃窃私语变成冷冰冰的背信之辞,也绝非是一件轻而易举的事。在某种意义上说,这要比普普通通的失恋不知要痛苦多少倍!

沿着湖岸蜿蜒的小镇街道并不宽,但铺了沥青,这好像是从前的穷乡僻壤走向现代文明的一个重要标志。街道两侧,拥挤地排列着国营的和集体经营的店铺。它们用古老的传统到现代化手段的各种方式,表现着人们梦寐以求的繁荣。刚刚开张的饭店,挂着五彩缤纷的纸幌,里面炉火熊熊,大马勺敲得震山响,只要从门前走过,就能嗅到葱花爆锅和炒肉的香味儿。

自行车修理铺的门前，紧挨着悬挂的车圈，贴着红纸广告：本店代修嘉陵摩托车！半间草屋的夫妻理发店，挑的是白布狼牙旗，大概是为了表现门面虽小，技艺却是正宗师传，上面写着歪歪扭扭的毛笔字：湖北理发。嵌着大玻璃的钟表修理部，也兼修收音机、电视机，店主人显然知道应该怎样发挥自己的优势：在门口用立体声的音箱，播放着朱明瑛的歌曲。小镇么，小店就多一些。卖马笼套和皮鞭梢的皮货铺；挂马掌的铁匠炉；焊洋铁壶、砸炉筒子的钣金铺……当然了，还有远比这些气魄辉煌的建筑：三层楼的百货商店；石头砌门面的影剧院，一人多高的大广告画上，潘虹那双总是充满了忧郁神情的大眼睛注视着每一个过往的行人。再往前走，是铁大门的农机修配厂。咚咚的锻锤声像沉闷的鼓点；即使是在大白天，电焊的弧光依然耀人眼目……

当着这么多的读者，我不敢说我是如何漂亮。不过，我的画家的风度和气质，我这身朴素但又不随俗的装束，使我在小镇的街道上成了人们注目的人物。尤其是姑娘们，她们投来的友好目光中，甚至还带一点难以掩饰的惊讶。这使我感到骄傲，也在心中产生了一股难言的苦涩。

小镇的街道并不长。当我快走到它的尽头的时候，远远就看见了一座二层红楼的山墙上用白灰和水泥嵌成的三个大字：林业站。这和孟宪民在"联络图"上给我画的一模一样。

其实，我并不认识老站长石庆河。我在省林业厅工作的同学孟宪民认识他。宪民过去曾在塔头镇林业站蹲过点，与老站长有些交情。听说我要到松花湖写生，他热情地给我写了一封私人介绍信，并且向我保证，只要一提他孟宪民的名字，老站长肯定会热情接待，食宿问题一定会得到妥善安排。现在，那座他细细描绘过的小楼就在眼前了。我的全部精力好像也要耗尽了。不过我还是得振作起来，不能给初次见面的老站长留下一个萎靡不振的印象。

林业站的小楼四周，围着用银白色的桦木杆儿筑起的篱笆。两扇小门也是木栅栏的。走进院门，一踏上那红砖砌成的甬路，我便一下子愣住了。

从一位画家的角度来说，我看到了只有在艺术大师安格尔和伦勃朗的笔下才有的，一幅描绘少女的绝美图画：在小楼的水泥台阶上，坐着一位黑发披肩的少女。她素衣黑裙，在漆成淡绿色楼门的映衬下，沐浴在夕阳柔媚的光影里。色彩是在相互映衬之中，才显得越发鲜明的。那乌黑的长发下，她的皮肤像大理石一样洁白。宽宽的额头，笔直的鼻子和丰厚的嘴唇，构成了面部高雅，甚至可以说是雍容华贵的轮廓。长长的颈项、微微隆起的胸脯、苗条的腰身和消失在黑裙下面的生动曲线，令人联想起意大利文艺复兴时期的雕塑。当然了，徒有外形的美，是肤浅和经不起推敲的美；只有内涵丰富、形神兼备的美，才会具有震撼灵魂的力量。此刻，她正在聚精会神地读一本杂志。她那微微低下的头和前倾着的身体，表现了一颗洋溢着青春活力的灵魂，对知识的渴望和对理想的热烈追求。

我放慢了脚步，生怕破坏了这诗一般令人沉醉的意境。同时，我目不转睛地盯着她，尽量把构成这个画面的线条、色彩、明暗对比都铭刻在记忆中。要知道，世界美术史上的许多不朽之作，都是大师们受到生活本身的启迪,激发了创作的灵感孕育而成的。谁能估量我在长白山中这个小镇上,在松花湖畔八月的黄昏所见到的这美妙的一幕,会产生怎样价值的艺术作品呢?

一颗充满了希望的灿烂星辰在我的心中升起了。我突然觉得,这一路上,我在火车上、船上所见到、听到的一切,是那么琐碎,俗不可耐!包括眼前的这个小镇,都无法成为描绘这美丽少女的背景。她应该生活在充满了神奇色彩的大森林里,或者中世纪哪位公爵夫人的花园中。总之,应该在充满了幻想、诗意的所在。

甬路不长,无论我怎样放慢脚步,终于还是走到了它的尽头。我踏上了水泥台阶。姑娘还在专心地读她的书。在那一瞬间,我突然感到一阵难以名状的痛苦和失望。我可能永远地失去了同她接触的机会。因为当我走进小楼,找到石庆河站长,把一切都安排好之后,她可能早就飘然而去,消失在小镇的哪个灰瓦或者苫草的屋顶下面了,像一个消失了的梦境一样,无法寻觅。想到这些,我收回了去拉门的手。我把手提箱放在地上,走近她的身边,尽量把声音放得低低地问:"同志,打搅了。请问石庆河同志在吗?"

她抬起头来。那双睫毛很长的大眼睛有点像潘虹,也带着淡淡的忧郁。她合起杂志,站起身来。这时我才发现,她那件白色的衬衫和黑色的裙子,式样都很陈旧了。而且,发式也不是那种风行的披肩发,只不过是刚刚浴后,未经梳理罢了。她打量我好一会儿,才说:"你是省里来的吴畏同志吧?"

没有想到她竟会知道我的名字!这真使我喜出望外。我马上回答说:"是的。我就是吴畏!您是……"

"我是五号护林点的护林员。"她说。大概看出我有些疑惑,她又接着解释说:"石站长退休了。他在家里闲不住,又在我们五号护林点打替班。他有事,让我来接你上我们那疙瘩去。"

她的声音也缺乏甜润和应有的妩媚,一口当地的土腔,甚至有点煞风景。但是,我还是不愿意轻易地放弃我最初那一瞬间的美好印象。

"老实说,我们那里条件差一些。如果你不愿意去,就在镇招待所给你联系个住处。可以不花宿费的。"

大概孟宪民在信里提到了我是自费旅行。因为我在美术学院毕业之后,刚刚到杂志社报到。按照规定,我有半个月的假期。我完全可以回到嫩江大草原上我的故乡去。但是,我为了回避她,为了让时光的逝水冲淡一下关于往事的记忆,才向这相反的方向来的。所以,她那"不花宿费"几个字,既触动了我的心事,又有点伤了我的自尊心。所以我马上答道:"花不花宿费问题不大。因为我是来写生的,还是住在护林点更理想些。"说老实话,我这时候想的不是长白山下、松花湖畔那迷人的风景。为了能和眼前这位美丽的少女在一起,条件再艰苦些我也心甘情愿。但是,我可以对天发誓,我并没有什么想入非非的企图。也许,在我这种年龄,爱和漂亮的姑娘打交道是一种合乎逻辑的天性。当然了,我也不排除我期望着发生一点感情纠葛的希冀。

她打断了我的思路,说:"天不早了,咱们走吧。我们护林站在鲤鱼湾呢。八里路够走一阵子的啦!"

说完，她转身先走了。既没有客气一下替我拿点什么东西，也没有问问我还有什么事情要办。我把风雨衣在肩头又重新搭了搭，提起箱子跟着那苗条的姑娘走去。她走得很快，尽量和我保持着一定的距离。我当然知道她的心里在想什么。因为在我们东北的农村，一个大姑娘要同一个陌生的小伙子肩并肩地走在街上，那风言风语很快就会传开来。

我望着她的背影，心里既有淡淡的酸味儿，又有淡淡的甜味儿。应该说，她的身材是苗条的。只是她走起路来，胸脯挺得不高，而且有点八字脚。所以看上去，缺乏弹性和那股子潇洒的劲儿。不过这一切都是可以改变的。

一轮如火的夕阳已经钻进天边的云彩里去了。静静的湖面上升起一层乳白色的夜雾。大概是湖畔的草丛里吧，蛙声连成一片……

二 你为什么不是她

床是软的。厚厚的草垫子上面铺着厚厚的毛毡和褥子。被子也是新拆洗过的，还留着肥皂和阳光晒过的香味儿。尽管我旅途上很疲劳，可躺在这舒适的床上，说什么也睡不着。

夜已经深了。呼啸的山风挟着冷雨，一阵阵敲打着玻璃窗子。那单调的"沙沙"声，搅得人心烦意乱。老站长早就睡着了，他那有节奏的呼噜声，也叫人难入梦乡。屋子里有些闷热。因为怕往屋里飞蚊子，所有的窗子都关着。空气中充满了艾蒿火绳那清淡的芬芳。黑暗中，一只老鼠在咬着木板，那刺耳的声音像在咬着我的心。

真的,我的心在一阵阵作痛。因为我平生第一次,昧着良心,做这忘恩负义的小人!我知道,我这种做法是残酷的、不道德的。但是,为了我一生的幸福,也为了我们俩的幸福,我不得不这样做。

啊,嫩江岸边那大草原上的小镇,也在落着这飘飘洒洒、凄凉的冷雨吗?那个曾经被我爱过,至今还爱着我的姑娘,此刻也许正撑着一柄雨伞,站在检票口外的路灯下,注视着每一个从夜班火车上下来的旅客。当所有的人都走净了,站台上和站前广场上都变得空空荡荡的时候,她的心也会变得空荡荡的。我可以想象,她怎样迈着疲惫的步子,沿着那条泥泞的大街走回家去。母亲会带着同情和怜悯的神情,默默地注视着自己的女儿……

我没有勇气再想下去了。因为那位面孔和善的老人,曾经给过我多少慈母般的关怀和爱抚啊!

兰兰,原谅我吧!我不会忘掉你所给过我的一切!

可祈祷又有什么用呢?在这深不可测的夜色中,到处都是她那双充满了哀怨的眼睛。也许,我应该写一封信,明白地告诉她,我变了心。虽然我还没另有所爱,但是,我曾经炽烈燃烧过的对她的爱,已经熄灭了。叫她不再等待,不再抱有幻想;不再顶着烈日,冒着冷雨,在那个偏僻的小站上迎接我归来。但是,我怕她受不了这突如其来的打击。她也许会寻短见,她也许会精神失常……我可以背叛她,但不能伤害她。因为没有她的帮助,也许我就不会有今天!

兰兰啊，兰兰！我为什么要遇到你呢？

我不会忘记，当我从家乡小学的"戴帽初中"毕了业，考进公社中学的时候，我穿着哥哥从部队里寄回家的旧军装，背着麻花被的行李卷，提着半面袋作为口粮的高粱米，到土墙围着的公社中学报到那一天，是你把我引进了高中一年三班的教室。那时候，我觉得你那红红的脸蛋、胖胖的身材，是多么美啊！因为我的祖父、我的父亲，从小就教育我：做一个人，做一个庄稼汉，没有比有一个壮实的身板更重要的了。尽管我那时还小，还不知道什么叫爱情，可在上自习课的时候，甚至在上课的时候，我都会情不自禁地转过头去，偷偷地看上你几眼。你也知道，我不止一次地把你的侧影画进我的写生本。

你知道我的家庭生活困难，送给我钢笔、手册，送给我粮票和你亲手织的脖套儿。当我知道你的父亲是咱们公社的民政助理的时候，我是多么意外呀。我真的不敢想象，一个吃供销粮的姑娘，居然会爱上我这农民的儿子。我受宠若惊。还记得吗？高中毕业的那年春节，你冒着暴风雪走了17华里，到我们嫩江边上那个小屯来看我，还带来了县计划生育委员会印的一套宣传画。这件事成了我们屯子里的头号新闻。我的母亲，因为有一个公社民政助理的女儿要做儿媳妇，感到无比的自豪。连生产队长都对她肃然起敬。

我更不会忘记我考上美术学院之后，你按月寄钱给我。当然，我和你的关系不是金钱关系。你没有为自己高考落榜而惋惜。你到公社知青厂当了工人。漫长的4年里，你节衣缩食，把省下来的工资寄给我交学费，交伙食费，买那些贵得惊人的画册。

是的，我所花的这些钱，我会还给你的。但是，我无法还给你的是你所等待的美满结局，是你在漫长岁月里所怀的殷切的希望。是你支持我开阔了眼界，获得了更多的知识。也正是在这同时，我感到我们的心，在一天天地疏远。你使我一天天地感到陌生。你不能理解我为崇高艺术而献身的意义。所以，你希望我毕业之后，分回家乡去，给电影院画广告，或者给商店画橱窗。你甚至想让我给社员们画炕琴和立柜的门子。我们再没有共同的语言了。没有共同的语言，还要在一起生活，这不是痛苦的吗？而这痛苦不仅会属于我个人，也会属于你。我们是为了寻找共同的幸福走到一起来的，再为躲避共同的痛苦而分手，这不是天经地义的吗？我们曾经真诚地爱过。现在，不再爱了，也不需遵循不是爱人便是仇人的法则。我们从爱情后退一步，做个比其他朋友更亲密一点的朋友吧！

突然亮起的闪电，把木刻楞的小屋映得雪亮。紧接着，一串沉闷的雷声，在山坡下的松花湖面上滚过。那惊天动地的巨响，在群山间长久地回荡。像是被这雷声惊醒了，我从那纷然的思绪中解脱出来，又陷入了我所面对的严峻的现实。

不知道是因为闷热，还是因为紧张，我已经出汗了。脊背上，像有无数麦芒刺着一样，钻心地痒。我掀开被子坐了起来，听着窗外那松涛柏浪的喧嚣和夜雨的低语。最后，我决定到门廊上去呼吸一下新鲜空气。

刚刚推开屋门，凉飕飕的山风便吹着冰冷的雨水扑过来。我犹豫了一下，还是跨出了门槛。苍茫起伏的远山和一望无际的湖水，都被浓浓的夜色遮掩起来。那秀丽的山峦和水色隐藏在黑暗之中，显得神秘而有点恐怖。与宏伟的大自然相比较，人是渺小的。儿时听老祖母讲的那些关于鬼怪的故事，山里人关于黑瞎子和老虎的传说，都在这时油然地爬上了心头。尤其闪电照亮的一瞬，地球表面的一切都显得失血似的惨白。闪电过后，夜色显得更加浓重。被晃花的双眼，会莫名其妙地突现许多狰狞的怪影。被雨水冲刷着的无数叶片和被风摇动的无数枝条，会发出山洪暴发似的吓人的吼声。

突然，我在伸向湖岸的山坡上，发现了时隐时现的灯影。透过灌木林茂密的枝条，可以看到有一个人影正向护林站的方向走来。这是谁呢？在这夜深的时分，在这荒凉的山野里，是不会有什么夜行的旅人的。他从哪儿来？又要到哪里去？

我想着。那亮着手电筒的人，在逐渐靠近。该不是什么坏人吧？我突然想到在老站长床边的墙上，挂着一支双筒的猎枪。我盯着那盏手电光，悄悄地退到门口，用手摸索着，拉开了屋门。闪进屋里之后，我伏在玻璃窗上，观察着来人的动静。有好一会儿，我紧张得连呼吸都要停止了。

来人走上了门廊。脱掉了塑料雨衣之后，我才看清，原来是今天去塔头甸子镇上接我的那个姑娘。她叫陈杰。她也背着一支双筒猎枪，枪口朝下。她在门廊上抖了抖雨衣上的水珠之后，走过去打开了自己的房门。这座护林站的木房里，只住着我、老站长和陈杰三个人。她的房间就在我们的隔壁。尽管板墙上糊了一层报纸，我还是可以听见她往盆子里倒水、洗脚的声音。我悄悄地回到床上躺下来，脑子里挤满了一个又一个问号。

她到哪里去了呢？也许，是跟情人相会吧。相爱的人是既不怕困难，也没有恐惧的。那么，她的心上人是个什么模样呢？一定是个英俊魁梧的小伙子，一定是我们这一代人中的出类拔萃之辈。

不，也许不是。因为这附近是没有人烟的。离这里最近的小镇，还有8华里远哩。相爱的人相聚，尽可以选在阳光灿烂的白昼，选在残阳如血的黄昏。那么，在这伸手不见五指的暗夜，在野兽出没的林莽，在激浪拍岸的湖畔，究竟是什么吸引着她，让她去冒险呢？

隔壁房间里静了下来，说明我的女邻居已经熄灯睡下。夜更深了。只有那潇潇的夜雨还在落个不停，那凄厉的山风还在吹个不停。甜蜜的梦乡依然距离我十分遥远，就像幸福距离我十分遥远一样。

不知道为什么，兰兰和陈杰的两张面孔，走马灯似的交替着在我的眼前闪现。

兰兰哪，兰兰！你为什么不是隔壁的那个姑娘呢？如果你是她，我就不会感到如此的孤单和寂寞。此刻，我可以和你一块儿坐在门廊上，浴着山风和夜雨谈心。

隔壁的姑娘啊，你为什么不是兰兰呢？如果你是她，我宁愿放弃在杂志社的工作，离开省城那高楼林立的街道、繁华而喧闹的生活，就在这护林站的木屋里建设一座人生海洋里的避风港。每天，我和你一起护林，业余的时间我就作画。我要买一台六个喇叭的立体声的收录机，让这清新的空气中融进贝多芬和柴可夫斯基的音乐。我要在那原木裸露的墙上，贴满列维坦的风景画。我要在门廊下，栽满如血的相思红。我要在这远离人群的地方，建设一个只属于你和我的，充满了阳光和爱情的世界……

我想着，不知道什么时候，昏昏沉沉地睡去了。

三 漂在湖面的倒影

下了整整一夜的雨，在黎明时分停了。弥漫在天空的雨云散开来，化作了大朵大朵藕断丝连的云块，贴着松花湖面缓缓地飞翔。太阳大概已经在云彩的后面升起来了。穿过云隙，偶尔会有一束束玫瑰色的霞光，射向被薄雾笼罩的大地。护林站的小房，就建在临湖的一座小山顶上。小屋四面的门廊，实际上就是瞭望台。屋门朝北，敞向还在贪睡的松花湖。松花湖其实是松花江的扩展。因为下游修了水坝，被拦住的水把蜿蜒数百里的山峡填平了，形成了一座巨大的人工湖。站在廊下，放眼望去，湖的对岸是一座石砬子。尤其新雨过后，水迹犹存。石砬子红得像着得正旺的火。石砬子很陡，而且有点向湖面的方向倾斜。大自然的鬼斧神工把它塑造得粗犷奔放，气势夺人。在它的石壁上，没有树，也没有草。成千上万只在石缝中筑了巢的，白色的、灰色的野鸽子在它的上空飞来飞去。石砬子的两边，才是山势平缓一点的峰峦。它们像这位红衣武将的卫士，连绵起伏，一字排开，一直延伸进浮云飘流的远方。那些山被茂密的树林覆盖着，是翠绿翠绿的。山坡上间或有几片开着白色花、粉色花的树，与被朝霞染红的云彩混在一起，不细心看时也难以分辨。当然，这景色里也有美中不足。在那山坡上，不知什么人开出了一块块耕地，因为坡太陡，远远望去这地就像挂在墙上的画。因此，山里人叫它"挂画地"。不过，这些画，既是人类改造自然的结果，又是人类破坏自然的铁证。它们像缀在大山那锦绣袍衫上寒酸的补丁，令人遗憾，令人惋惜。这使我感到有点扫兴。可当我的头稍微低垂下来的时候，就像第一次见到陈杰时那样，我突然愣住了。

我发现了那漂在湖面上的倒影。

我想起了一句很有哲理的话：山因水青，水缘山绿。山因水青，是因为山上的花草林木，受到了水的滋润；水缘山绿，是水面倒映着山影，被山的绿色染的。此刻，在薄雾飘流的湖面上，在清晨才有的阴影里，那高大的红石砬子，那连绵起伏的山峦，化作了融在湖面上的几个红的、绿的、巨大的色块。在模糊而又神秘的倒影之中，石砬子那像青筋暴露的岩石，变得充满了温情。在倒影中，山坡上那一块块黑色、黄色的"挂画地"，被水面融化开来的绿色遮掩起来，高远的天空，流驶的云朵，使湖水变得深不可测。我不知道这是不是诗人们所说的朦胧的意境。于是，我的脑海里突然浮现出了陈杰坐在林业站水泥台阶上的画面。如果我把一位穿着白色衣裙的美丽少女作为前景，让她坐在门廊这粗糙的、带着树皮的桦木栏杆上读书，再由俯瞰的角度，去画那漂在湖面上的倒影，那么，美的现实和虚无缥缈的倒影，就会构成一个既矛盾、相互映衬，又统一和谐、浑然一体的一幅绝美的画面。我应该用画笔，在现实与梦幻之间，为人们搭一座桥梁。

不从事创作的人，就不大能够理解灵感突然出现的时候，艺术家的心灵深处是怎样地波涛汹涌。我奔回到屋里，取出画夹子和颜料，选好位置，做好了一切准备，便转身来敲陈杰的门。敲了两声，没有听见回答。侧耳听时，屋里正放着收音机。这正是电台播送英语的时间。我又使劲敲了两下。少顷，门开了。穿着红色紧身衣的陈杰，就站在我的面前。看来，她比我起得还早，已经梳洗过了。黑色的长发在脑后扎了一个很随便的马尾式。不知道是从屋子里，还是从她的身上散发出那种只有少女才有的好闻的气息。她有点疑惑地看着我，问了一句："你起得这样早？"

我说："早晨有云雾，我特别喜欢在云雾之中观察大自然的景色。待会儿太阳升高了，天晴了，山河怎么美都会一览无遗。而云雾之中，大自然才有神秘感。随着云态的变化，大自然的景色也会气象万千。"

我不知道为什么我会像发表演说似的，发表如此长篇大论的答话。看来，她并没有感到不耐烦，只是低垂着目光，等待我说明敲门的来意。我稍微停顿了一下，并且借此机会扫了一眼少女的闺房。这半间木屋布置得既简单又雅致。门左侧的墙边，搭着一张木床，上面摆着整洁的行李。右面，靠窗子的地方，是一张小小的双屉桌。桌面上除了一台半导体的收音机，还摆着一块小圆镜和雪花膏之类的化妆品。整个屋子里最醒目的，还是迎门墙边的书架。与其他家具相比，这书架似乎太大了。它是用白茬儿木板钉起来的，一共五格。每一层格里都摆满了杂志和书籍。最上面的一层，还摆着一只插满了野花的玻璃罐头瓶。除此之外，还有挂在墙头铁钉上的一把胡琴。这大概就是房间里的全部了。陈杰发现我在打量她的住室,自己也回过头去看了看。这使我觉得自己有点冒昧。我应该控制自己,不应该表现出对她的一切所产生的浓厚的兴趣。

桌子上的半导体收音机还在广播英语。

我很抱歉地说:"对不起,陈杰同志,打搅你学习了。是这样,我想请您帮忙画一幅画……"

"我?"她吃惊地望着我,"我可不会画画。"

我说:"你误会了,我不是让你画,是我想画画你。"

她还是那么认真:"画我?没看见哪幅画上画个丑八怪呢。"

我说:"陈杰同志,你太谦虚了。你的形象是我见到的女孩子里最美的……"我觉得这样的恭维太露骨,也太过分了,马上又在后边加了个"之一"。接着我又向她解释:"我要画一画漂在湖面上的倒影。因为我觉得那虚无缥缈的倒影,要比严峻的现实美得多……"

我没有想到她会在这里插了一句:"可人不是生活在倒影里啊!"

"是,人不是生活在倒影里。但是,生活中存在的东西,都会有它的倒影。在这幅画里,我想把你当作主角。你穿上昨天的那套衣裙,坐在门廊的栏杆上读书。这样,你就成了美好现实的化身。你远处的背景,就是湖面上那美丽的倒影。"

"真对不起,我没有工夫。现在,我得学英语。我没有录音机,漏下一课就没法补了。此外,待会儿天晴了,我还得去晾蘑菇。前几天采的蘑菇,都在林子里呢,再不晾,就要生虫子烂掉了。"

这种谈话,太缺乏浪漫气息了。我心目中这美好现实的化身,她竟看得远不如蘑菇重要。我突然想到，也许，昨天夜里，她就是为了心爱的蘑菇去大森林里冒险的吧？我看了她一眼。在沉默的时候，她是那么迷人啊！

我恳求她说："好吧，那我们就互助合作吧。现在，你帮助我完成这幅画。我呢，待会儿帮你去晾蘑菇，补习英语。"

她眼睛一亮："你真的懂英语？"

我说："谈不上懂，略微会一点吧。"

陈杰高兴了，我第一次看见她露出一丝微笑。她拍了一下手说："那可太好了。有你这么个老师，我就方便多了。不然，我得把疑难问题都攒起来。攒上一大堆，跑到镇上的中学去一次，请老师给辅导。你知道，我去年报考林学院，其他科目都及格了，就是总分让这见鬼的英语给拉了下来。"

"你还想考大学？"

"是啊，我也觉得晚了点。但是，现在没有文凭不行啊，连工资都涨不上。"

上大学，为了涨工资。又是这样具体而庸俗的问题。如果她不谈这些，谈一谈她对大森林的爱、对美好大自然的深情，谈谈她对祖国林业发展的大胆设想，那对我即将创作的那幅画，该是多么巨大的补益啊。不过，我可以尽量把她的内心世界想得纯洁一些、丰富一些。

她没有让我等多久，便换上昨天的那套衣裙走了出来。按照我的要求，她侧身坐在门廊桦木的横栏杆上。可惜，这时太阳已经从云彩里钻了出来。湖面上那充满了浓郁诗情的倒影，已经被无数闪亮的光斑代替了。这多少有点令人感到遗憾。不过也无伤大局。反正那大山和湖水是不会走掉的。我可以先勾勒陈杰的轮廓,背景的部分可以留给明天,或者后天。

不知道为什么,此刻,我怎么也捕捉不到昨天那最美妙的感受。那曾经令我激动的画面和气氛,像湖面上突然消失了的云雾一样,无处寻找了。而望着她的时候,我的脑子里不时地闪现出广阔无垠的大平原上,那古老而又荒凉的嫩江的堤岸和沙滩,闪现出兰兰那胖胖的、健壮的身影。整整一个早晨,我甚至没有勾出一幅草图。

吃过早饭,老站长划着舢板,到湖对岸的苗圃去了。他告诉我,最近上级有指示,要退耕还林。前些年,有些人在对岸的山坡上毁林开了不少小片荒。现在,要重新栽上树苗。当然,这工程是十分浩大的。老站长在整个春季里也只栽了两小片。不过,来拆掉这大山上补丁的,不会只是老站长一个人。再过几十年、上百年,那青山肯定会遍地青葱的。

按照早晨约好的,我跟陈杰到林子里去帮她晒蘑菇。尽管她的表情一直很严肃,但是,我还是可以感觉到她对我的出现很高兴。一路上,她轻声地哼一首歌。那旋律很熟悉,但我又一下子想不起来是哪一首。

因为昨夜落了一场雨,草叶上还挂着水珠,我们俩的鞋子、裤脚都被打得湿漉漉的。林子里的空气很新鲜,飘着花草和松树油子的香味儿。在高高的树枝上,画眉、百灵、钢嘴腊子像参加音乐会似的,比赛着唱歌。她突然回过头来对我说:"我唱半天啦,该你唱一会儿了。"

我问:"为什么要唱歌?"

她说："这是大森林里走路的规矩呀。你知道，山里的野兽都怕人，只有面对面突然遭遇的时候，它们才袭击人。你一边走，一边唱，它们老远地听见了人声，就偷偷跑掉了。"

"怪不得你敢深更半夜到林子里去呢。"

"你怎么知道？"

"昨天晚上我看见啦。"

"那还不是因为去塔头镇接你，晒的蘑菇都没收起来，害得我冒着大雨又跑了一趟。"

我对她那谴责的语气很高兴。这说明我们之间的距离在缩短。所以，我故意刺她说："采来的蘑菇，淋就淋了呗。总不能让那些林子里长的小东西，把人也拐带挨淋哪。"

她嗔怪地看了我一眼，说："你倒大方。我采的那松树蘑，晒干了也有二十几斤。几十块钱呢。"

"要那么多钱干什么？"

"上学呗。自己双手赚的，总比伸手拿国家的助学金、伸手向别人要好吧？"

听了这句反问，我的脸有点发烧。因为我在美术学院学习的这几年，除了拿国家的助学金，就是伸手花兰兰的钱。有一瞬间，我甚至怀疑这姑娘是不是知道我的底细，故意揭揭我的伤疤。

就在这时，草丛里突然"扑棱"一声，接着"通，通，通，通……"一阵响声。我吓得向后退了两步，心也"通、通"地跳个不停。看到我这个狼狈样，陈杰忍不住笑了。她笑了好一阵才说："看把你给吓得。这是一只兔子。看来你的胆儿啊，比兔子还小。"

"怎么会是兔子?兔子不会有这样大的声响。你听那'通、通'的脚步声。"

"'通、通'的脚步声才是兔子呢。'扑棱'一声,是它从草丛里跳起来,接着一蹦一蹦地逃了。真正的大畜生,是没有什么动静的,它们个大体重;从远处走过来的时候,只能听见被踩断的干树枝子'咔,咔'作响。就是真的遇上了大黑瞎子,你也不用怕。它走它的,你走你的,和平共处。只是现在正是黑瞎子产崽的时候,你如果发现黑瞎子坐在树枝上掠酸枣子、葡萄,掠一把往嘴里填一把,你从树下走它也不理你。如果它坐在树杈上,掠一把往地上扔一把,那你可得远远地躲着了。因为那树下有它的崽子。你要靠近,老母黑瞎子非跟你拼了不可……"

现在,我开始由衷地佩服她了。她简直是一部关于大森林的百科全书,或者说她自己就是一座原始大森林。她美得粗犷,又美得妩媚。望着她背着猎枪,穿着一身劳动布工作服的背影,我的心无法平静。

太阳升得更高了。大森林里水汽蒸腾,开始闷热起来,除了那吹过树梢的风声和唧唧的鸟鸣,四周是一片沉寂。我们好像已经远离了所生活的世界,看不到我们所生活的时代所留下的烙印。但是我的心中无法排遣我从人间带来的惆怅和哀伤。上帝啊,如果你真的存在的话,你为什么不把眼前这个姑娘的爱赐给我?如果真有命运的话,那么,命运又为什么要带给我那个跟我已经没有共同语言的兰兰呢?人家都说:男愁时唱,女愁时哭。现在,我真的想唱了。却找不到一首能表达我心境的歌。

四 一个意味深长的回答

我辜负了新一天的早晨,没有按照昨晚我和陈杰约好的时间起床,来继续作我的那幅画。大概是因为昨天夜里我在门廊上受了风寒,再加上我那难以摆脱的重重心事,像中医们常说的:内交火,外交寒。我在发高烧。

大概老站长和陈杰都以为城里人有睡懒觉的习惯,谁也没有叫我。他们在厨房的锅台边吃过了早饭。朦胧中,我听见老站长又扛着船桨走了,临走时还嘱咐陈杰把馒头和大米粥给我热在锅里。过了一会儿,陈杰也走了。护林点的小木屋里突然沉静得可怕。奇怪,连夜里咬木头的老鼠也不知道跑到哪里去了。只有两只绿头的蝇子,在我的头顶嗡嗡地飞来飞去。

一个人躺在病床上,又是在陌生的异乡,怎么能不感到孤独呢?我本来可以回到嫩江岸边的故乡去。七月,正是高粱晒米、玉米蹿缨的季节。大叶子的向日葵,开着轮子似的金花。豆绿色的大肚子蝈蝈,藏在土路边的荒地角里,抖动着镶嵌在脊背上的小方镜,发出悦耳的叫声……可现在这一切都在千里之外,像在世界的尽头一样遥远。

唉,这不幸,也许就是因为那封该死的信。如果没有那封信,事情也许不会发展到今天这个地步。还有那些该死的画册,买那些画册干什么,一本竟要花十几元、二十几元。我应该想到,任何一个艺术单位的资料室里都不会缺少这些东西。可是,一个美术学院的学生,居然像葛朗台爱金钱那样,贪婪地爱那些昂贵的印刷品。所以,我才像个地主逼债似的给兰兰写信,要钱。于是那个傻里傻气的姑娘才跟别人结伙,跑到长春去卖鱼,卖鸡蛋,当上了长途贩运的小贩!天哪,小贩!一个美术学院毕业的青年画家,一个作品曾经刊登在一份美术杂志封底的青年画家,一个有可能成为中国的毕加索和罗丹的青年画家,爱人竟是一个从乡下买、到城里卖,从中渔利的小贩!

假若不是我粗心,把兰兰写给我的那封信随便地丢在床上,假如不是调皮的邢彼得跟我开玩笑,非要当众宣布我的情书,让我在众人的面前出了丑,我也许还下不了跟她一刀两断的决心。

朋友们中间,有人为我这个决心大声叫好,说我这才像个男子汉,还说,要爱就爱得轰轰烈烈,风起云涌,要散就连根拔掉。他们没有抹杀兰兰为我做出的牺牲,但爱情并不是报恩。一个画家与一个小贩之间的结合,只能使双方都痛苦。与其痛苦一生,不如痛苦一时。痛定思痛之后,各自可以在生活中重新找到自己的伴侣。

但是,我也深知,生活中还有另外一股强大的力量,包括我的母亲在内,会把我当作新时代的陈世美。寒假时,我只透露一点与兰兰合不来的想法,母亲就胃病发作,大哭大闹了三天,声言我如果敢干出这丧良心的事,她就跳到嫩江中去洗净自己的耻辱。我的同志会因此而鄙视我,我的上司会因此而不信任我,以致断送我的前程!

因为我无法接受朋友的鼓励,也没有力量与反对我的人们抗衡，才逃进深山，躲藏在这护林点的小木屋里。现在，我又得忍受疾病的熬煎，在心灵和肉体两个方面，接受命运的惩罚。

光阴的逝水像山下的松花湖一样不再流动了。洒在屋地和墙壁上的日影，好像根本就不移动，世界把我遗忘了。

不知道过了多久，我终于又听见了匆匆的脚步声。隔壁的房门响了一下，接着是更衣的窸窸窣窣的声音。是陈杰回来了。过了一会儿，她从屋里走出来，又进了厨房。是的，她在掀锅盖。她已经发现了留给我的早餐还原封未动，这才悄悄走进我的屋里。我假寐着。尽管我闭着双眼，可还像睁着眼睛一样，感觉到她惊讶地在我的床前站了一会儿。大概她发现我的脸色紫红，呼吸也不均匀，断定我病了。她又向我的床边靠近了一步，已经离我很近了。尽管我感冒了，嗅觉不灵，但我还是闻到了她的衣服和化妆品散发出来的香气。

紧接着，一只微凉的手搭在了我的额头上。那只手在我的额头停留不到一秒钟，便怕烫似的移开了。我敢断定，她是跑出去的。因为我听到了那急切的脚步声。她在隔壁的房间里翻抽屉，从床下往外拉箱子……

再回来的时候，她把我摇醒了。更准确一点儿说，因为她摇我，我睁开了眼睛。使我感到意外的是，她脖子上挂着一副听诊器，我床边的桌子上摆着一个漆着红十字的药箱。

"你病了，怎么不早说？"尽管是在责备我，那声音却是温柔的，我没有回答。她把听诊器挂在耳朵上，然后，掀开我的被子，把被角压好，开始听我的心、肺。她的表情是严肃的。每当那小小的喇叭形的听诊器头接触到我的皮肤的时候，一股暖流便涌遍了我的全身。我希望那听诊器不仅可以听到我心脏的跳动、肺的呼吸,也能听到我年轻的心中所想的一切!

她认真地听了好一会儿,收起听诊器,长出了一口气说:"谢天谢地,你的心脏还好。"

我一语双关地问:"我的心真好吗?"

她却无心地回答:"好!别担心,只是有点感冒。先吃两片扑热息痛,然后,我再给你做上一碗荷包鸡蛋热面条。捂上棉被发一场透汗,就会好的。"

说着,她从药箱里取出两片药,又在暖水瓶里倒了一碗开水,回转身又走到我的床边。我挣扎着想坐起来,但浑身一点劲也没有。费了好大的劲儿,只抬起了头。陈杰看到这情景,赶忙用拿着药片的左手来擎我的头,帮我坐了起来。在那一瞬间,我多么想靠在那条温暖的手臂上,为了缠绕着的爱的烦恼和突然出现的希望,为了我故乡的原野和这漂在湖面上的倒影,痛痛快快地哭上一场。我只是这样想了,却没有这样做。因为人同动物的区别,就是人是有理智的呀。如果在我们这个世界上,每个人把他所想的都做出来,那么世界就不能称其为世界了。我吞了药,喝过水,又被那双温暖的手臂搀扶着躺下了。我觉得这双手臂,也把我陷入孤独和寂寞的灵魂,从无边无际的苦海里拯救了出来。像风暴过后,一切都变得突然平静,就连疾病的痛苦也骤然减轻了许多。我在厨房里那锅、碗、瓢、盆的和谐的响声里,睡去又醒来,醒来又睡去。

我在床上躺了三天。从那天中午起,陈杰再没有外出。因为她在农村插队落户时当过赤脚医生,所以,懂得一些护理常识。

再加上她每天给我做饺子、面条、热汤馄饨吃，我的身体很快便恢复了。

在这几天里，老站长依旧早出晚归，每天划船到对岸的开荒地上植树。白天，小木屋里只有我和陈杰。本来我们有更多的机会谈一谈彼此的情况、各自的心事，但她好像有意回避着什么。大多数时间里，她都坐在老站长的床边上捧着一本书细读。只有我问话的时候，她才用简单的"是""不是"来作答。

譬如我问："陈杰，你多大了？"

回答说："24。"

"比我小3岁呢。"

"是。"

"你父亲在哪儿工作？"

"死了。"

"噢。母亲呢？"

"走了。"

走了。走了的意思大概就是改嫁了。这就是说，在这个世界上，她没有亲人了。怪不得性格有些孤僻呢。

还有一个问题，是我一直想知道又一直不好意思直截了当问的，就是她是不是已经有了心上人。同时，我也有点不敢问。原因是难以启齿的：我怕得到一个肯定的答案。因为当我得知那天夜里她去收蘑菇，而不是去见什么人的时候，我心里曾暗暗地高兴过。但是，强烈的好奇心一直折磨着我。我绞尽脑汁，终于找到了一个机会。

早饭过后，她坐在桌边写什么。

我问:"写信吗?"

她答:"是。"

"给爱人写信?"

她不像一些姑娘对这样的问题感到羞涩,只是用那双总是充满了忧郁的目光,瞥了我一眼,用很平静的声音说:

"不是。"

不是。这只说明这封信不是给爱人写的,并不能说明她没有爱人。本来我想再追问一句,但看到她那严肃的表情,我便无法开口了。大概她还没有爱人。因为一个沉浸在爱情蜜汁之中的姑娘,是不会这样忧郁的。尽管有人说过,爱情是个永远新鲜的陈词滥调,可我还是相信它的伟大力量是可以创造奇迹的,它会使忧郁的变得开朗,它会使痛苦的变得快乐。乌云密布的天空,会被爱的飓风吹得晴空万里;冰雪覆盖的原野,会被爱的阳光照耀得百花吐艳。过分孤独和忧郁,是没有爱情的重要标志。当然了,这也不是绝对的。没有爱情的人,应该有爱的渴望。但是我看不出像我这样一位还算英俊潇洒的青年在她身边出现,会引起她什么幻想。也许,她的忧郁只是因为对远方亲人的思念。因为只有心有所属又忠于爱情的人,才会心甘情愿地忍受相逢前的漫长的孤独和寂寞。

对这个问题的疑虑,终于压倒了我对自己爱情的烦恼。夜里在睡觉之前,我干脆直截了当地问老站长:"陈杰有朋友吗?"

老站长反问了我一句:"你呢?"

我是曾经有过的。可现在,我已经不再爱她了。所以,我理直气壮地回答说:"我没有女朋友。"

老站长吸了好一会儿烟，长出了一口气说："她也没有。真是个要强的好姑娘啊。可惜，命不好。"

说完，他敲敲烟袋锅，转身面朝墙躺下了。过了不一会儿，就传来了只有心满意足又特别疲劳的人才有的、均匀有力的鼾声。

我又开始失眠了。

老站长的回答是意味深长的。这短短的几句话包含着什么暗示吗？在某种意义上说，是什么鼓励吗？

窗外，又落起了淅淅沥沥的冷雨。这回，陈杰再不用为她的蘑菇担心了。因为在我生病的这三天里，她一直守在护林点。蘑菇因为没有翻晒，早已生了虫子，烂掉了。

五　我划着了一根火柴

故乡的原野和兰兰的形象，终于在我的心中淡漠起来。我发现，人要摆脱某些束缚，也像宇宙飞船摆脱地球的引力一样，需要某种推动的力量。对于我来说，要想彻底地清除掉兰兰在我的生活和心灵中留下的痕迹，就必须依靠陈杰了。

这些天，每个清晨我们都是在护林点的门廊上度过的。我那幅连接美好现实和缥缈倒影的画，已经接近完成。但不知是因为我思绪不佳，还是绘画技巧上达不到炉火纯青的地步，看上去我不得不承认，动笔之前我对这幅作品期望过高了。它只能说是部分地体现了我的意图。我所赋予它的深刻的内涵和崇高的审美价值，却不大可能被欣赏者所发现。不过我并没有因此而心灰意冷。这又有什么关系呢？任何果子在它们刚刚结下来的时候，总是又酸又涩的。我才 27 岁，刚刚跨出大学的门槛。不管是在人生的旅途上，还是在艺术创作的天地中，都有充分的时间和机会，让我来试试自己的运气。

但是，爱的机会如电光石火，转瞬即逝。我鼓足了勇气，在早饭过后，老站长划船走了的时候，来到了陈杰的房间。她让我在屋子里唯一的一把椅子上坐下来。

沉默。尽管我走进这个房间之前，已经不止一次地下过决心。但是，像朋友们嘲笑我的那样，我缺少那"临门一脚"的果断。我不知道这沉默持续了多久，反正很长。最后，还是陈杰打破了这尴尬的僵局。

她问："找我有什么事吗？"

我点了点头。但又不知从哪里说起。真的，我不想对她隐瞒什么，包括我和兰兰有过的爱情。因为我觉得自己抛弃了她，已经够不道德的了。我不能再扯谎。那样，我为自己的人格进行辩护，也不能自圆其说了。她见我犹豫，反倒鼓励我说："有什么事你就说，用不着客气。"

我从椅子上站了起来。大概当时我的脸色很难看，陈杰下意识地向后退了一步。她那俊气的脸上布满了疑云。也就是在那一刹那间，我决定还是从头说起。

我说："陈杰，我们之间接触并不久，但是你给我留下了难以磨灭的美好印象。你很朴实，也很善良，尤其是我生病的这几天里，你对我细心照料，使我从心里往外感到温暖。"

陈杰的脸红了。她有点不好意思地说："说这些干啥，若是我病了，你也不会不管哪。"

"是的。"我说，"我觉得你很关心我。所以，我才要把自己的一点痛苦和不幸向你说一说。"

陈杰在自己的床边坐了下来。显然她已经同意了我们的谈话继续下去。这个动作，又在我胆怯的心中增加了不少勇气。我接着说："你知道，我的家在嫩江边上的一个小屯子里，祖祖辈辈都是种地的。从我这一代，才有了读书人。我小时候很淘气，读书并不用功。但是，我还算聪明。学习成绩总是不错，在班上考试总是拿前三名。小学、初中，都是在我们的屯子里读的。后来上高中，才进了公社的中学。就在这时候，我遇见了一个姑娘，她叫兰兰，是我的同桌。那时候，我们都很小，彼此相处得很好。她的父亲，是个公社的小干部。家庭生活比我们社员的子弟好一些。在物质上她给过我一些帮助。高中毕业的时候，她没有考上大学，我却以优异的成绩考进了美术学院。也就在这个时候，她主动提出来要和我交朋友……"说实在的，我这句话是有点昧良心的。但是，我为了我要说的下文，为了让我自己的形象不至于太丑陋，不得不扯了一句谎。因为这句话，还可能给陈杰造成这样的印象，就是兰兰看我考上了大学，才向我展开进攻的。说到这里，我看了一眼陈杰。她那一向忧郁的面孔，突然增加了一点怒色。不知道是出于对那个没有见面的少女的鄙夷，还是什么别的原因。

窗外，铅灰色的雨云像泛滥的洪水一样，从大山和大山的峡谷之间涌出来，把松花湖面染得黑油油的。山雨欲来，令人感到窒息的闷热。我的额头已经渗出了汗珠。我不得不解开脖子下面的第一个纽扣。

"当时我太年轻、太幼稚了。我还不懂得什么叫生活,什么是爱情,就稀里糊涂地答应了。我们一共相处了四年。平心而论,在这四年里她对我很好。因为她没有考上大学,之后很快参加了工作,有了工资。在经济上也不断地支援我。这使我由衷地感激。但是,随着岁月的推移、年龄的增长,我渐渐发现,自己犯了一个不可饶恕的错误。因为在我们之间,根本没有什么共同的语言。你知道,人与人之间,要相互了解并不困难,困难的是相互理解。我们中国的许多家庭并不幸福,并没有爱情,只靠惯性向前运转。其根本原因,就是夫妻之间缺乏相互的理解。直到这个时候,我才看清了我从前说的爱情,将给我带来多么深重的灾难和痛苦。而爱情,并不仅仅属于一个人。它像电的两极,只有同时放电,才能产生惊天动地的霹雳。如果仅仅是一端放电,即或是有22万伏特,也不会产生一个小小的火花。我知道,兰兰还对我很有感情。说她爱我也行,说她需要我也行,反正她是不肯轻易失掉我的。因为我就是她的希望,她的骄傲。她自己为她能有一个大学生的对象而自豪。女友们因为她有个大学生的对象而羡慕她,甚至嫉妒她。但是,如果我们的关系保持下去,不仅我痛苦,她会更痛苦。现在一刀两断,对她肯定是个打击。但是,生活的本身并不都是大团圆的喜剧啊!我知道,这样做的结果会在我和她的心中都留下创伤。但这创伤无论怎样严重,时间一久总会愈合的。如果我们违心地相处下去,那痛苦就会一直跟我们走进坟墓,那才叫货真价实的此恨绵绵无绝期呀!"

我自己说得很动感情。但是我发现陈杰比我更激动。她的整个身体在战栗？两行滚滚的热泪已经顺着她那涨红了的美丽的脸颊扑簌簌流了下来。陈杰的这种强烈的反应,使我更加坚信,我是个值得同情,甚至值得怜悯的不幸的人。当然,爱情不是怜悯,也不是同情。但是,它可以从怜悯和同情开始,逐渐升华到除了纯真的爱,不掺任何杂质的境界。

我也哭了。因为我已经看到了爱情那幸福的星辰在向我闪耀。让那悲哀的往事和无尽无休的烦恼,都被这滚烫的泪水冲刷掉吧。像挥笔涂掉构思得不好的画稿,我要重新画我人生的绚丽图画。

我激动得从椅子上站起来,跨前一步,对陈杰说:"我不知道为什么,从第一眼见到你的那一刻起,就觉得你是能够理解我的。如果你愿意,就让我们把命运结合在一起吧!我会真心实意地对你好,让你生活得美满、幸福。"

她也猛然地站了起来。我们之间,靠得那样近。我甚至可以感到她急促的呼吸。我等待着她给我一个回答,给我一个暗示,哪怕是那长长睫毛覆盖下的眼睛微微闭一下,我都会立刻紧紧地拥抱她,热情地亲吻她。让我们的灵魂和肉体,在突然降临的爱情的疾风暴雨中颤抖;让我们青春的热血在熊熊燃烧的爱情的烈焰中沸腾。但是,她丝毫没有这种表示。她望着我,两只美丽的大眼睛像被火点燃了似的,布满了血丝。

我在等待。时间好像突然放慢了脚步。小小的木屋中是令人难耐的沉寂。凉飕飕的山风从敞开的窗子里吹进来,掀动着她那满头的长发。隐隐约约的雷声,在我们看不见的远处低吟。

宏伟的大自然和我跳荡的心中，都充满了暴风骤雨即将来临的先兆。

突然，她向我声嘶力竭地喊叫了一声："滚出去！"这时我才发现，她的神情像歇斯底里发作一样，令人毛骨悚然。可以毫不夸张地说，那喊声也让我感到恐怖。我不自主地向后退了一步。因为我发现她的目光在寻找着什么。我怕她拿起什么斧头、菜刀之类的利器突然向我砍过来。

"可耻！卑鄙！"她又喊叫着。

我尽量使自己保持冷静，用抱歉的口吻说："陈杰同志，我不知道什么地方伤害了你。可我说的这些话，都是由衷的。如果你觉得我所说的一切，并不那么美好，你也不要生气，算我什么也没说就是了！"

看样子我的话还是起了作用。她沉默了，但是，整个的身体还在剧烈地抖动着。我想马上退出去，但是，在这样的气氛下逃走，未免有点过于狼狈。我希望还有机会做一点解释，至少使矛盾稍微缓和一点。不然，不要说我再待下去，就是我走也没有脸走。如果这事情再被老站长知道，传到孟宪民的耳朵里，我就更没法做人了。天阴得更厉害了，小小的木屋里像傍晚一样黑暗。"沙沙"的雨声已经由远而近。我没有想到，大自然的阴天，也是我生活中的一个没有阳光的日子。

陈杰平静到可以说话了，她像望着仇人似的望着我："多么虚伪啊！都是不择手段的骗子！你骗走一颗少女的心还不够，还要再骗另一个！什么没有共同的语言，还不是喜新厌旧的借口，是那最庸俗的商品交换关系在爱情这块圣洁的土地上的变种。我们这些傻姑娘们，用自己一颗真诚的心，用流血流汗赚来的钱，把你们供养成了道貌岸然的大学生，反过来你们就觉得我们不跟趟了。可是，我们牺牲的代价呢？就是像穿旧了的衣服、袜子一样被抛弃么？共同的语言？说得多么高雅、多么动听啊！马克思并没有要求燕妮成为一个伟大的哲学家、思想家，那么他们就没有共同的语言么？而有的人读了几天书，连自己的父亲也不认了，也可以用没有共同语言来解释么？说穿了，你们不过是把爱情当作手段，无尽无休地从别人的身上索取精神和物质的财富。一旦有了新的目标，有了最高的利润可以榨取的时候，你们就会像黑心的财主踢开没有劳动力的长工一样，把所爱的人抛弃了。我真的无法理解，一个在红旗下长大的社会主义中国的青年，怎么会自私到了这种程度。不要说是爱人，就是在普通的朋友和同志之间，人与人应该如此冷酷么？难道在人间，除了你自己的幸福和欢乐，还有你们所说的自由之外，就再没有别的东西了吗？抛开我们所唾弃的封建的和资产阶级的道德，我们就没有一点可以遵循的准则了吗？诺言要不要兑现？信义要不要恪守？除了你所要求的生活与幸福的权利，难道就连一点义务也没有吗？那么人与人之间，还会有一点信赖吗？你今天抛弃了一个，我答应你所要求的一切，那么明天你再遇到一个比我更理想的伴侣怎么办呢？当然了，你可以在更高水平上以寻求共同语言为理由，开创幸福的新天地。像一个登山运动员一样，征服一座高峰又一座高峰，永远让自己处于幸福的巅峰！那么，我们这些被征服过了的人的高峰怎么办呢？带着一颗受伤的灵魂和破碎的心，去无尽无休地悔恨，无尽无休地吞食你们给我们留下的苦果吗……"

陈杰慷慨激昂地说着。我的灵魂就像失去反击能力的阵地，遭到一排排重磅炮弹的猛烈轰击。这显然不是一番即席的谈话。她所说的每一句，都是经过了无数次思考，都是深思熟虑过的。直到这一刻，我才发现自己是一个地地道道的傻瓜。我不过是划着一根火柴，点燃了随时都可能爆炸的一堆炸药罢了。

六　她让我在镜子里看看自己

我应该感谢陈杰。她并没有把我们那场不愉快的谈话告诉给老站长。但是，她的精神显然受到了刺激，以致第二天早晨病倒了。她没有像往常那样起来做早饭，倒是老站长把昨晚剩的小米饭用开水烫了一下，做了我和他的早餐。因为秋天造林的季节就要到了，老站长离不开他的苗圃，所以临走的时候，又把照护陈杰的任务交给了我。

说心里话，尽管陈杰昨天进行了一番毫不留情的抨击，我还是对她充满了同情。尽管我也感到孤独，但我是有家不愿归。如果我真的病了，需要家庭的温暖和母亲的抚爱，别看他们口头上说得吓人，只要我归来，父母兄妹还会对我拿出他们的全部温情。但是陈杰呢？从骨肉的感情来说，这个世界上可以说只有她自己。那半间木屋就是她栖息的巢。我刚刚从病床上爬起来。我知道人在病中是多么地需要一点温暖。抛开所有的因素，仅仅从礼尚往来的角度来说，我也应该好好照护她。

我脱掉了外衣，跑进了厨房，想拿出我此生学到的全部烹调本领，为她做一餐可口的病号饭。但是，我翻遍了碗橱和米柜，除了发现半面袋大米和一盆白面之外，几乎没有什么可以用来下锅的东西了。大热天，肉在这里是存不住的，仅有的几个鸡蛋已经被我吃光了。常言说：巧妇难为无米之炊。我真有点一筹莫展了。

我决定跑一趟塔头镇。不过在这之前，我用饭锅烧开了半锅水，灌进了暖瓶里。陈杰还在睡着。我把暖瓶放在椅子上，再把椅子移到她的床边伸手可以摸到的地方，又把一只搪瓷杯子和她给我拿药的药箱也放在她的跟前，便悄悄地退了出来。

回到我住的屋里，带上钱，拿上一只空柳条筐，我便上路了。昨天刚刚下过一场暴雨，整个的世界仿佛被洗刷干干净净。沿着松花湖走了不到两华里，便拐上了通往塔头镇的砂石公路。我拦住了一辆过路的卡车，跟司机撒谎说护林点有人病了，我要到镇上去买药。于是，十几分钟之后，我便走在塔头镇那条沿湖而建的繁华的大街上了。

我先在百货大楼的副食品部，买了几听肉罐头。然后又跑到自由市场上买了30个鸡蛋，几样护林点小菜园里没有的蔬菜。然后，又跑到码头边小摊床上，买了几斤羊角蜜的香瓜、牛奶柿子。等我往回走的时候，柳筐里，我在市场上临时买的网袋里，都已经装得满满的了。我用来时同样的办法搭上汽车。算上采购东西的时间，连来带去还不到两个钟点。一路上，我的心中充满了欣慰，同时也充满了遗憾。一个想法顽强地攫住了我。那就是陈杰为什么不就是兰兰呢？她如果能像陈杰那样对我发上一次脾气也好呀。可惜，连这一点她都做不到。

那个倔强的姑娘已经从病床上起来了。她已经洗漱过,把椅子搬在门廊上,在那里想着自己的心事。她看见我满头大汗地提着东西归来,多少有点感到意外。当我从山坡下爬上来,踏上门廊的时候,她居然还轻声地对我说:"你这是干什么?我以为你跑到哪儿去了呢……"

我没有正面回答她,对她说:"你怎么起来了?安安静静地躺一会儿吧。我去给你做饭,马上就好。"

我没敢正眼看她,径直走进厨房,把采购来的东西一样一样掏出来,摆在锅台和案板上。当我回转身来准备舀盆水洗洗那些香瓜和柿子的时候,我发现她正站在门口,手扶着门框看着我。那目光是那么忧郁,又好像隐藏着什么难言的苦衷。我冲她笑了笑,表示我并不忌恨昨天的一切。同时,对她也再无所求。而我所做的这一切,不过是出于对她的感激,对她在我病床边忙碌三天的一个回报。而且我自认为我所做的这一切可以明白无误地证明,我是一个知恩图报的正人君子。

我已经端起了盆子,在水缸盖上拿起了那半个葫芦做成的水瓢。陈杰突然对我说:"你别忙了。我现在什么也不想吃,也吃不下去。你还是好好歇一会儿吧。待会儿的午饭,还是我来做。"

她的声音既亲切又诚恳。绝不是什么客套。于是我放下了洗菜的盆子,拿来了洗脸的盆子,舀了半盆水洗了个脸。然后,也走到门廊上来。陈杰伏在桦木的栏杆上,望着松花湖面和湖对岸的远山。她一动不动,像一尊塑像。我知道,人的内心世界,总是在最安静的时候掀起最大的波澜。那么此刻,在七月的阳光下,这个孤独的少女究竟在想什么呢?她没有回头,依然保持着原来的姿势对我说:"我得请你原谅,昨天我太不冷静了。但是我控制不住自己。也许,我的那些话不是对你说的。我是对另外一个人说的,一个把我的心伤透了的人!"

另一个人!那就是说,她曾经爱过,并且有过爱情的创伤。看来在这个阳光灿烂的世界上,有着无穷无尽烦恼的并不止我一个。只不过是每一个当事人,因为身陷其中,都把自己想象成最不幸运的角色罢了。

我安慰她说:"我并没有往心里去。因为在这个世界上,每个人都希望按自己理想的方式来生活。所以,他就有权利捍卫自己认为美好的东西,站在自己的角度和立场上为自己的行为辩护。"

她又用那双忧郁的大眼睛打量了我一下。看来,她并不完全赞同我的观点。我们又都沉默了。我顺着她的目光望去,发现她也在注视着漂在湖面上的倒影。但是,此刻,那曾经使我心往神驰的几个大色块,被明媚的阳光冲得很淡很淡。但是湖面上,比宁静的早晨更充满了生气。因为不时有打鱼的小舢板和扯着巨大篷帆的木船缓缓地驶过,在水面上泛起闪耀着金属般光辉的涟漪。那些在对岸红色石壁上做窠的鸽子,不时地在阳光中飞起飞落。不知道为什么,这里没有我故乡的嫩江上常见的那种打鱼郎。那洁白洁白的鸟儿,在水面的上空会像风筝一样停住,而后,又矫健地俯冲下来,掠过水面。在荒凉的江滩和广袤的天空之中,它仿佛就是这个世界纯洁而骄傲的灵魂。

陈杰直起身来,很客气地说:"请到我屋里坐一坐吧。"

说着,她伸手去搬那把椅子。我抢先了一步,搬着椅子尾随她走进那半间小木屋。陈杰就请我在自己搬进屋来的椅子上坐下,并且用搪瓷茶杯给我倒了一杯热水。她可能是不喝茶的。在护林点这样的环境里,这一杯热水的欢迎已经够热情和隆重的了。

这一切都安排好之后,她打开了小桌的抽屉,从里边拿出了一封用绿格稿纸写的、几页已经揉皱了的信,递给我说:"请你看一看吧!"

我接过了信,刚扫了一眼开头的称呼,便犹豫起来。因为那上面用很潇洒的字体写着"亲爱的杰",我不知道我是否应该看下去。

陈杰看出了我的心思,马上说:"看吧!没关系。我既然请你看,就是因为不怕你看。"

我这才心平气和地读下去。但是只读了几行之后,我的心跳速度就逐渐加快了。我的脸在发烧。我甚至觉得那封信的本身就是对我的一个绝妙的讽刺,使我羞愧万分,无地自容!因为我昨天在这个小屋里当着陈杰所说的关于兰兰的一切,几乎一字不漏地写在我手中所拿的这封信里。现在我明白,有人用我想要抛弃兰兰的理由,把她抛弃了。这时,也只有到了这个时候,我才理解了为什么陈杰会对我所说的话那样激动,为什么她会讲起那么一大段显然是经过了千百次思索的话。

为了孤立无援的陈杰,我有点恨那个没有见过面的绝情的青年。但是由衷地说,我没有想到恨我自己。因为我要离开的兰兰,毕竟不是宝贵的陈杰。如果我的兰兰就是陈杰,我绝不会背叛她。

因为在我们当今的中国，人们还不习惯于使用关于爱情关系中一些更准确、更科学的字眼。所以，我们还得入乡随俗，使用"抛弃""背叛"这样一些感情色彩过于浓烈，甚至对女性不无轻视和侮辱性的词汇。

我读完了信，把那几页被一只手涂污了的纸扔在桌子上，说："这种人是盲人，他看不到你的宝贵价值！跟这种人分手，没有什么值得遗憾的！"

与其说是安慰陈杰，倒不如说我在用这种方式含蓄而有分寸地表达了对她的同情。

陈杰依然平静地说："这不能全怪他，我也有责任。你不知道，原来他也在这个护林点上。还有另外一个姑娘，我们是一块儿从集体户里招工来的。那时候我们三个人在这里生活得很好。除了每天定点观测林子里的干湿度、虫情的变化之外，我们一块儿复习功课，一块儿玩。"她指指墙上挂的那把胡琴，"他拉琴，我们俩就放开嗓门唱歌。后来，他们俩都考上大学走了……"

她沉默了一会儿。我看着墙上那把落满了灰尘的胡琴，尽量想象着那已经在这小木屋里消逝了的琴声怎样在吊在棚顶的煤油灯光里回荡。这点小小的欢乐，对于许多人来说也许是微不足道的。但是，从陈杰那一往情深的表情中，我知道，这是她美好记忆中闪光的东西。

"我错了。我一开始就把自己摆在了从属于别人的位置上。我觉得我辛辛苦苦地工作，把省吃俭用攒下来的钱寄给他，供他读书；把林子里采来的松子、榛子寄给他，让他记住这大森林，这些就是爱。不错,是我帮助他成了更有知识、更有理想的新人。而我自己,却没有什么大的变化。像大家结伴赶路,别人已经走得很远了,我还留在原地。我们之间的差距越来越大了。当我平心静气地来思考这一切的时候,我就觉得他也是有道理的。既然辩证法承认世间的万物都是在不断发展变化的,爱情为什么就不能变化呢?它既然可以产生,就可能消亡。当然了,我没有成功的经验,只有失败的教训。但是,对于一个人增长知识来说,成功的经验和失败的教训是等价的。不要说恋爱的人,就是结了婚的人,不是也可以离婚么?谈恋爱的人又为什么不可以分手呢?我想,不论是恋爱还是结婚,要使爱情能保持持久,最重要的就是双方都要不断地更新自己,总让对方对自己保持一种新鲜感。"

我由衷地感动了。据说:宽宏和忍让是中国女性的美德。我为那个曾在这里守林的年轻人感到幸运。

我说:"你太宽容了。很少有人会有你这样的胸襟。你把这样伤害过你的人原谅了,而且还为他开脱。这是我万万料想不到的。"

"我不是为他开脱。我只是为他设身处地地想了一想。24年了,有人把我们还叫作孩子。历史上有多少天才在这个年龄已经结束了自己的生命,他们辉煌的事业却载入了史册。在这24年里,尤其是插队落户,到林业站工作的这几年中,艰难和痛苦的挫折教会了我许多东西。其中有一条,就是当我和周围的人发生了矛盾的时候,甚至和领导发生矛盾的时候,我就用置换的方法,把我自己想象成对方。站在对方的立场上,站在对方看问题的角度上，去寻找解决矛盾的途径和方法。我在失恋的痛苦中，找到了对方行为的依据，明白了他的背叛是合乎他自己的逻辑的。但是，我不能原谅他！永远也不能原谅他！"

我有点糊涂了："这一切不是矛盾的吗？"

陈杰马上反驳我说："这有什么矛盾的呢？我只承认他感到我落后是正确的，但并不能原谅他背弃自己的誓言。他丢开了我，只不过是丢开了自己应尽的义务和责任。因为他并没有给我一个缩小差距的机会！因为他没有为缩短我们之间的差距做出努力。说到底，他在爱情中还是自私地索取。他们不是用自己的心、自己的手，去塑造一个理想的爱人，而是希望命运赐给他们一个理想的爱人。还有更卑鄙的，从别人的心中和生活里去抢夺一个理想的爱人。如果他觉得我不合适了，而他又为我能改变目前的一切做出了努力，哪怕是微小的努力，而我还是不愿意前进，不愿意改变自己；或者我自己愿意改变，但努力的结果仍然没有收效，那么，他把我抛弃一百回，我也毫无怨言。顺便说一句，我在精神和物质方面所给予他的一切，我绝不接受什么偿还。因为那时候我爱他，那一切都只是为了爱，并不是希望收回利息的投资！你说，如果他想用几个钱来赎回自己良心所欠的债务，这可能么？我那被贻误的青春，那被消耗了的美好的岁月，用什么代价能补偿得了呢？"

面对这位比我年轻的姑娘，我怎么能不羞愧万分哪！并不是她这一番话，就使我幡然悔悟、迷途知返了；道理上可以接受的东西，并不是感情上就可以接受的。我自愧不如的，是她对生活和爱情的思考。爱，也许本身就是一种折磨！一个人，付出了痛苦的代价,付出了泪水的学费,却没有学到人生的知识,却没有变得聪明起来,这是何等的可悲呀!

我安慰她说:"陈杰,你是有思想的。你不要难过,你一定会在生活里重新找到自己的幸福。"

她说:"谢谢你的祝愿吧。我也这样想。我会很快地从他留给我的阴影中走出来。我在复习功课,我在攒钱。我既然可以用自己的力量帮助他获得知识,改变他在生活中的位置,我也一定可以靠自己的努力重新塑造自己。说心里话,我觉得把我自己塑造成一个比他更光明磊落、更有知识和情操的人,就是我对他最大的报复!"

报复!按照我们社会主义的道德规范来说,这实在算不上一种美德。但是,陈杰,这个美丽而善于思考的姑娘,她并不是文学作品中的英雄,而是我们平常生活里一个难以摆脱各种思想束缚的人啊。如果报复可以成为她生活的一根支柱,那就让她用自己的方式去报复吧!我自己也愿意接受兰兰的这种报复!

七 重新构思的一幅画

我那幅描写湖面倒影的画,只画了一半,就再也画不下去了。因为高考的日子已经临近了,我不忍心再耽误陈杰早上起来学习英语的时间。原来,我还说帮她复习一下英语,实际上我的所作所为,只能说是干扰。

还有一个更重要的因素,就是那漂在湖面上的倒影,只有清晨很短暂的一段时间里是清晰的。只要太阳一升起来,它便在耀眼的光斑里隐去了。我站在画架前,望着湖面上渐渐消失的倒影,心中不知为什么,有一种怅然若失的感觉。

我的耳边突然响起了陈杰曾经说过的那句话:"我们不是生活在倒影里呀!"

是啊,现实是严峻的,有许许多多令人遗憾的缺欠,远不如倒影那样朦胧,那样赏心悦目。但是,诚如陈杰所说的,我们不是生活在倒影里,而是生活在严峻的现实中,幻影无论怎样美好,总不能代替现实。

我这么想着,突然发现老站长划着舢板驶进了我正在描绘的画面。他又去苗圃了。看着他那光着的古铜色的脊梁,看着他有力的双臂荡起的双桨,一个闪光的念头突然在我的脑子里跳出来:我为什么要画那虚无缥缈的倒影呢?我应该画一画老站长。作为一个林业站的负责人,他可能比任何人更清楚地看到了对面青山上的缺欠,更加感到那一块块黑的、黄的补丁刺眼。但是,他并没有到虚无的倒影中去寻找安慰。相反,他在用自己的双手、自己的汗水,顽强地,一点一滴地改造着严酷的现实。这不比我描绘的倒影有意义得多么!

是啊,这样一个想法,仅仅是找到了一幅新作品创作的方向。要真正把它搬到画布上,还需要对老站长有更深刻的了解,还要更长时间地深入林区的生活。看来,不是我这个短暂的假期所能完成的。

现在,我还有更急切需要去做的事情,那就是我要回到嫩江草原上的故乡去,我要为重新塑造我的兰兰做一番努力。我不知道这努力是否会收到预期的效果。即使是失败了,我也不会留下更多的遗憾。因为我毕竟尽了我的义务。

　　我得赶快去收拾东西了。因为现在出发,赶下午的客轮还来得及。

1984 年 4 月 6 日至 9 日于广州珠岛宾馆

金 不 换

一

如果倒退20年，不，哪怕只倒退10年，金永河走起大沙坨子来，那还是一溜风似的。土改那年，土匪包围了工作队，他偷偷溜出了屯子给县里送信，一宿跑了140多里，到县城的时候，天刚蒙蒙亮。现在不行喽！岁数不饶人，他都快60了，不服老不行啊！从县里回黄泥塘，还是那140里，他已经走了一天半，现在离家还有三四十里呢。俗话说：远路无轻载。他肩上那个不大的行李卷，也变得越来越沉重。大概是因为走县城里那柏油马路走习惯了，觉得沙土地格外陷脚。两条老寒腿也不听使唤，像没有浇过油的车轴似的玩不转。再加上他那条刚过了立秋就穿上了的皮裤，走起路来就格外吃力。

秋天的火辣辣的太阳，照耀着连绵起伏的沙岭。那被风刮起来的细沙粒打在人的脸上都有点烫人。大概因为天气太热，也因为身板子太虚，老金头儿的裤兜子里早就抓了蛤蟆。上身贴肉的小褂儿也早让汗水湿透了，贴在脊梁上，痒得钻心。

老金头儿把肩上扛的那个不大的行李卷儿扔在沙堆上，一屁股在行李卷儿上坐了下来。解开趟子绒棉袄的扣儿，抖擞着大襟儿扇了几下凉。然后，从屁股后头摸出了汉白玉嘴儿的铜锅儿小烟袋儿，装上一锅儿蛤蟆头烟，划着火，大口大口地吸了起来。他坐着吸了几口，觉得腰也发酸。干脆来个舒坦的，他向前移了一下身子，倚着行李卷儿，半躺半坐地倒下来。从沙地里冒出来的那带点土腥的香味儿，直往鼻子眼儿钻，真像二锅头烧酒一样醉人。湛蓝的天上，连个云彩丝儿也没有。一群排成人字的大雁，着急忙慌地往南飞去。这些像大鹅一样大小的灰色大鸟儿，要到南方去过冬。哪儿有暖烘烘的水，哪儿有香喷喷的花，就到哪儿安家落户。因为有个奔头，所以，再远的路，它们也不在乎。你看，那一双翅膀忽闪忽闪的，飞得多有劲儿！

他金永河呢，可不是往南飞的大雁。他要回的，是生他养他的一个小屯子——黄泥塘。在那里等着他的，是一大堆乱麻似的操心事儿。其实，他完全可以躲过这一切，到别的地儿去安家落户。眼不见，心不烦，安安稳稳地过上几天舒心日子。可这个满脸皱纹，两手背青筋的又黑又瘦的老头子，有股子倔劲儿。他非要在哪儿跌筋斗儿，从哪儿爬起来不可。

俗话说：人不可貌相，海水不可斗量。别看这个老头儿长得不大起眼，可在城里当了5年的"县官"。现在，民主选举，他被选掉了。虽说那个县革委会副主任，老金头儿早就不想当了，三番五次地递申请，要辞职回乡，可一直没有被批准。那时候要批准了，是自己不愿意干，回家扛锄把儿，也是名正言顺。最多有人说他是有福不会享，不知道哪头炕热。现在叫人家选掉了，就不一样了。像有人所说的，这是叫人家给刷了，而且是刷得一根毛不剩，一撸到底。老金头儿自己，并不在乎这些。因为他只不过是黄泥塘那个小屯里的一个庄稼人，本来就在"底"上。

老县委书记在土改的时候，就认识金永河。从某种意义上说，老金头儿还救过他的命。那次要不是金永河跑到县里去报信，说不定他现在就躺在县城南那个烈士公墓里了。当然了，就是没有这点儿特殊的感情，他们也还都是老共产党员，一起工作的同志，互相关心也是应该的。在选举的结果公布之后，老县委书记找金永河谈了一次话。这次谈话从吃完晚饭，一直谈到半夜。

首先，县委书记劝金永河不要再回黄泥塘。县委书记的这个建议，包含着许许多多故事，我们在后边的一些章节里才能细说。现在，县委书记建议他到县林场去当场长。因为国务院已经发出了通知，要在北方六省建设绿色的长城，林业还要大发展，还是可以有所作为的。更重要的是那里的人，与卸了任的县长，没有什么宿怨。不像黄泥塘那样，有几个人觉得受过他的害，拉开架势要跟他算算旧账。当然了，有党纪国法作为保证，谁也不能把老金头儿吐口唾沫淹死，抓把土埋上；但说说带刺儿的风凉话，找个碴儿吵上一架，都在所难免。都快60的人啦，何苦自己找这个苦头儿吃？

可金永河不干。他说自己在黄泥塘干过错事，伤害过好人，虽然这一切未必出于他自己的本意，但他还是逃脱不了责任。自己请的神，他自己送。他不能这么不清不白地一走了事。如果一定要走，那也得等到黄泥塘的社员，说他老金头儿确实改了错，够个不掺一点假的共产党员，他才能走。

县委书记手里没离过茶杯，还是说得口干舌燥。但这个黑瘦的老头子，认准了一条道跑到黑，怎么跟他商量，也动摇不了他的决心。

最后，县委书记不得不放弃劝金永河改变主意的努力，对他说："好吧，那你就回黄泥塘。不过，你要是觉得在那待不下去，随时来找我。我再给你安排地方。"

金永河知道县委书记是出于一片好心，但这两句话，还是伤了他的自尊心。尤其是"待不下去"这几个字，像马蜂在他的心头蜇了一下似的，叫他感到难受。人啊，谁也没有自己了解自己。不错，他金永河办过错事，甚至可以说有的事对不起乡亲，但他自己知道自己绝不是坏人。也正是因为这个原因，他才非要回黄泥塘不可。他不仅要给自己恢复名誉，还要给他共产党员这个称号争点光彩。如果他做不到这一点，如果乡亲们真的烦他烦到"待不下去"的程度，他宁可自己撒泡尿浸死，也不会来找县委书记给他安排个躲开人指脊梁的地方。

后来，县委书记又充分肯定了他这几年在县里的工作。说县委和县政府的领导班子成员对他都挺有感情，现在要走了，总得有点表示。但中央三令五申，不准请客送礼，大规模的宴会就不能搞了。大伙已经商量过了，自己凑钱在招待所来上一桌。当然了，同志间的感情不在一顿酒饭，主要是借机会再互相唠扯唠扯。县长不当了,县里的工作还要关心的。

另外,细心的县委书记还再三叮嘱办公室主任,要派一辆车况比较好的越野车,把金永河送回黄泥塘。一个是,140多里路,用步量老头儿吃不消;更重要的是,不能让金永河和同志们感到人一走,茶就凉。

说实在的,金永河对县委书记所安排的这一切,打心眼里感激。但是,情他领了,宴会他没有参加,小车他也没有坐。昨天早晨,天还没有亮,他就自己扛着行李卷,从县委大院出发了。为了抄近道,也为了不让县委用小汽车追上他,他根本没有走公路,而是横越这片荒凉的大沙坨子。

他这样做,有他自己的想法。现在,县党代会、人代会刚刚结束,新的领导班子有许多事要研究。何苦为了送他,再耽误大家的宝贵时间。另外,他也怕坐那个小汽车。他害怕闻那股子汽油味儿。往车里一坐,就熏得脑瓜仁子疼。这几年在县里,除非不得已,他很少坐小汽车。另外,他也知道,一些老农民对屁股后头冒烟的干部,有点敬而远之。他现在已经不当县里的领导了,临秋末了,何苦再遭一回洋罪,抖那么一回威风……

从前的县长在那片沙堆上,不知不觉地吸了三锅旱烟。

等他想起来要赶路的时候,一轮红日已经西沉。毕竟是秋天了,太阳那股子热劲儿一过,风儿就带点微微的寒意了。

二

话不长腿儿，走得可快。金永河从副县长变成了普通的社员要回黄泥塘的消息，比金永河本人早一天到了黄泥塘。

因为昨天早晨，县委书记发现老金头儿不辞而别之后，亲自坐着吉普车顺着公路追了30多里路。他知道金永河的脾气，推测他准是穿沙坨子走了。又回到办公室给黄泥塘所在的沙岭公社打了个电话，指示公社派人到黄泥塘看看。县委书记生怕这个犟老头子一个人在沙坨子里出什么意外。这样一来，消息就在黄泥塘传开了。而且，当天晚上，就家喻户晓、尽人皆知了。这一是因为黄泥塘生产队本来就不大，只有三十几户人家，住得又比较集中，另外一个原因，就得归功于"徐二广播电台"了。

这徐二，便是金永河的冤家之一。

农村人有个习惯，一般有名字没人叫，为了方便起见，连生产队的会计记账，都写姓氏后边加上兄弟之间排行的称呼。譬如你姓张，排行老三，那么，就叫张三；假如你姓李，排行老四，就叫李四。所以，在东北农村说书讲古的，就用张三李四王二麻子，代表百家姓上所代表的所有人了。

但徐二这个名字，只是一个简称。徐二的全名叫徐二不合算。他之所以有这样一个名字，主要因为他为人过分精明，遇事精打细算，生怕自己吃亏。东北的方言，把吃亏叫作不合算。这样，他就获得了这个雅号。

用现在流行的话说，徐二是黄泥塘的"冒尖户"。今天说谁冒尖，那无异是一种恭维。有的人，还因为冒尖登上了报纸，上了广播。在"文化大革命"中,"冒尖"那是"资本主义自发势力"。而对资本主义自发势力,那是冒尖儿就掐,露头儿就铲,不能留半点情面的。

不过在金永河突然发迹当县官之前,因为黄泥塘地处沙坨子深处,山高皇帝远,徐二那个"尖"是没有人掐过的。

徐二不合算冒尖,冒在黄泥塘的那片泥塘上。黄泥塘这个小屯,就是因为那片泥塘得名。这片泥塘,方圆也有十几里,塘里长满了蒲草,入冬之后一结冰,屯子里的男女老少便一齐出动来割蒲草。冬天,除了刨粪,往地里送粪,没有别的活儿。再加上夜又长,庄稼人闲不住,家家都编小蒲草垫。供销社收购,一个两角钱。一个快手,一晚上就能编上三四个。

徐二不合算家姑娘多,而且都没出门子。从27岁的大姑娘算起,一直到上小学四年级的小姑娘,一共是7个,大家戏称"七仙女"。再加上徐二和老伴儿两个人,一共是九双快手。就是不用掐手指头,也能算出一宿能编出多少钱来!

精明的徐二不合算,真是治家有方。除了老伴儿之外,他给那七位姑娘,规定了劳动定额和一套完整的奖惩制度。譬如,每天每人(不论年龄大小,也不论是参加社里劳动的还是读书的学生)编的小蒲草垫儿,不能少于3个。而且,要由老伴儿验收。有不合格的,要在第二天补齐。超过3个的部分,按人记数。到年终总评的时候,超产最多的,给买呢子大衣一件;第二名的,呢子裤子一条……

难怪直到现在,徐二还不服气,说包产到户和超产奖励这一套,根本不是什么新方法。他早在十多年前就在家里实行了。

所以么，一个冬天，徐二家光卖小蒲草垫儿的收入，就一千多元。

另外，徐二不合算还有一套自己的人生哲学。譬如他认为：有钱不花，等于没有。所以，他主张，要拿出点钱，体现一下社会主义的优越性。于是，他趁生产队的会计到县里出差的机会，让他给自己捎一台收音机回来。他要躺在炕头上，听北京城里的名角唱戏！

生产队的小会计，没有辜负徐二的重托。在县五金交电商店里，挨着排儿地看了一遍写着价格的商品卡片。最后，把一台个头最大、价格最高的"洋戏匣子"给他抱了回来。发货票上写的是280元！

说实在的，徐二不合算接过那张巴掌大的发票时，心疼得"咯噔"翻了个个儿。280元！这个价，能买5头毛驴子啊！

光价钱贵还不算，这个大个头的收音机，和他从前见过的都不一样。一扭就转的圆疙瘩就有六七个。可装上了8节干电池，怎么也整不响。后来，在装收音机的纸箱子发现了个小本本，让女儿一看，才知道是台"三用机"，不仅可以收音，放唱片，还能广播。这下子徐二的脸上才有了点笑模样——他觉得合算！那叫一台顶三台呀！而且，他徐二只要对着话筒轻轻说上一句话，全屯子都听得清清亮亮的。

后来，徐二老伴儿，也发现了"三用机"的优越性。到开饭的时候，她再也不用站在大门口扯脖子喊小三丫、小五丫了。她打开"三用机"，全屯子都听得见："小五丫，还不回家吃饭！""孩子他爹，你回来时在自留地里摘几个辣椒！"有时，她还对着话筒发火："你这个死丫头，就知道串门子。你再不回来，你看我不用笤帚疙瘩收拾你！"

当然了，"三用机"用来骂人的时候毕竟不多。大多数时候是收听广播。可那时候的广播里，翻过来调过去，都是播送那几出样板戏。每天来凑热闹的小青年听腻了，就央求徐二给大伙讲讲故事。徐二小时侯，读过几天私塾，后来又看了几本《三国演义》《水浒传》之类的书。于是，就对着话筒讲了起来。每天开讲之前，他还来一个："徐二广播电台，现在开始广播……"

那时候，金永河还在黄泥塘当生产队长兼党小组长。人前背后，没断了劝徐二说："二兄弟，现在正在扫四旧，抓牛鬼蛇神，你少嘟嘟几句吧！弄不好，叫人家抓个阶级斗争，整个你死我活，可不是闹着玩儿的。"

徐二不合算知道金永河说这些话，没有什么坏心眼儿。他那个"广播电台"就停止了广播。可屯子里那帮小青年不让，非得磨着他把讲了一半的故事讲完。猪八戒背媳妇，背到哪儿去了，没有下文行吗？于是，"徐二广播电台"就又继续播送了。

金永河呢，对"徐二广播电台"采取的是睁一只眼、闭一只眼的政策。本来么，一个爱讲，一伙人爱听，说的又是七百年的谷子八百年的糠。虽说不像革命样板戏那么英勇雄壮，但也没反对共产党和社会主义。小青年们听他瞎白话，总比打扑克赌烟卷强。这叫听书，那可叫耍钱。今个儿赌烟卷是逗着玩，明个儿要动起真格儿的，来上大输赢那可不好办了。

但是，金永河没有料到，他的这个大沙坨子深处的小屯，突然也刮起了那"红色的风暴"。尽管他并不情愿,还是向"徐二广播电台"发动了进攻。徐二不合算也没有料到,那两角钱一个的小蒲草垫和那台由于误会才买来的"三用机",差一点使他成了"不齿于人类的狗屎堆"。从此,和低头不见抬头见的和气乡邻,结下了冤仇。

那场不幸的往事,还得从泥塘说起。

三

关于那片泥塘,有一个美丽而古老的传说。传说很久很久以前,有一个身穿金色铠甲的勇士,骑着一匹黄骠骏马,在沙原上追猎一群黄羊。黄羊在前边狂奔,勇士在后面催马紧追。直追得马走风行,黄沙蔽日。一直追了三天三夜,把黄羊追到了泥塘边上。被追急了眼的黄羊,看见前边有一片碧绿的蒲草,冲下沙坨子向塘里奔去。勇士策马冲到塘边,收缰已迟。霎时间,塘面上传来一片黄羊的惨叫和战马的悲鸣。过了一袋烟的工夫,一切又都归于沉寂。那被冲开的浮萍又渐渐合拢,遮住了水中的天光云影。只有那些受了惊的青蛙,叫得更欢了。

原来那泥塘下面,通一条地河。过了七七四十九天,战马和那群黄羊,都从一百多里地之外的一个水泡子里漂了出来。只有那位身穿金色铠甲的勇士,不知去向。

古老的传说,未必是真,却给泥塘笼罩上了一层神秘的色彩。大概也是因为这个原因,世代居住在黄泥塘边上的黄泥塘屯人,除了冬天结冰之后到塘上割一点蒲草之外,一直与泥塘"和平共处"。

1975年,是沙原上大旱的一年。沙岭公社几乎所有的生产队,连播在地里的种子也没收回来。唯独黄泥塘生产队的二十几坰玉米黄豆间作的生荒地,奇迹般地创了高产纪录。连粮带豆,亩产超了千斤。矮子里突然蹿出来个大个儿,一下子成了轰动全县的新闻。紧接着,省、地两级的报道组,脚跟脚地开进了小小的黄泥塘。捶路子,调角度,挖材料,天天折腾到后半夜。还不到半个月,生产队光八个头一斤的洋蜡,就点了一箱子。

报道组挖材料的重点,当然是金永河。这个老实的庄稼人,平时说话比花钱还仔细。过去,县里开三级干部会议,一去半个多月。回到屯里传达,不到一袋烟工夫他就没词了。这回让报道组抠得没着没落的,饭也吃不下,觉也睡不好,两眼熬得通红。可是,人家还说他没有上路。

有一天,让几个摇笔杆子的把他逼急眼了,他气哼哼地说:"我怎么想的?就是想多打点粮食。社员么,就是种地的。怎么多打粮就怎么干!旱种塘,涝种坡,不旱不涝种沙窝!"

戴眼镜的报道组长一拍大腿,说:"哎,这不就是辩证法吗?这可以和学习毛主席的光辉著作《矛盾论》和《实践论》结合起来嘛。譬如,旱,就是矛盾;种塘,就是解决矛盾的具体办法。但是,你怎么知道天旱还是天涝呢?"

金永河说:"这我就说不好了。有的是跟老一辈学的,有的是跟左右邻居学的,还有的是自己琢磨出来的。咱们黄泥塘这地方,沙土地多,地里存不住水。小涝不算涝,大涝淹河套!小旱收一半,大旱连根烂……"

其实黄泥塘的这个大丰收,是老天爷逼出来的。上点岁数的人都知道,这地方的气候有自个儿的规律。一般是三年涝、两年旱,再过一年河不见。1975年,正是河都不见的大旱之年。头一年庄稼刚收完,金永河就跟一些老农民商量应付第二年天旱的办法。大伙费尽了脑筋。因为打井啊,开渠呀,这些办法过去都用过,哪个法儿也不灵。打井呢,因为是沙土地,土质太松,打上十眼塌七眼,又费工,又搭钱,还浇不上几亩地。开渠呢,也不灵。旱到大劲儿的时候,连河都干了,上哪儿引水去呀!

俗话说:急中生智。实在憋得没有招儿了,金永河想出了主意:围塘造地。不说泥塘通地河么?这么多年,谁也没见泥塘干过。在塘边上,围起来二十垧,垫上沙土。这样一来,不管天怎么旱,塘边的地还是潮乎乎的。

几个老农觉得这还真是条出路。但是,填塘造地,是件大事。过去,谁也没干过。这事还得和全体社员商量商量。社员们七嘴八舌议论了好几个晚上,谁的心里也没有底。但除了这个招儿,又没有别的法儿了。死马当活马治,撞撞运气!弄好了,丰收不敢说,至少可以不吃那亏心的返销粮。就这样,大家齐心协力地干了起来。说实在的,那场面还挺壮观。上自拄棍儿的,下至懂事儿的,全都上了阵。整整一个冬天,黄泥塘屯里是炕席看家,锁头把门。说得玄乎一点儿,连小巴儿狗都跟着上塘边上叼土坷垃去了。

谁也没料到,这20垧地竟闹了个大丰收!

省报道组长听完了金永河的这番话,乐得直搓手。

他说:"妥了。这就是'两论'起家嘛!实践、实践,就得拿时间换,拿血汗换。少一分钟,达不到从量变到质变的积累,缺一滴汗,实现不了由量变到质变的飞跃。我们就要在这个高度上作文章!"

报道组的人,满载而归地撤了。紧接着,报社、电台,省、地、县的文艺宣传队又浩浩荡荡开了进来。照相片的,画连环画的,编唱本的,把这个一向平静的黄泥塘屯,搅开了锅,热闹得翻花、冒泡,乱打滚儿。

终于,这些人也走了。沙原深处那个小小的屯子,又恢复了往日的平静。金永河也松了一口气。他觉得这一阵子,比去年冬天填那三个月的泥塘还要累。蒙着一条大棉被,足足在炕头上睡了一天一夜。当他第二天早晨起来,刚刚端起饭碗的时候,窗户外头又传来小汽车的喇叭声。

原来,省报道组的全班人马又开了回来。他们整的那个材料,上边没有通过。说这个材料,只讲生产,没有讲阶级斗争,有"不管黑猫白猫,抓住耗子就是好猫"之嫌。这次,省里还派了一位处长坐镇,要突出阶级斗争这个纲,使黄泥塘这个典型,成为反击右倾翻案妖风的一颗重磅炮弹。

这一下子可难坏了金永河。因为黄泥塘生产队里一没有地主,二没有富农。没有阶级敌人,抓谁的阶级斗争呢?

处长发现金永河对阶级斗争这个纲,认识还很模糊。为了加强对典型的培养,用小吉普把他拉到公社革委会,专门给他办了十天学习班。

临回黄泥塘之前,省里的处长告诉他,黄泥塘生产队不仅有阶级斗争,而且,阶级斗争还是十分尖锐、十分复杂的。首先是徐二不合算,明目张胆地走资本主义道路。列宁说过,小农经济是资本主义自发势力的土壤。徐二不合算,大编小蒲垫儿,一个冬天就赚了一千多元。这样下去,用不了多久,农村就会出现严重的两极分化。新的地主、新的富农,就会同资本主义、封建主义的旧势力相互勾结,卷土重来。那我们的贫下中农,就会重新掉进旧社会的万丈深渊,受二茬罪,吃二遍苦。

而徐二不合算的可怕,还不仅仅在小蒲垫儿的问题上。比这个问题更严重的是,他竟私设广播电台,同"文化革命"的光辉旗手亲自培育的8个无产阶级革命文艺的光辉样板戏对着干,散布封、资、修的反革命黑货,同无产阶级争夺广大青年和思想文化阵地。在无产阶级"文化大革命"不断深入,对资本主义在上层建筑领域里实行全面专政的新阶段,这种没有枪声、没有炮声的斗争,比同敌人真枪真刀的斗争要艰巨得多、严肃得多。作为一个共产党员看不到这一点,就会刀枪入库、马放南山,完全丧失警惕和斗志。如果任这种现象继续下去,那么,无产阶级经过几十年浴血奋战所创建的社会主义江山,就会毁于一旦。这是多么可怕的情景啊!

处长这一顿纲上得金永河脊梁骨直冒凉风,脑瓜门儿上直出冷汗。

处长见他对金永河猛击一掌之后,已经收到了一定的效果,又在"不仅如此"这四个字之后,进一步指出,黄泥塘生产队把推荐上大学的工农兵学员的名额,给了一个叫王玉成的回乡青年,也是严重的混淆阶级阵线的做法。虽然他的母亲早已经死了,但是,他的舅舅是一个反党反社会主义的右派分子。现在上大学,主要的任务不是学习,而是代表无产阶级去占领资产阶级知识分子所占据的世袭领地,去打破资产阶级的一统天下,夺回无产阶级的教育阵地……

尽管处长说得严肃而又深刻,善良的生产队长还是不肯相信徐二和他亲眼看着长大的王玉成会把社会主义推翻个个儿。他给徐二讲情说:"徐二不合算虽说是中农成分,可从土改、合作化,一直到人民公社,跟共产党还是一个心眼的。近几年,他生活富裕点儿,也是靠劳力多,从来没走过歪门邪道。那个广播电台,是个错误,可也不是有意设的。他托人买收音机买错了,才买了三用机。当然了,他讲《三国演义》《水浒传》不应该,以后不让他再讲就是了……"

"至于玉成那小伙子么,积极要求进步,劳动也不错。他舅舅是不是右派,咱们不知道,反正没见他来过……"

老金头儿的这番话还没有说完,处长就当场决定:学习班再延长五天。一帮人帮助他"爬坡",上纲,又折腾了几个通宵。直到金永河认识到,黄泥塘的丰收,是狠抓阶级斗争、抵制右倾翻案妖风的结果,才又用小吉普把他送回了黄泥塘。

在工作组的领导下,黄泥塘生产队召开了"反击右倾翻案妖风大会"。会上,把徐二不合算一家人半个冬天编的小蒲垫儿,一把火烧成了灰烬,算是对资本主义进行了火葬。然后又当场宣布,大会借用徐二不合算的"三用机",予以没收。

从此,无产阶级便占领了黄泥塘的思想文化阵地。

同时,大会还宣布,取消王玉成的工农兵学员资格。本着宁缺毋滥的原则，放弃这个上大学的名额。

几天之后，省、地报纸和杂志，都以头版头条的显著位置，用《沙原学大寨，一步一重天》的通栏大标题，报道了黄泥塘生产队同右倾翻案妖风对着干的伟大胜利。

金永河被请到全省各地，念那份一大群笔杆子给他写的讲演稿，并且当上了县革委副主任。

与此同时，徐二不合算成了革命大批判上挂下联的活靶子。三个已经订了婚的姑娘，吹了俩。还有一个么，老亲家要求推迟婚期。

那个连新洗脸盆儿都买了，准备进农学院当大学生的小伙子王玉成，不仅大学不能上了，连生产队的保管员也撤了，成了跟胶皮轱辘大车装粪卸车的掌包的。

当然啦，这些都是往事了。甚至可以说，差不多快被人们忘记了。可是，老金头儿丢了县革委副主任的乌纱帽，要重返黄泥塘的消息一传开，有些人心上的伤疤，又像被猫爪子挠了一把。是疼？是痒？那滋味儿就难说了。

四

徐二不合算听到了金永河回屯的消息，心里头暗暗高兴。他觉得金永河是踩着他徐二肩膀头爬上去的。爬得高，跌得重。这个老家伙虽然没像林彪和他老婆那样跌个粉身碎骨，至少也算是摔个鼻青脸肿。

他让老伴儿宰了一只不下蛋的母鸡，把那瓶藏在箱子里的竹叶青也翻了出来。这瓶好酒,还是他那在沙岭供销社当营业员的大姑爷今年春节孝敬他的。一直没舍得喝。今天,他要好好庆祝庆祝。往外拿那瓶酒的时候,他又狠了狠心,把那盒包着玻璃纸儿的过滤嘴的人参烟也拿了出来。今天,他要摆摆阔,让黄泥塘的人看看,在那个落魄的县太爷扛个行李卷,像逃荒似的回来的时候,他徐二不合算过着怎样现代化的日子。所以,他还特别告诉老伴儿,今儿他觉得腰有点不舒坦,把他的酒菜,给他摆在茶几上,他要仰在沙发上吃。最后一条指示,就是今天晚上开饭要稍微迟一点儿,等到电视开演之后。因为那时来看电视的人,就会看到他坐在沙发上喝竹叶青,抽过滤嘴香烟的现代化场面。

这里顺便还要交代几句。就是当年的"徐二广播电台"已经鸟枪换炮,成了"徐二人民电视台"。

前面我们已经介绍过了徐二的哲学。他有法赚钱,但也不把钱当老祖宗供着。再说,他徐二不合算也是土埋半截的人了。死了还能把钱带进棺材里去吗?

再说,人不仅思想得走在形势上,生活也得赶上潮流。刚解放那时候,家家都用高丽纸糊窗户。是他徐二,第一个换上了锃明瓦亮的大玻璃。

刚解放那时候,家家都点豆油灯。墙上掏个窟窿,摆上小碟儿,一根棉花捻的灯芯,豆大的火苗,巴掌大的亮。是他徐二,第一个点上了烧煤油的罩子灯。

再后来么,农村讲四大件——收音机、自行车、手表、缝纫机,差不多都是他徐二带的头。就是那个收音机,头儿没带好,给他惹了一身祸。

打倒了"四人帮",尤其是党的十一届三中全会之后,农村的政策放宽了。真是八仙过海,各显其能。只要上级让伸开腰来干,那他徐二马上就苣荬菜蘸凉水——立刻精神起来。现在,不仅是小蒲垫儿给他往家里搂钱了,光自留地里的黄烟就卖好几百块。所以,在生产队退赔了他那台三用机的钱之后,他又买了一台十二英寸的日本电视机。用过去的话说,这是正经八百的东洋货!现在,他不是躺在炕头上听戏了,而是天天坐在沙发上看小电影。你看神气不神气!

当然了,这回又是他在黄泥塘开了新"四大件"的头。再听收音机,那已经过时了。现在是:收音机得带画片的;自行车得带冒烟的;缝纫机得带码边的;手表得带星期天的。现在,他带画片的收音机有了,缝纫机的码边器也买了,带星期天的手表,上中专的四姑娘也戴上了一块。就是那个带冒烟的自行车他是摆弄不了。岁数大了,那玩意儿要是开不好,万一出个一差二错,可不是闹着玩的。可是,他还是想买一台。不就六七百块钱么?自己不能骑,给姑爷骑。小伙子戴上一副黑眼镜,骑上电驴子驮姑娘回娘家,不比骑毛驴子神气多了?

这个计划,他准备放在明年。自留地再种上一茬黄烟。黄泥塘的烟叶子是有名的。你没听说有一套嗑儿吗?——于家窝棚的葱,顾家屯的烟,黄泥塘的烟叶金不换!

想到这儿,徐二不合算的心里又"咯噔"翻了个个儿。这使他又想起了金永河。因为金永河的外号,就叫金不换。这个外号,还是徐二自己给他取的。因为金永河小时候,在沙岭镇上的铁匠炉当学徒,烟熏火燎,风吹日晒,长得特别黑。徐二呢,小时候读过几个月私塾。那时候,都写墨笔字,练大楷、小楷。墨汁都得自己研,使的墨,牌子就叫"金不换"。因为老金头儿姓金,长得又跟墨一般黑,所以,就给他取了个外号"金不换"。

后来,金永河当了互助组长、生产队长,干得一直不错。公社几次要调他到别的大队当支部书记,黄泥塘的社员不肯放。这个金不换就有了新的含义。

虽说徐二打心眼儿里有点恨金永河,但"金不换"这个外号,还是使他想起了那个黑瘦的干老头子的许多好处。

有的屯子的干部,是最富的。进屯子不用看,红砖大瓦房,不住书记就住队长。可金不换家,差不多是黄泥塘屯里最穷的。生产队里缺啥,他都是那句:"我家有!"

1958年"大跃进",动员全队打二十眼井。打井梆的木料不够用。他把土改时分的三间青砖到顶的大瓦房拆了,梁柁、柱脚,清一色的红松木,都锯成了板子做了井梆。他自己家,就在房山头上压了一间小马架子。刮风进风,下雨漏雨。那时候,他那独生女儿金玉霞还小,三九天,屋里跟冰窖似的。孩子的两个小手冻得像小馒头。后来,公社拨给他木料盖房,他又让给了队里修了马棚。为这事儿,徐二还劝过他,说:"永河呀,鸡还有个窝,雀还有个巢。没有房能叫个家么?大人冷点还没啥,孩子受不了。那不光是你自己的女儿,还是革命的后代啊!"

掏良心说,那时候他金不换,够共产党。可是后来,后来他有点对不住老乡邻!

可他为了啥呢?当了5年的"县太爷",家里还是穷得叮当响。他徐二不合算,连那绷着九个圈弹簧的沙发都坐上了,金永河屋里连把四条腿的椅子还没有呢!

想到这儿,徐二心里觉得有点不是个滋味儿了。不错,他金不换有错,省委、地委、县委那时候派来的工作组也有错。要是往大了点说,共产党也许有对不起徐二的地方。可要是没有共产党,他徐二能有今天吗?

旧社会,他徐二家虽说是中农,自己有几坰沙荒地,还不是窗户上糊的高丽纸,屋里点的豆油灯!不要说这新"四大件"了,就是那旧的"四大件",连做梦也不敢想啊!

可他现在想干什么啊?拿共产党给他的竹叶青酒、过滤嘴烟,拿共产党给他的电视机、缝纫机,来寒碜一个共产党员?

不!他徐二不是这种忘恩负义的小人!他对金永河有意见,但是不能看他的笑话!

徐二赶忙从沙发上站了起来,把那瓶竹叶青和人参过滤嘴香烟,又放回了箱子里。

晚饭的时候,那香喷喷的小米饭和小鸡炖粉条子,他说啥也咽不下去。只吃了几口,就推说身子有点不自在,撂下了筷子。

点灯之后,来看电视的人挺多。大伙儿对金永河要回来的事儿,议论纷纷。徐二呢,嘴上没有把门的,用烟袋锅子堵着。他"吧嗒、吧嗒"地抽着旱烟,一句话不说。电视里演的什么,他是一点儿也没看进去。

他在琢磨:这金不换也不是一盏省油的灯。他明知道黄泥塘这个小屯里,有自己结下的冤家对头,还敢回来,说明他心里早就打好了自己的算盘。他徐二不合算,害人之心不可有,防人之心不可无。

另外，做人也不大容易。一个做着，百个瞧着。他也不能让人家说自己是孬种。叫金永河收拾了一通，还反过来对他低三下四？他徐二不想欺负人，也不能让别人欺负住。

这一宿，他躺在热炕头上，烙饼似的翻来覆去，怎么也睡不着。他想了几十种对待金不换的招儿，但没有一招儿是称心如意的。最后，他还是决定先看看金不换有什么动作。兵来将挡，水来土掩。他就不信，活人能让尿憋死！

五

夜风在泥塘上吹过，已经发黄了的蒲草叶子发出沙沙的响声。夜宿在塘边的大雁，一双一对地藏在塔头墩子的后面，时而发出几声咯咯的低鸣，像是情人在窃窃私语。

一轮又圆又大的月亮，从大沙坨子的后面升了起来，傲慢地飞上了星儿闪烁的天空。它用金色的光辉，把田野里刚刚收割下来的那些高大的谷码子、高粱檩子和玉米秸堆，照得通亮。

那些向往光明的恋人，却喜欢把他们遮掩起来的黑暗。王玉成和金玉霞两个人，合披着一件棉大衣，坐在一个高大谷码子的阴影里。两个人，各自想着自己的心事，谁也不说一句话。尽管那扑鼻的谷香，那件工作服棉大衣上的汽油味儿，那充满了青春活力的身体散发出来的、互相温暖着的热烘烘的气息，都和往天的夜里一样，但今夜没有那热情的拥抱和那令人热血沸腾的亲吻。那本来应该属于爱情的良宵，被恼人的思虑夺去了。

因为这一对恋人,一个是昨天的副县长的女儿,一个是当年金永河跟"右倾翻案妖风"对着干的受害者;一个马上要见到自己那位倒霉归来的爸爸,一个要会一会旧怨难平的冤家!

王玉成一想到金永河在大会上宣布取消自己入学资格的情景,心里就一剜一剜地疼。他觉得,自己的损失比被批判的徐二不合算,不知道要惨重多少倍。徐二的小蒲草垫儿被烧掉了,今天还可以再编;徐二的"三用机"被没收了,今天还可以买一台电视。可被断送了的前程,能再有吗?被耽误了的青春,能再回来吗?5年多了,当年23岁的翩翩少年,今天已经成了胡茬儿黑乎乎的大小伙子了。要不是打倒了"四人帮",他连今天的胶轮拖拉机手也当不上,就得跟在那几匹马拉着的胶轮车尾巴,装一辈子大粪,扛一辈子麻袋。就为了这,他恨那个又黑又瘦的老头子,恨得牙根儿都痒痒。他一辈子也不想见到他。

但是,这个叫人一想起来就闹心的老头子,竟有这么一个可爱的女儿。现在,即或是在那谷码子的阴影里,他也能看到她长长睫毛下那双又黑又亮的大眼睛。每当她用这双水汪汪的眼睛看自己的时候,他就觉得自己融化在那两泓充满了温情的春水中了。她那宽大的额头,她那笔直的鼻子,她那鲜艳的厚厚的嘴唇儿,都唤起他内心深处对美的无限向往。她那么文静,脸上总是带着那么迷人的微笑。她说话的声音是那么甜,她的歌儿唱得那么好听。尤其是两个人坐在一起,她专为自己唱的时候。她那么关心自己,像钻进自己心里看过了一样。他想写诗,她就送给他一支那么漂亮的圆珠笔。而且,她读着自己的诗,眼里竟感动得流出了热泪。他出车跑长途,带东西不方便,她就给他做了一个带拉锁的背包,上面还绣着几个时髦的拼音文字。她的手多么巧啊,这背包简直是件工艺品。结果他舍不得用,压在箱子底儿,当成宝贝一样。有一回,他出车,在路过的一个供销社给她买了一条蓝地白花纱巾。后来,她进城特意围着这条纱巾照了一张相片送给他。直到现在,那张二寸的小照片,还夹在他的驾驶执照的小本里,装在贴心口的衣袋里……

想到这些,他那只搂着她腰的手,就情不自禁地搂得更紧了。玉霞也把自己的头,枕在他的肩上,像个在老母鸡的翅膀下躲避风雨的小鸡崽似的,把身子靠在他宽大的胸前。

是的,当他们开始谈恋爱的时候,王玉成不是不知道她就是金永河的女儿。那时他想:老头子当上了县级的干部,捧住的是铁饭碗,而且又有权。只要他愿意,随时都会把老太太接走。而玉霞说了,她哪儿也不去,永远和自己在一起。那么一来,他就可以把老丈人和女儿永远地区别开来。恨的人,永远也不见;爱的人,永远也不分。

可现在,这个恨人的老头子突然回来了。而且看样子,他已经在黄泥塘看好了坟茔地,这辈子也不想再挪窝了。这样一来,他原来想搞得泾渭分明的爱和恨,现在就要水乳交融地掺和在一起了。

王玉成长长地叹了一口气:"唉……"他后边想说,但没有说出口来的话是:玉霞呀,玉霞,你为什么非得是金永河的女儿!

金玉霞仿佛猜透了王玉成的心事。她和玉成一样,为父亲的归来给他们爱情蒙上了一层阴影而感到伤心。除此之外,她还有比玉成更多一层的伤心和痛苦。

她了解自己的父亲。她知道他是一个心地善良的老实人,也是一位不掺一点假的共产党员。他听党的话,不打折扣。但是,他也有自己的局限。一个农民,几乎一辈子生活在大沙坨子深处的这个小屯子里,他没有读过书,也看不懂马列主义的原著和毛主席的著作。对纷纭复杂的路线斗争,怎么能看得那么清楚?所以,他犯了错误,甚至伤害了自己爱着的小伙子。

为了父亲的错误,她自己也付出了代价。有的人,对她是另眼相看的。譬如徐二不合算。他们家的姑娘见了自己不是冷言冷语,就是吐口唾沫,转身就走开。全屯子的人,几乎都去徐二家看过电视,唯有她金玉霞,从来没有见过那台电视机是什么模样。有时候姐妹们在一起干活,一边干,一边谈论昨晚上的电视节目,说这么好、那么好,她只能出耳朵听。年轻人,谁不爱热闹?可别人晚上聚在徐二家欢欢乐乐的时候,她只能远远地躲着。她真不敢想象,如果这些夜晚她不是和玉成在一起,她将怎样度过。

过去的这一切,不管是怎样难以忍受,她毕竟是熬过来了。有时她甚至想:父亲为什么要入党?为什么要当干部?如果他不入党,不当干部,就不会得罪什么人。她生活得就会和别人一样,无忧无虑,充满了欢乐。

但是,设想是设想,现实是现实。谁也不能让已经发生过了的事不发生。只能让以后不应该发生的事,不再发生。

父亲回来到底会怎样,她为他担心!

玉成对自己的感情,究竟会不会发生变化,也只有看事态的发展。

玉霞越想越感到委屈,她两只手抱着玉成的脖子,呜呜地哭了起来。

夜已经深了。从泥塘上升起来的白茫茫的夜雾,向四面弥漫开来。丰收的田野和远远近近的沙坨子,都变得像梦境一样模糊。

多么宁静的秋夜啊!

六

我的善良的读者,读过上面的文字,你们大概已经开始埋怨我把金不换归来的前景描写得过于暗淡了。你看:在小小的黄泥塘屯里,有和他心里结着疙瘩的徐二。当然了,这就包括了徐二的姑爷、亲家、孩子他姨、老伴儿她叔伯兄弟;还有恨他恨得牙根痒的拖拉机手王玉成,尽管他已经和自己的姑娘恋爱谈得都带点焦烟味儿了,但是还下定决心,只要媳妇,不要老丈人。除此之外,还有金不换那长得水水灵灵的女儿,她不是恨自己的父亲,她是怨,是担忧……

所以,我得把在黄泥塘的小屯里等着他的,那些掐着指头也算不过来的糟心事,往后边放一放。先说点让大家感到心里亮堂的舒心事。

本来么,金不换重返黄泥塘,也不是所有的人都不高兴。一个篱笆三个桩,一个好汉三个帮。活到快60岁的人,谁还没有几个贴心的朋友?

金不换在"文化大革命"之前,跟社员们关系都不错。当然了,一个娘生的孩子,还有个是娘最疼的呢,怎么知心,也有个亲疏远近。跟金不换最知心的,也有几个,其中就包括现任的生产队长赵万成。这个膀大腰圆的汉子,今年刚过40岁,是1957年回乡的初中毕业生。现在,初中毕业生那是不稀罕了。就是在最偏僻的沙坨子,随便哪个屯子,不用使扫帚,也能划拉几大筐。可在1957年,赵万成念的那几年大书,可是全黄泥塘人的光荣。识文断字,能写会算,他可是黄泥塘这片地面上的天字第一号的圣人。

金不换看重赵万成的学问,更看重他的人品。这小子从小就规规矩矩,说话丁是丁、卯是卯。念完书回来,也不摆架子,干起活来有股子虎实劲儿……

那时候,选拔革命接班人的口号,喊的还不像现在这么响亮。可金不换觉得,农村在发展,又是科学种田,又是农药化肥,又是拖拉机,他那个脑瓜筋已经跟不上趟了。黄泥塘生产队要不让这个社会落下,就得有个有文化的带头人。于是,他暗暗地在赵万成的身上下了功夫,先起用他当了会计,后来,又亲自当介绍人,发展他入了党。

照一般人的看法,那生产队的会计,就是多半个队长啊。再加上一张党票,那赵万成也就算褪掉了黄嘴丫子的小雀儿,该出飞儿了。可金不换没忘了自己的铁匠出身,没断了对赵万成锤锤打打,就是一点鸡毛蒜皮的小事儿,也不放过。

有一回,队里的分销店从公社供销店进了5条人造丝的西服裤子。那时候,人造丝的东西还不多,社员都管那玩意儿叫假哗叽,又好看,又便宜。别说这沙坨子里的小分销店,就是城里的大百货公司，你要没点后门儿也不大好买。分销店进货的第二天早晨，赵万成到分销店为队里买麻袋的事结账。结完了账，正赶上营业时间到了。营业员开门的时候，他已经在屋里。就这样，他就先买了一条。

另外的四条裤子，被几个年轻人抢着买去了。有一个，得了便宜还卖乖，回到家里就马上跑到大街上炫耀。这一下子，可把别的小青年馋红了眼，一条一条地问，5条裤子都让谁买去了。说到赵万成的时候，有人就讲，他那是走了后门儿。分销店还没开板，人家把款就交了。

没有买到裤子的人，当然有股子火，说："人家是队里的干部么，当然得受点儿优待了。"

碰巧，这话让路过这里的金不换听见了。晚上，收工之后，他打发金玉霞把赵万成找到家里来。

赵万成一进屋，金不换劈头就问："听说你买了一条裤子？"

赵万成得意扬扬地说："啊，人造丝的，看着像料子一样，才8块多钱一条。"

金不换又板着脸问："是走后门儿买的？"

赵万成一愣："不是啊！"

接着，他把怎么去结账，开门时他怎么在屋里，由根到梢给金不换说了一遍。老头儿听完了赵万成的话，点上了一锅旱烟，吧嗒吧嗒吸了好半天，才拍着赵万成的肩膀说："万成啊，那料子的裤子是个好东西。过去，共产党员流血牺牲，为的是解放受压迫的老百姓。现在，咱们领社员大干苦干，还不是为了让大伙儿都过上好日子。将来，别说你们年轻人，就是老头儿老太太，都要穿上料子衣服。可有一条，咱们做共产党员的，得是最后脱掉布裤子的人！"

响鼓不用重槌敲。金不换的话，一字一句都刻在了赵万成心上。他二话没说就走了，回到家里夹着那条连包装都没打开的裤子，给分销店退了回去。

这么多年来，他是踩着金不换的脚印，一步一个脚窝走过来的。他既了解老队长的为人，也体谅当干部的甘苦。

当个生产队的干部，可不比那坐在办公桌后边圈椅上的干部。工分不比别人多拿，心可不比别人少操。你寻思就那么容易么？

上边千条线，下边一根针，都到生产队这个针眼里来穿。今天抓粮食，明天抓林业。抓水利的，抓农机的，种子站来做发芽试验，防疫站来打预防针，计划生育办公室的来发生育指标，连谁家老娘们儿怀不怀孩子心里都得有数。生产队长，那也叫干部么？除了没给老板娘端尿盆，那真跟旧社会在铁匠炉学徒侍候掌柜的似的，侍候这百十口子社员啊！没有功劳，还有苦劳；没有苦劳，还有疲劳。好事做了九千九，没图过谁说一句好。"文化大革命"中犯了错误，这就揪住小辫儿不放了！

再说，开那个大会烧那个小蒲草垫儿，取消你王玉成上大学的资格，都能记在金永河一个人的账上吗？上边动动嘴，下边跑断腿。领导上让你怎么干，你不干行吗？看花容易绣花难哪，你要不服气，自个儿是骡子是马牵出来遛遛。不要说干到金不换那个份上，就是赶上他一半，也算你没白吃那几碗高粱米！

赵万成不是因为是老队长培养起来的，就替他护短。不当家不知柴米贵。他当了几年队长，尝到了当队长的滋味，也知道了其中的甘苦。他是替老队长感到窝囊，替他抱屈！

尤其是听到徐二、王玉成一些人的议论之后，他更是打定了主意。只要他还是黄泥塘生产队的队长，就不能让老队长受到委屈。过去，样板戏里阿庆嫂不是唱过么："这草包就是一面挡风的墙！"他赵万成可不是草包，他是站起来半截铁塔似的七尺男儿。今儿，他就要站出来给金永河挡一挡风！

公社派人传达了县委书记的话之后，他心里就没断了翻腾。吃过了晚饭，刚一撂下筷子，他就跟媳妇商量，拿点什么东西去看看老金大婶子。这个老太太这些年跟金不换老队长没少着急上火。赵万成怕老队长不当副县长，要回来当社员的消息，叫她受不了，想去安慰安慰她。但是，这些年，赵万成走的是金永河的路子。他顾队不顾家。虽说从去年起，已经包产到户，因为三天一开会，两天一传达文件，媳妇身板又不好，庄稼也没侍弄上去，经济上一直没有翻过身来。有什么拿得出手的东西？想来想去，万成媳妇想到坛子里还有夏天腌的咸鹅蛋，捞了十几个大的，用个网兜装上，递给了赵万成。

赵万成提起网兜里的咸鹅蛋，就奔金永河家走来。他现在给金永河送礼，谁也不能说这是巴结他。因为这正是他倒霉的时候。礼是薄了点，可东西不在多少，总是份心意么。

黄泥塘小屯子本来就不大。穿过一条横街，再拐过井沿儿，金永河家的三间平顶的泥房就到了。可是当他伸手要推开那扇柳条编的院门时，又犯起愁来。他得怎么张口把这件事儿告诉给老太太呢？那时，他还不知道金玉霞正在谷地里抱着王玉成的脖子哭呢。他希望老队长的女儿能替他做一点老太太的工作,他还希望老太太最好不要哭。别看他是个虎背熊腰的男子汉,可他怕见别人的眼泪。

七

这一回赵万成可猜错了。

其实,金永河被革了县长的职,要回黄泥塘当社员的消息,他老伴儿晌午时就听说了。她不但没有哭,反倒乐了。对于这个消息,不光是在黄泥塘,就是普天底下也没有第二个人,像她那么喜气洋洋了。

有的人,是把芝麻粒儿大小的官衔,看得比磨盘还重。那要是丢了县长那么大的官,还不得心疼得心都乱蹦?可老金大婶子不在乎这个。别说丢了个县官,就是丢了个省官,她还是会拍着巴掌乐。那个官衔算什么,她所需要的不是个官儿,是个老伴儿!

老伴儿,老伴儿,越到老了越是个伴儿。这些年,她和金永河一块儿过日子,也没少拌嘴。两口子在一起,锅沿儿还有碰不着盆沿儿的时候吗?可老伴儿一走,虽说还有个女儿在身边,她还是觉得孤单。尤其是逢年过节,别的人家热热闹闹的,可一进自己的屋子,就冷冷清清。娘儿俩,吃什么也不香。最近这一年多,就更不用说了。那个小玉霞,根本就不着家,想抓住她个影儿都不容易。白天下地干活,天一擦黑就着急慌忙地往外跑,不到小半夜是不回来的。三间屋子,就她一个人守着。

她自己要是不咳嗽，屋里连点动静也没有。

这还不是最糟心的。更折磨人的，是她没日没夜地牵挂着老头子。

她牵挂他吃：虽说在县里吃的是食堂，有精米白面，有猪肉鸡蛋，油水大得不用碱水就刷不了碗。可一个人一个口味儿，山珍海味未必就可口。吃惯了屯子里的粗茶淡饭，冷不丁来那么大的荤腥，还真受不了。在那儿是人家做啥，你得吃啥，冷了热了都得将就。在家里是想吃点啥做点啥。她就知道老头子愿吃酸菜。要是再有点雪里蕻咸菜，那他吃起来就来劲儿了。可那食堂里，有雪里蕻么？

她牵挂他住：小年轻的火气旺，不怕睡凉炕。可老头儿就不行了。他那两条老寒腿，睡那个木板床受得了么？她让玉霞写信，逼着老头子买个热水袋，晚上临睡觉前灌上热水，把被窝儿捂一捂。她给老头儿捎去一块厚羊毛毡子。刚过立秋，就把羊皮裤托人送去了。说一千，道一万，再暖和的床也不如家里的热炕头儿。

这回他要回来了。金大婶子再也不用牵肠挂肚的了。能不高兴吗？

赵万成提着那半网兜咸鹅蛋进屋的时候，金大婶子正忙着往缸里腌酸白菜。他赶忙把网兜放在锅台后，帮着金大婶子忙活起来。金大婶子在大锅里用开水炸白菜，赵万成就往缸里装。眼瞅着缸都装上尖儿了，金大婶子还往锅里扔白菜。

赵万成说："大婶儿，我看不大离儿了。能吃了这么多？"
金大婶笑着说："嗨，万成啊，你还不知道，你大叔要回来了。

那个死老头子啊,一见着酸菜就不要命地呛。我给他做的酸菜氽白肉,他一顿就呛两海碗……"

赵万成听金大婶子的口气,看她的神气,心就放下了一半。

白菜装完了,上面又压了一块大石头。金大婶子才把赵万成让进里屋,让赵万成坐在炕沿儿上,把烟笸箩推到他跟前儿。

还没等赵万成开口,她又眉开眼笑地说了起来:"万成啊!你大叔这县长不当,我们这个家可就得好了。别人不知道内情,你是知道内情的。这些年他当干部,你看把我们这个家折腾的,不说穷得叮当响也差不多了。吃亏占便宜不说,还闹了一身不是。这回他回来,你可得帮我好好劝劝他,再别沾那个干部的边了。有你们这年轻力壮的就行了。现在不是时兴包产到户,发家致富么?这回也该轮到他顾顾家了。我都想好了,今年冬天,我给你大叔好好保养保养。队里分的麦子,我们娘儿俩还一口没动呢。这回把它磨成白面。圈里养的那口肥猪,等你大叔一回来就杀了它。这回让这口肥猪和这一缸酸菜对着干。他爱吃酸菜馅的饺子,我给他包上几盖帘子冻上。啥时候想吃,就啥时候给他下点儿。反正今年这一冬天,叫他好好歇歇。你是知道的,他这一辈子就是操劳的命。都快60的人了,还不该好好歇几天么。明年呢,就得靠你了。给我们包一块好地。要是包不上那块'金盆底',也得给我们一块底劲儿足的。我和你大叔都还干得动,再加上小玉霞,怎么也得赚个千儿八百的。现在,姑娘出门子,不兴大操办,总得给孩子做几身拿得出手的衣服啊……"

金大婶子说着,赵万成觉得这个快到50岁的老太太,突然年轻了不少。他看着她那个高兴的样子,突然感到一阵辛酸。她今天晚上在他面前滔滔不绝说的心坎里的心愿,要是总结总结,不过就是一句话:让她和金永河两个人,像个普普通通的社员一样生活吧!而这些话,是每天晚上,他那病恹恹的媳妇,在枕头边不知道跟他叨咕了多少遍的。他赵万成自己是办不到。因为他今天还是黄泥塘生产队的队长兼党支部书记。一个干部,不能为自己谋福利,吃亏的事儿,得往前头抢,占便宜的事儿,往后头都不站——他不沾那个边。

但是,老队长就不同了。他现在回到屯子里来,是普通社员。他就是不看老队长过去立下的汗马功劳,就是冲老金大婶今晚的这一席话,也得给点照顾。

赵万成站了起来,拍着胸脯说:"大婶儿!这你放心。只要我赵万成在黄泥塘当队长,你有什么要求尽管提。凡是能办到的,你大侄子绝不会打你的驳回。另外呢,有几句话,我得跟你先打个招呼。'文化大革命'那会儿,大叔也得罪过几个人。这回听说大叔回来了,备不住说几句闲话。你听见了,别往心里去。赶明儿我在社员大会上还要讲一讲。谁要敢动老队长一根毫毛,不光我们不答应,还有党纪国法呢!"

金大婶子感动得眼泪都快掉下来了。她说:"万成啊,你这么一说,我这心里头就更敞亮了。赶明儿,你大叔回来我得告诉他,他是真没白培养你一回。"

赵万成一见金大婶子要抹眼泪,马上转身就往外走。

金大婶子还留他再坐一会儿,说:"忙什么,大长夜。大婶儿愿意跟你唠扯唠扯。要不这憋屈话,跟谁说去。"

赵万成怕她哭，推辞说："队里还有事儿。等大叔回来我再来。县里说他是今天早晨走的。今晚，他得住在于家窝棚。明天晚上怎么也到家啦！"说着，他把网兜递给金大婶子说："大叔回来，我也没啥送的。玉芬让我拿几个咸鹅蛋，给大叔尝个新鲜。"

老太太担不得好，非让赵万成把鹅蛋拿回去，说玉芬身板还不好，留着给她保养保养。最后，推辞不过，收下了。当她把鹅蛋放在个小筐里，把网兜递给赵万成的时候，眼泪说啥也止不住了。她哭着说："人哪，光用嘴说亲啊近啊不行，到有个为难遭灾的时候才见真假！"

赵万成自个儿眼睛也潮乎乎的了。这个大块头的汉子，连句话也不敢回，匆匆忙忙地走出了房门。都走出了院门，他还听见金大婶子高声地嘱咐他："叫玉芬来串门儿！"

赵万成"嗯"了一声。

夜深了。屯子里响起一阵狗咬声。大概是徐二家的电视演完了。村道上，传来了年轻人高腔大嗓的说笑声。

八

爬上黄沙岭，黄泥塘和黄泥塘边的小屯儿，就在金永河的眼皮儿底下了。那时，太阳刚刚卡山。回光返照，红艳艳的晚霞，把远远近近的沙岭，带着蒿子秆香味儿的炊烟，天空中飞过的大雁和黄泥塘里那被微风摇动的蒲草，都照得通红，像蹿着火苗似的耀眼。在县里工作的时候，他到过阿尔山林区。林区的人夸耀说，秋天是他们最美的五花山季节。火红的枫叶，碧绿的松针，银白的桦树干，像画一样受看。看到自己家乡的景色，金不换的嘴角上露出了一丝带点嘲讽味道的微笑。他觉得那些憨厚的山里人，真是没见过大世面。你瞧瞧眼前这片没边没沿的沙海，金光闪闪的，看上去心里像打开两扇门似的敞亮。十里泥塘上，塔头缨子、蒲棒草，也是金黄金黄的。塘边的田野里，那谷码子堆得像一座小山，还是金黄金黄的。瞧那高粱橡子，还立在那里晒红米儿。那枫叶算什么？这才叫红呢，红得像玛瑙！苞米囤子，豆铺子，还有贴着屯边、还长在地里的翠绿的大白菜、芥菜缨子、雪里蕻……这里的颜色，晃得人眼睛都睁不开！画？画算什么？他金永河还没见过有谁画出过这么受看的画呢！

这些年，在县革委会那座大楼里，可把他憋屈坏了。说实在的，他觉得自己不是当副县长的料。要论种庄稼，你是看天气，讲茬口儿，扶犁、点种、踩格子，金不换服过谁呀？可坐办公桌，看文件，他就傻眼了。牤牛犊子追家雀儿——有劲使不上。他最害怕的是开会，往椅子上一坐，那股子瞌睡劲儿就上来了。有好几回，他坐在主席台上打起了呼噜。

嗨！这些事儿，他连寻思都不愿意再寻思。你看这眼前的天地，你是想翻筋斗，你是想打把式，怎么撒欢也不会觉得场子狭窄。现在，又该是他金不换伸开腰好好干一场的时候了。

他知道，老伴儿、姑娘都在等他。说不定小火盆里，搪瓷缸子温热水，酒壶都给他烫上了。但是，他不着急回家。那三间土房也没安轱辘也不长腿儿，走不了也跑不掉。他要穿过横垧子地，看看地里的庄稼收得利索不利索，给各个地块儿估估产量。除此之外，他最关心的，还是他当年领着社员填的那20垧泥塘。

每年回家来，他都要看看。他知道，打那年丰收之后，那块地是年年受淹。这两年，干脆已经不种了。那曾经亩产千斤的高产地块，已经成了黄泥塘社员的一块心病。耳听是虚，眼见为实啊！他来到塘边的时候心里一热，眼泪差点儿掉下来。

虽然天已经擦黑儿了，他还是看到那片填塘造的地，如今的荒凉景象。除了地边上狭窄的一条，还有点种过地的痕迹，里边已经又恢复了往日的模样。蒲棒草、料吊子花，又把原来是它们的地盘儿抢了回去。大概这块地，曾经是学大寨的样板田，公社的领导觉得完全扔了不种，怕上级问起来不好交代，才把拦水的堤坝，年年往里挪。最后，挪到塘边上了，还是没有收成。去年实行包产到户之后，谁也不包这块地，就彻底地撂荒了。

金永河看着这情景，既觉得伤心，又觉得有点好笑。他是因为这片地，被树成了典型，当了县革委副主任的。现在，这块地没了，他那副县长也不当了。他跟这片地，真算结下了不解之缘。

他想：现如今，也许有人会觉得他金永河的景况，也和这片塘边地一样凄凉。可他自己不这么想，要是这么想，他就不回来了。

金不换还站在塘边愣神，突然听见女儿叫他："爹！"金不换一回头，见穿着一件紧身小花棉袄的金玉霞，正向塘边跑了过来。

金玉霞跑到金永河的身边,伸手接过他肩上的行李卷,夹在胳肢窝下边说:"爹!我妈等你都等着急了,让我到大道上去接你好几回。你怎么跑到这儿来了,快回家吧!"

金永河看着自己的漂亮女儿,笑了笑,没有说话,顺从地跟着女儿往屯子里走。过了一片刚刚收割过的麻籽地,荒地格旁边有个泉眼。

金永河对女儿说:"玉霞,等一会儿,爹洗把脸。"

女儿着急地说:"哎呀,都到家了。有热水,有香皂,还在这儿洗什么脸!"

金不换已经蹲了下去,他一边往起捧水,一边说:"别着急,着急也不差这一会儿。"

结果呢,金不换不光在泉眼边上洗了脸,还猫下腰去紧了紧鞋带儿,扑打扑打浑身上下的沙土,甚至连脖子底下的纽扣儿都扣上了。重新上路的时候,他的腰板也拔得溜直。他想会在村街上碰上乡邻。虽然他昨天是县里的领导,今天又回来当社员,但是就一个共产党员来说,这没有什么不光彩的。既不丢人,也不现眼。工作调动么。谁从娘胎里生下来,也没脑瓜门儿上贴个帖儿,嘴里含块印,说当官就得当一辈子。所以,他不能蔫蔫巴巴,像个霜打的草似的进屯子。他得挺着胸脯进屯子。

刚点灯的时候,家家户户都在吃晚饭。村街上连个人影也没有。只有那些胖得都快走不动道了的鸭子、大鹅,看见了生人,扑打着翅膀,咯儿嘎儿地叫着,跳下了路边的水泡子里。快到家门口的时候,在井沿儿上,一匹小马驹撒着欢儿,跑到金不换的面前来。这匹四个蹄儿雪白的小二串马，显然让屯里的人宠坏了，连生人也不怕。它跑过来，闻了闻金不换的鞋，又舐了舐他的手，心满意足地跑开了。金不换望着那小马驹的后影，觉得生他养他的这片土地，对他归来欢迎得太热情。这一切，是多么熟悉、多么亲切啊！

就在他跟那匹小马驹亲热的那么一会儿工夫，姑娘已经进了屋子。他走到院门口的时候，自己家养的那条小黄狗，却冲着他咬了起来。这个厉害的小东西，摇着卷着的尾巴，跳来跳去地叫着，说啥也不让金永河进院，直到金永河老伴儿从屋里跑出来，冲着小黄狗吆喝了两声，那个小东西才不大情愿地回到自己的窝跟前儿，趴下了。

和金不换早就猜到的一样，那张红漆的小炕桌早就放在炕上了。一盘鸡蛋酱，一盘雪里蕻咸菜，一盘辣椒油，一盘韭菜花。四个小碟压桌。炕头的火盆里，一只搪瓷杯子里坐着那只大嘴儿的锡酒壶。那股扑鼻子的酒香，他一闻就知道是"洮南香"酒。

姑娘从暖瓶里给他倒热水，拿毛巾、香皂洗脸。老伴儿在外屋已经把饺子下到锅里去了。

而且金永河还注意到，老伴儿把多少年前穿的那个偏大襟的、蓝士林布的小褂也罩在棉袄外边了。他心里纳闷儿，这个老太婆怎么折腾也不见老，还是那么面嫩。

当他脱了鞋，盘腿坐到炕里，端起小酒盅，咂了几口之后，什么愁事，什么乏呀、累呀，全都忘到脑后去了。他望着这间被烟火熏黑了的土屋，突然产生了一种心满意足的感觉。是啊，老婆、孩子、热炕头儿。别看他这个窝不起眼儿，拿县里的一套公房跟他换他也不干！另外，他看到老伴儿、女儿那个高兴的样儿，觉得自己有点对不起她们。这么多年了，这娘儿俩除了为他操心，沾了他什么好光了呢？这回，干部不当了。包产到户，发家致富又是党的政策。他要好好地种上几年庄稼，把从前欠她们娘儿们的情分，全补回来。另外，这几间房子，也该好好收拾收拾了。要论过日子，他金不换只要用上心，家里外头都得像个样。

金不换想着，突然发现那条卷尾巴的小黄狗，站在屋地下，支棱着耳朵，直着脖儿，端详着他。他信手把方才掉在炕上，沾上了灰的一个饺子扔给它。他想跟这个小东西联络联络感情。要不，回自个儿的家，还要招呼老伴儿看狗，那就太说不过去了。

因为金不换喝酒，这顿饺子吃了好长时间，大概，金玉霞早就和王玉成约好不见面了。晚上吃完饭就忙活着刷碗。收拾完了，就回到自己屋里去了。

金不换赶了两天的路，也觉得有点乏。筷子一撂，就再没挪窝儿。临睡觉之前，他嘱咐老伴儿，明天早晨起来早点做饭。他还要到沙岭去一趟，到公社党委把组织关系落上。别的事儿，早一天晚一天不打紧，这个事不能耽搁。

九

自打金不换回到黄泥塘之后，这个大沙坨子深处的小屯里，便开始了一段令人生疑的平静。屯里的人，除了那个胶轮拖拉机手王玉成之外，不论是谁，甚至包括徐二不合算在内，见了卸任的副县长,都是客客气气的。问问老头儿的身体,谈谈天气,便说一声"有工夫来串门儿"分手。

但这只是表面的现象。谁都知道,有几个人心里憋着劲儿,要治治金不换。当年,他有省里的工作组撑腰杆子,整别人的时候,虽不到"你死我活"的程度,也弄得人家"人财两空"。打倒"四人帮"之后,各地方都讲落实政策,不讲一还一报。当年的那笔旧账,也不能轻易地一笔勾销。

再有一层就是:谁也不是傻子。不能吃一百个豆也不知道腥。左一个运动,右一个运动,人都学乖了。要是谁整谁,也不能像"文化大革命"那会儿,挑明了干。现在,干部要是给群众穿小鞋,穿的是玻璃的,叫你觉着脚丫子难受还看不出来那鞋小。

公道点说,徐二不合算一伙人,要整整金不换,也不是下死手,往后脑勺上下家伙。他们不过是想给他上点眼药,叫他尝尝别人淌眼泪是什么滋味。徐二这种横草都不过的鬼心眼儿,上房绝不会撤梯子。虽说现在党中央有那个红头的文件,说农村政策十年不变,二十年不变,谁也不敢保证,就再不来个运动啥的。瘦死的骆驼也比马大。金不换的副县长是撸了,可那张党票还在手里攥着。多一个朋友多一条路,少一个冤家少一堵墙。所以,他徐二旧账要跟他算,新仇不能跟他结。他就不信,二百里地碰不上一个店。他得等机会。

这个机会,在秋收之后,研究明年包产地块的时候,让他等上了。

去年,全队已经实行了包产到户。全队的土地,已经按照远近、薄厚各方面的条件,经过差不多半个月的讨论包下去了。

金不换不在家，金玉霞一个人，又包不了地，就没有给她分地，只把她打在机耕组里，当个农具手啥的。和拖拉机手、看发电柴油机的、电工，一块计酬分奖。但是，包产到户头一年搞，虽然分地块之前，再三研究，那毕竟是纸上谈兵。等地分到各户，真枪真刀干起来，才发现有不少漏洞。另外，包产的方法，也是从外地学来的。定产量、定奖励，都是照葫芦画瓢。人家有人家的情况，黄泥塘有黄泥塘的情况。实践证明，学人家的经验，囫囵吞枣不行。什么茬口种什么庄稼，自个儿得有自个儿的章法。要不，炕头热得一身汗，炕梢冻得直打战。冷热不均，苦乐不匀，群众也有意见。

因此，队委会经过研究，也请示了大队和公社，要在去年包产地块的基础上做些调整。当然，金不换的包产地块，也就得包括在这调整的内容之中了。

队委会初步研究的方案之中，徐二不合算得让出金盆底那里一垧二亩好地，另外再拨给他两垧沙荒地。说来也凑巧，根据家庭人口、劳力的情况，这一垧二亩地给金不换正合适。同时呢，也暗暗地与赵万成想要照顾一下金不换的想法对了号。

虽说这个方案只是队委会上初步研究的，但没有不透风的墙。第二天，全屯子都哄哄开了。

因为金盆底，金盆底，那是金盆的底呀！全黄泥塘再找不出第二块那么好的地。原来，那里是一片低洼地，年年从四面八方往那儿流水，冲来的都是别的地里的好土。天长日久，这里就把别处的风水全聚来了。土黑得攥一把往外流油。就是在垄沟里插上一根车轴，也能生出青枝绿叶来。要分包产地块的时候，大伙谁不红了眼似的争啊！现在，要徐二不合算把吃进嘴里的肥肉吐出来，而且是吐给他的冤家金不换，他能善罢甘休么！

徐二不合算亲自出马来找生产队长兼支部书记赵万成，说他金盆底退出一垧二亩可以，因为他包的四垧地，都在金盆底，有便宜都让一个人吃独食，他也觉着咽不下去。但退出来的地，不能给金不换。要是给他，那就是官官相护，共产党员欺负贫下中农！

尽管徐二不合算把纲上得不低，赵万成还是寸步不让。他说："只要地该退，你就退。至于退出来之后给谁，那是队委会的事儿，全体社员的事儿，不能你一个人说了算。"

徐二不合算也不是见硬就回的角色，他说："好！你不说全体社员的事么？只要让我们社员说话就行。"

徐二不合算离开了赵万成家之后，马上进行了串联。他先找了自己的二姑爷和老亲家。然后又找了孩子他二姨。又让老婆去找自己的娘家兄弟。半天的工夫不到，他已经串通好了三十多户人家的一半。另外，还有一些人他没敢找，那就是王玉成和这个小伙子的三亲六故。因为他知道，自从金不换那年当众宣布取消了王玉成的大学生资格之后，这个小伙子是打心眼里恨那个黑瘦的老头子。可是，这个年轻人是有心计的，有什么事宁可烂在肚子里，也不往外吐。差不多在半年以前，徐二就听丫头们说，王玉成和金玉霞对上了象。过去，他不管对金不换有多少意见，可一结成亲戚，就一了百了。天底下，还有姑爷不向着老丈人的么？他徐二就是个实证。现在，时代变了，老爷们儿都得听老娘们儿的了。自由恋爱那些小夫妻你品一品，十个丈夫有九个怕老婆。就一个不怕的，老婆也不怕他。真正闹个男女平等，也就不错了。

可就在这个节骨眼儿上，他得到三丫头的情报说，王玉成和金玉霞两个人闹翻了。她亲眼看见金玉霞和王玉成在拖拉机库里吵架，连生产队长赵万成都亲自出面劝解了。

徐二听到这个消息，暗暗高兴。但是，他还是不敢贸然地行动。吵架归吵架。两个要真有感情，备不住越吵越近乎呢。如果他俩真的闹翻了，那么社员大会上，王玉成肯定会站到自己这一边。退一步讲，就是他不站在自己这一边，光他黄泥塘这一半的票数，也够他赵万成和金不换喝一壶的了！

徐二虽然这么想，心里还没有底儿。他在这儿搞串联，金不换也不会睡大觉。听说，今天刚吃过晚饭，他就打发姑娘把赵万成找去了。两个人一直唠到小半夜。

金不换到底跟赵万成说了些什么，设了些什么圈套，布上了什么陷阱，他徐二不合算是没法知道了。你想想，金不换在县城里当了5年的副县长，不光到过省城，还去过北京。什么大世面没见过？官场上什么大事没经过？要论耍心眼儿、玩手段，他徐二不合算就是再精打细算，也不是人家的对手。

可有一条，现在不是"四人帮"那时候了。那时候是有理没处讲去，叫你站着不敢坐着。现在，共产党的纪律比从前严多了。他要敢欺负老百姓，也不用上县，也不用上省，写上一份状子，贴上8分钱的邮票，给他邮到北京纪律检查委员会去！

话又说回来了，现在不是人家金不换整他，是他徐二不合算要治治他金不换。如果他要服个软,认个错,徐二也不会不高抬贵手让他过去。要不还能怎么样呢?杀人不过头点地,他还能把金不换整到哪步田地?

十

一进了生产队办公室那三间筒子屋,就像进了正在烧火做饭的炕洞子。辣乎乎的蛤蟆头烟味,呛得人睁不开眼。这里那对面不见人的烟雾,使人联想到硝烟弥漫的战场。如果稍微夸张一点说,今天会场上的气氛,虽然没有到枪对枪、刀对刀的程度,也大有剑拔弩张的味道。

本来,自从包产到户实行以后,队里的会开得少多了。所以,队里利用这三间筒子屋,开起了豆腐坊。外屋地上,支了口大锅,是熬浆子用的。锅台旁边,并排摆着两口大缸,是装豆腐浆、点豆腐脑用的。里屋的地中央,支着一盘石磨。小毛驴在地上转磨磨,踩出了一圈沟。今天开会之前,赵万成特意嘱咐豆腐倌,把屋里的柴火棍儿、驴粪蛋儿打扫打扫,并且从房山头的木匠房里,抬来好几块大木头板子,两头担在土坯上,就顶凳子使用。

不了解内情的人,总觉得农民散漫。召开个大会,到得稀稀拉拉。七点敲钟八点到,一听讲话就睡觉。其实,这也怨不得社员。城里的工厂、机关,吃的是食堂。到钟点开饭,吃完了一抹嘴唇,连碗都有人给刷。可屯里不行,一家一个灶。兴许柴火湿点,兴许烟囱倒烟不好烧,饭熟得有早有晚。另外,住家过日子,谁家还没点家务事。猪食不煮不行,鸭子、鹅不赶进窝里不行，酱缸帽子得盖，缸里没水得挑。白天打开通通气的菜窖门子要是忘了盖上，那土豆、萝卜、大白菜就得全冻了，那一冬一春就得筷头子戳大酱了。你耽误一会儿，他耽误一会儿，一个钟点两个钟点就过去了。

可黄泥塘生产队可不是这样。多少年来，金不换当队长，立下个规矩：开会的钟一响，人马上就到齐。不管多大的事儿，从来不开大尾巴会。传达上级什么指示，分派队里什么工作，长话短说，三言两语，讲清楚就散会。你一碗稀粥没喝完，撂下筷子来开会，散了会回家接着吃，保险不会吃凉饭。

老猫梁上睡，一辈传一辈。赵万成当队长之后，依旧照老队长的章法办。所以，只要一敲钟，用不了一袋烟工夫，人就到齐了。今天呢，因为要研究调整包产地块，牵扯到每一户人家的口粮留量、收入多少，所以，还没等敲钟，炕沿儿上，窗台上，屋地下的长条木板上，就都坐得满满的了。有些平时开会打发孩子当代表的当家人，今儿也都亲自出马。而且，临出家门之前，把小烟口袋装得满满的，准备坚持到底。

徐二不合算和他串联好的那伙人，来得特别早。这样，他们可以像没商量过似的，很自然地占据炕头的位置。万一会场上出点什么岔头，只要脑袋一歪，嘴唇就挨着了耳朵，商量商量对策也方便。

王玉成也是没有敲钟就来的。他躲在石磨后边的墙角里。这样，就可以避免和金不换大眼瞪小眼地互相看着。因为他和金玉霞的关系，大伙儿会很自然地注意到他和金不换是什么样的感情。

金不换是敲钟之后才到场的。因为他在来开会之前，曾经和老伴儿发生了一点小小的口角。老伴儿再三嘱咐他：不能再死要面子活受罪，现在，大小干部都不当了，无官一身轻，让着别人让了几十年了，现在该争的就得争；另外，赵万成早就说要照顾照顾我们，这份心意我们也得领。给别的地块儿，哪儿也不能要，咬住金盆底不撒口，不争到手就不能让他们散会！

别看金不换在外边讲民主，在家里，他可是绝对权威。一般当干部的，都架不住枕头风，丈夫的官多大，老婆的权就多大。可他金不换，从来不许老伴儿缠头裹脚地过问队里的事儿。所以听老伴儿没完没了地嘱咐他，他就不耐烦了，满脸不高兴地说："得啦！这些事用不着你瞎掺和。嘟嘟起来还没个完了！"

听他这么一说，老伴儿也火了，说："你少给我动这个压力派儿！过去你当干部，公家的事你用八抬大轿请我，我也不管。可这回分包产地块，也有我一份儿。你不能拿我们娘儿俩的饭碗子去讲风格！今儿你要不照我说的办，我用不着你代表，自个儿去开会。谁鼻子下边都有张嘴。该说的，我自个儿去说！"

说着，老伴儿用梳子梳了几下头发，解下了腰上的围裙就要往外走。

金不换知道老伴儿的脾气，她说得到，就干得出来。这才伸手拉住她，赔着笑脸好言好语地劝了半天。直到开会的钟声响了，他才安顿住老伴儿，匆匆忙忙地赶到会场上来。

金不换一进屋，那三间筒子屋里立刻静了下来。除了故意把头埋下去的王玉成之外，几十双眼睛一齐对准了这个黑瘦的老头儿。这一方面是因为金不换来参加会，是回屯子以来第一次在这么隆重的场合露面。人们都想看一看，这个从副县长一撸到底，成了和自己一样的普通社员的人，耷没耷拉脑袋？丢没丢了当年的那点精神头儿？另一方面呢，是因为谁都知道，这调整包产地块儿，牵扯到每一户社员的切身利益，但最难办，要引起风波的难题，还是在金不换身上。

但是，他们发现这位被革职的县官儿，既没有觉得自己丢了面子，有什么磨不开的表情；也没有要拉开架势，跟什么人一决雌雄的兆头。他笑着，跟大伙点了点头，便在炕沿儿边挤了个位置坐了下来。然后，从屁股后边掏出了小烟袋，装上烟叶子，从容不迫地抽起旱烟来。

金不换这个胸有成竹的派头儿，叫徐二不合算心里有点发毛。他不知道自己选定的对手摆下了龙门阵，还是唱的《空城计》。既然他已经知道他徐二要跟他过不去，还满不在乎，说明他已经成竹在胸，没把他徐二放在眼里。那么，他手里攥的是什么样的打人的家伙什？心里装的是什么万无一失的绝招儿呢？有一阵子，徐二心里甚至有点后悔。何苦自己给自己找麻烦呢？反正那金盆底的一坰二亩地要退出来，队里愿意给谁种就给谁种呗，碍他徐二什么事儿？可他看看坐在四周的串联好的人，又觉得现在打退堂鼓已经晚了。他要是现在改变主意，亲戚朋友就会说他雷声大、雨点稀，张罗得挺欢，到节骨眼儿上就拉了松套，往后不好做人。到了这步田地，他已经没有了退路。就是明知道前边是窟窿桥，也得闭着眼睛往前走。

徐二不合算心里翻腾着，直到这个时候他才悟出了一点道理：原来整别人的人，心里也未必就那么好受。

坐在磨盘后边角落里的王玉成，就像找什么丢了的东西似的，眼光就没有离开过地皮儿。参加今天的会，他是打定主意一言不发的。关于金盆底那一垧二亩地的争执，他早就听说了。所以，那天他在拖拉机库里，曾经劝过金玉霞，让她干脆和金不换划清界限，爹是爹，女儿是女儿，何必跟他去背那个黑锅。与其回家跟老爷子去包地，不如还留在机耕组。因为前些天送粮的时候，赵万成已经透出了口风，说今年冬天，拖拉机不能在家里趴窝。要是找不到拉脚的门路，干脆出点本钱搞点长途贩运。今年嫩江水大，月亮泡渔场的鱼，多得插下个竹竿子都不倒。上冻之后，就要凿冰窟窿拉大网往外起鱼了。拖拉机开到网房子门口，6角钱一斤可劲儿装。一车不用多拉，载上8000斤，送到长春每斤就是1元出头。一斤赚4角，10斤就赚4块。100斤40块，1000斤400块，一共3200块。一冬天，不用多跑，拉上5趟就是10000多。机耕组一共十几个人，算下来一个人也能分1000多块。这还只是一项，要别的都打上，2000块钱是稳拿。王玉成不说这些还好，一说金玉霞就火了。金玉霞也是个初中毕业生，大小也得算个知识分子。而知识分子，都有点清高劲儿！尤其是谈恋爱的时候，讲的是纯洁美好的感情。一听着那个钱字，就觉得是对那神圣关系的一种令人不能容忍的亵渎，感到受了莫大的侮辱。当然了，除了这点原因之外，年轻姑娘还有爱撒娇的特点。而撒娇的方式又各不相同。故意找个借口发发脾气，洒上几滴眼泪，往往得到甜言蜜语的劝说，温存体贴的抚慰。这就是徐二不合算的三丫头，在拖拉机库看到的那番"闹翻了"的景象的来由。

玉霞和玉成的争吵，刚好让赵万成碰上了。看见一对情人闹矛盾，队长觉得不劝上几句也不好。王玉成呢，本来一看见金玉霞发脾气，就有点要服软了。可二十七八的大小伙子，当着外人的面，又放不下架子来。心里头已经甘拜了下风，嘴上可仍旧硬得很。后来，赵万成走了。两个人又在那灯火通明的拖拉机库里，待了好长时间。他们用什么方式、怎样的办法，又和好了，那就不得而知了。反正从第二天起，两个人又一有空儿就往一块儿凑合。

因为现在那三间做了豆腐坊的筒子屋里，气氛非常紧张，作者腾不出工夫仔细描述那对恋人之间充满了波澜的感情纠葛，只能简单扼要地说明一下王玉成决心沉默到底的原因。很显然，要他替那位不称心的老丈人说好，替他去争那块金盆底，在感情上他觉得通不过。如果要他说坏话，站在徐二不合算一边，故意跟金不换过不去，那又会损伤他跟金玉霞的感情。所以，他所扮的这个角色是再难演不过的了。左也不是，右也不是；前也不是，后也不是。那么，唯一能够选择的道儿只有这条，给他来个徐庶进曹营——一言不发。

王玉成这种态度，当然会影响到他的三亲六故和屯子里要好的朋友。这样，从局外人看来，就以王玉成为首，形成了一股子两边都不介入的中间力量。

既然今天的会如此重要，又随时都可能出现针尖对麦芒的争吵，所以，掌握会场的赵万成，说话也就格外小心。他从三中全会以来农村的大好形势说起，讲到包产到户之后黄泥塘所取得的丰收。为了不让一些胆小怕事的社员产生政策要变化的误解,他特别讲了包产到户这个政策的许多长处,和上级领导要坚持执行下去的决心。但是,搞包产到户谁也没有经验,去年在地块分配问题上队委会和党支部考虑不周到,造成了一些问题。另外,生产队长兼党支部书记还特别指出:原来咱们的老队长金永河同志,因为工作调动的关系,又回到了黄泥塘。无论从去年具体工作中发现漏洞的角度,还是从新产生的情况出发,都有必要对部分社员的包产地块做一些调整。

赵万成还特别强调,每一个社员,包括这次调整没有挂边儿的社员,都要加强认识,尽量做到把困难留给自己,方便让给别人。尤其是共产党员、共青团员,要起模范带头作用。这样,调整才能调得合理,调出风格来,调出团结来,调出干劲儿来……

赵万成的讲话,徐二不合算是支棱着两只耳朵听着。反正他知道,前天晚上金永河和赵万成已经把扣儿做好了,怎么也没有他徐二的好饼吃。赵万成讲的那些大道理,他都这个耳朵听了,那个耳朵冒了,半句也没往心里去。他关心的是赵万成是不是话里话外,把他上挂下联进去。听了半天,也没听出什么不入耳的。但有几句,他是特别入心。那就是赵万成要求共产党员、共青团员,要起模范带头作用,把困难留给自己,把方便让给别人。

徐二不合算心里有数。他心里说:你说的比唱的都好听。又是模范,又是带头,舌头一挽一个花。说来说去,还不是自个儿打自个儿的嘴巴。等一会儿,只要你一公布具体方案,把金盆底双手捧着送给金不换的时候,就知道你们这些共产党员到底带的什么头了!

不过,他还是为这几句话暗暗高兴。你金永河再精,再见过世面,还是自个儿把小辫儿送到徐二手里来了。真是老虎也有打瞌睡的时候。如果你非要金盆底那一垧二亩地,就先问问你们共产党员究竟带的什么头!

可是,出乎徐二不合算的预料,赵万成讲完了话,并没有公布队委会的方案。他说,队委会是研究过,也提出过一些方案。但那都是八字没一撇的事儿。调整也要走群众路线,从群众中来、到群众中去。该往外退的,该往好一点的地块调的,都要自报公议,最后再拍板。

赵万成宣布之后,会场上是一阵沉默。只听得烟袋锅子"滋儿,滋儿"直叫唤。每个人都在心里拨拉着算盘珠子。

徐二觉得自己那一垧二亩金盆底的地块儿,是铁板上钉钉儿应该往外退的。与其让别人点到自己的名下,还不如自个儿先提出来闹个主动。面子上好看,名声也好听。而且,他回头再治金不换也就有了本钱。于是,他抢先第一个发了言。

徐二不合算干咳了两声,清了清嗓子,故意摆出一副宽宏大量的神气说:"没人说,我先说。我自告奋勇,退出金盆底那四垧地里的一垧二!"

赵万成带头,给他拍起了巴掌。徐二心里一阵热火燎的。真的,他徐二活了58岁,还头一回有这么多人,给他喝彩。可是,他马上又想起了"反击右倾翻案风"那阵儿,冲他喊口号的人,比这还多呢。想到这儿,他瞥了一眼金永河,心里头说酸不是酸,说辣不是辣,苦溜溜的那股子劲儿,说什么也压不下去。

于是他话头一转，接着说："人说话么，金盆底那地是好地。要往外退，说不心疼，那是糊弄傻子。可方才赵队长讲话啦，当个社员不能光想着自个儿吃亏占便宜。虽说我徐二不是那光荣的共产党员，可也不能见到好处就把脑袋削个尖往前钻哪！"

谁都听出了徐二这几句话里还有话。他身边有几个人，"嘿嘿"地冷笑了几声。可大多数人还是装作啥也没听出来，低头抽自己的烟袋。

徐二为自己的这几句绵里藏针的话儿，感到十分得意，接着又拿腔拿调地说："可话又说回来了。再好的地，得靠人侍弄。有的地块不怎么样，照样可以多打粮。你就说咱们那片黄泥塘吧。盘古开天以来，也就长塔头、蒲草、料吊子花。可咱们老队长金永河领咱们一填，当年就来个冒高儿，亩产一千还挂点零。老队长一走怎么样，立刻凉得就完蛋了！到如今，剩下不到两坰地，光长水稗子草和婆婆丁花。老队长这回回来了，那是说啥也不能跟咱们争什么金盆底呀、铁槽帮儿啊！我看就把泥塘边上那两坰地，包给咱们金县长！让他给咱们做出一个包产到户、发家致富的榜样！"

"好！"早就和徐二不合算串通好的那几个人，立刻也拍着巴掌响应！

王玉成在磨盘后的角落里一动，差点儿跳了起来。他原来想，金永河包的地块儿，只是能不能在金盆底的问题。没想到徐二不合算竟然提出把那年年被水淹的塘边地硬塞给金永河。这简直是整人！但是，他忍住了。他想：有些话，他就是不说，生产队长赵万成也要讲。他知道那个彪形大汉的脾气，也知道他跟老队长的关系。在这个时候,他不会不站出来说几句公道话!

但是,王玉成估计错了。赵万成虽然气得脸皮发紫,但是,他坐在磨盘旁边那坯头子垫着的长条木板上,牙咬得"咯嘣咯嘣"响,一声没吭。

赵万成的这个表现,不仅使王玉成,而且使在场的所有人感到奇怪。就连徐二不合算和他那帮捧场的,也是丈二金刚——摸不着头脑!

这其中的缘由,只有金不换自己一清二楚。原来,前天晚上金永河打发金玉霞把赵万成找到了家里,并不是像徐二不合算推想的那样,研究什么争抢金盆底的对策,制造什么"打人的家伙什",面授什么"万无一失的绝招儿"。而是金不换听了老伴儿告诉他,赵万成送咸鹅蛋时说的那番话,又听玉霞给他讲了屯子里关于调整地块的纷纷议论,专门把赵万成找来,给他来了个约法三章:

第一,金不换警告赵万成,绝不允许赵万成利用队长的职权,给他什么照顾。不错,他在新中国成立后的30年里,一直当干部,当过队长,也当过副县长。但是,现在回到了黄泥塘,是个普通的社员!他赵万成对别的社员什么样,对他金永河就该什么样,如果说应该有点差别,那就是应该对一般社员照顾得更好些。这个事儿,是个原则问题。弄不好,不仅他赵万成将来说话没人听,还要损害共产党的威信!

第二,金盆底的地,他金永河不要。别说那金盆底是一垧二亩黑土,就是一垧二亩黄金,他金不换也不能因为自己的利益,倒了共产党的这块牌子!掉了共产党员的价!

第三条，那也就是今天赵万成满肚子火气，却一言不发的原因了。

金永河对他说："共产党员为党做工作，为群众做工作，有一千条功劳，有一万条功劳，那是应该的。不给党立功，不给群众出力，参加共产党干什么！但是共产党员有错误，哪怕只有半条，也应该接受群众的批评，彻底改正。我金永河的错，不是半条，少说也有十条八条。所以，群众不管怎么提，话说得怎么难听，你赵万成不能替我挡驾！就是有人当面骂我的老祖宗，你也不准还口！路遥知马力，日久见人心。用嘴皮子解释，不如用自个儿的行动证明！你听见了吗？"

赵万成当时又是激动，又是惭愧！他知道，什么人都可能有错！可是，对待自己的错误，金永河不愧是不掺一点假的共产党员。当时，他点了头，保了证。所以，现在他听着徐二不合算连怨带损、讽刺挖苦的话，气得肺都要炸了，还是紧咬住嘴唇儿，一声不吭。

这时，金不换从炕沿儿边站了起来。他往炕沿儿上磕了磕铜烟锅，慢声细语地说："要调整包产地块儿，事儿还挺多。别因为我一个人的事儿，耽误了大家伙的时间。我看徐二的这个建议不错，我就包那两坰塘边地了！"

金不换的话音不高，却似响晴的天上突然爆起一串脆生生的霹雷，把人们惊呆了。

十一

徐二不合算一出那烟气岚岚的三间筒子屋，脑袋就耷拉下来了。他像做了什么缺德的事似的，觉得自己没脸见人。把那两垧塘边地包给金不换，那纯粹是活坑人哪！他徐二绝没有那么坏。当时呢，他想起了"反击右倾翻案风"的时候，自己受的磨难，心里头憋股子火。一时话赶话，多说了几句。他提出来把那两垧旱涝不收的塘边地包给金不换，也不过想当着大伙的面，给他个下不来台。没承想这个老头子，给他个棒槌就当针。

其实，金不换表态要包塘边地之后，有不少在黄泥塘有点人缘的上岁数人，还好言好语地劝了他半天。说这包产选地块，牵扯到一家老小穿衣吃饭，不能靠一两句气头上的话，一槌子定音儿。

可金不换笑呵呵地说，他说的不是气话。他早就认真想过，那两垧地条件是差点儿。但事在人为，可以改造。

老金头儿的话是这么说的。可徐二觉得他是当着大伙使脚绊儿，把金不换往穷坑里推。尽管他当时并不是这么想的，可生米已经做成了熟饭，他徐二就是浑身是嘴，也说不清楚。

徐二是越想越窝囊，越想越后悔，躺在家装病，七八天没敢出门儿。

金不换要包那两垧塘边地，确确实实不是叫徐二不合算激出来的一句气话。包地的这个事儿，像人们劝他时候说的是关系到一家老小穿衣吃饭，发家还是受穷的大事，也不容他靠一时心血来潮，拿身家性命赌气。

包地的事儿，往远了点说，在他决定回黄泥塘，在县革委的宿舍里打行李卷的时候，就开始琢磨了。

要说他没打过金盆底的主意，那也是假话。他考虑自己和老伴儿，岁数都大了，女儿虽然年轻，毕竟不是个五大三粗的小伙子。一家三口，没有一个硬劳力。要能包上金盆底那一垧二亩黑土地，不用再挑沟垒坝，改土造田上花大气力，只要选好种，施足了肥，春天抓住全苗，铲草及时，超产得奖那是稳拿。

可后来队委会的方案一传出来，社员们一议论，金不换就改变了主意。他觉得自己那个想法，多多少少有点没出息。他怎么能跟一般的社员一样去争一块好地呢？他甚至想到，自己把自己降到这个水平上来要求，别说当个副县长不够格，当个普通的共产党员都得研究研究了。

那么不包金盆底，当然也就不能包铁槽帮那样的好一点的地块了。剩下的一条路，就是捡社员挑下的剩儿。凡是社员们不愿包的地块儿，他心里都有数。当这么多年队长，哪块地打多少垄他都一清二楚。想来想去，没有一块合适。不是有的地块离屯子太远，就是社员们叫作"无底洞"的沙包子。那种地，不要说天旱，就是雨下得稍微少一点儿，种下的庄稼也只能搂回几捆柴火烧。要想抗旱，靠这老的老、小的小的三口人，井挖不动，沟挑不起，锅就得吊起来当锣打。

有几天，他真愁得有点饭也吃不下，觉也睡不实，眼窝都有点塌下去了。老伴儿还以为他副县长被选掉了，觉得窝囊。除了调着样儿给他做好吃的之外，没断了开导他。

说实在的，那些天金永河确实也觉得有点窝囊，但不是为了副县长被选掉了。你想想,一个土改时的老共产党员,在自己的家乡当了25年的干部。又因为那片泥塘闹了个大丰收,阴差阳错,把他安排在县里当了5年的革委会副主任。在生产队当队长,他是轻车熟路。可当县级的领导,指挥35个公社,40多万人口,他自己也觉得是赶鸭子上架。可那任命书上,盖的是中国共产党的大印,他不能不服从党的调遣。能干也得干,不能干也得硬着头皮支撑。5年,贡献大小谈不上,可他没有偷过懒。能担一千,没挑过八百。要说有什么没干好,那不是他不想往好了干,是没有那个能耐!

现在他回来了。不称职也好,犯过错误也好,他毕竟还是个社员。他和别的社员一样,也在肩膀头上扛个脑袋。身上要穿衣,肚子要吃饭。可因为他晚回来一步,连块要包的地块也选不出来了!说寒心也好,说伤心也好,反正他心里也觉得不是滋味儿。

这些事已经够糟心的了,可还仅仅是糟心事儿的一部分。

走在屯子的街上,遇上的乡亲都跟他客客气气。有的是跟他真有感情,有的呢,虽然脸上也挂着笑,金永河知道,他们心里结着疙瘩,憋着一股劲儿。

另外,他们老两口子,就玉霞这么一个宝贝闺女。俗话说:男大当婚,女大当嫁。她今年都23了,不用老伴儿向他汇报,他也知道女儿在谈恋爱。在这个问题上,他金永河绝不是个老封建。别说现在党提倡自由恋爱,就是没这个号召,就凭他对女儿的那个心疼的劲儿,他也不能跟刘巧儿他爹学。可没过门儿的姑爷不登他的门儿,在大街上走个碰头也假装没看见。那个他很可心的小伙子冷落自己倒没啥,他知道,自己的女儿一定为这个事儿为难。搞对象,本来是个喜事,应该欢欢乐乐。可女儿的脸上,连点笑模样也难得见。他觉得对不起女儿,心里有愧。

千糟心,万糟心,把那所有的糟心事都划拉到一块儿,都是从填塘造地引起的。

他金永河不信神,不信鬼。要不,他非得想到是那片填塘造的地,破了什么风水,得罪了那塘里身穿金铠甲的、追猎黄羊的勇士。

正是因为他恨那片泥塘,才使他又想到了那片泥塘,想到了那片塘边地。于是,他天还没亮,就顶着像刀子一样刮脸的西北风,跑到了泥塘边上。原来他领着社员围塘造的那一大片地,现在只剩下塘边的一窄条了。在这片地和泥塘之间,还一疙瘩一块地留着彻底扔掉这片地之前,最后修的一道堤坝。现在,这块地夹在泥塘和田地之间,既是泥塘的边,也是田地的边。他沿着那条断断续续的堤坝走了一趟,心里估量着要修复这道水坝的工程量。凭着他的经验,明年的雨水不会太大。春天要旱点,秋天要涝点。那么,他们一家三口,今年要是马不停蹄地干上一个冬春,靠泥塘这边的堤坝要修复,问题不大。泥塘边的地,地温转暖要比沙窝子地慢。播种可以稍微晚一点儿,这样还可以多赢得点时间。播种之后,塘边地的墒情好,小苗会长得快,不会误了节气。小苗一拱土,他们就可以全家动员,修靠田地那边的土楞子。这样,如果秋涝,从田地那边来的雨水,就不能冲着庄稼。

这样一来，明年的丰收就不成问题了。明年秋收之后，趁没封冻，再继续加固堤坝。这样，用不了三年，这块塘边地就可以变成旱涝保收的稳产高产田。到那个时候，就是有人拿金盆底来跟他换，他也会舍不得了。

正是经过这样一番精心的考虑、实地的计算，金永河才决定包这块塘边地。

徐二不合算当然不了解金不换的这些想法。所以，他才拿塘边地当作寒碜一下金不换的题目，在会上大做文章。没承想，这个题目不仅没有难住金不换，反倒被他借过去了。而金不换要在这个题目上大作的文章，不能说是一鸣惊人，那也够锦翅金鳞的啦！

十二

热恋的情人们，是什么困难都可以克服的。

我敬爱的读者，尤其是生活在杏花春雨江南的读者，大概很难想象，在零下四十摄氏度的冬夜里，顶着暴风雪，在冰冻三尺的泥塘上谈情说爱，到底是什么滋味儿。如果是谈工作，办什么公事，可以长话短说，三言两语，简单明了。但偏偏情话缠绵，犹如春蚕吐丝，又细又长。尽管沙坨子里的人，冬天的棉袄棉裤，新棉花絮得老厚，但架不住时间长。一个小时还顶得住，两个小时之后，再厚的棉衣也冻透了。风一吹，扎骨头凉。当然了，作者本人也没有这方面的实践。冻是挨过的，但不是因为谈恋爱。可据当事者自己说，那时候就是打冷战，也有一种热得要出汗的感觉。

王玉成把自己的羊皮大衣，给金玉霞穿上了。他迎着风，背对着金玉霞站着。两个人中间至少在形式上，是一点距离也没有了。因为这样，他既可以给金玉霞挡风，又可以给她一点温暖。

调整包产地块儿的社员大会开过之后，王玉成对自己未来的岳父，感情上发生了很大变化。他觉得老人家虽然在"反击右倾翻案妖风"的时候，搞了极"左"路线，剥夺了他上大学的权利。但他毕竟是一个犯了错误的好人。事情怕颠倒过来想。要是他王玉成当时处在老人家的位置上，他也未必能比老人家做得更好。过去的事儿毕竟过去了，他就是再恨老头儿，岁数也不能往回缩一段儿。那张工农兵大学生的入学通知单，也不会再重新有效。况且，他现在跟玉霞的关系，也就算确定了。如今，虽说不兴父母包办，但至少也得征求一下二老双亲的意见。万一把老人家惹火了，不用说公开站出来反对，就是吧嗒吧嗒嘴，皱皱眉头，他这门亲事也得费点周折。

所以，昨天晚上他在拖拉机库门口遇上未来的老岳父的时候，主动地同他打了个招呼。按照东北乡下人的惯例，问了一声："老金大叔，你吃饭啦？"

也许，有人会对这种打招呼的内容，有点反感。本来么，两个人见面，问一声"您好"不行么？干吗非得整出来个"吃饭"？任何事物，都有自己的历史。这几个字也从遥远的祖先那里继承来的。旧社会，穷人难得温饱，吃了上顿没有下顿。所以，见了面，问一问吃没吃上饭，便是最大的关心。新社会了，虽然不存在吃不上饭的问题了,但这句话还被当作表示关心的意思保留下来。

如果是别人,表示对金不换的关心,金不换也会由衷地感激。人心都是肉长的。守着火盆儿烤得慌,守着冰块儿凉得慌。再愚钝的人,也不会不知道冷热。

但是,王玉成对金不换表示的关怀,则使他格外激动。仅仅简单的几句打招呼,就说明了他们之间的隔阂已经开始消除。作为未来的姑爷和老丈人之间,关系已经出现了前景令人鼓舞的迹象。如果再往深了一层说,还说明了在回屯子之后,他金不换这头三脚,踢得也就算挺精神!

所以,金不换马上抓住了这个机会,同自己这位关系不大融洽的女婿,又唠扯了几句。

他很诚恳地说:"玉成啊!你大叔有点对不起你。那时候,眼光浅,水平也低。该顶的不敢顶。结果,把你上大学的事儿给耽误了。这个事儿是个教训。咱们共产党的干部,比当父母的还紧要。万一有个闪失,把一个人说毁了就毁了。现在呢,你岁数也过了上学的时限了。我呢,倒是想了个补救的法儿。上大学当然好,多念几年书,多见点世面,将来也能分配个好一点的工作。可上大学,不是旧社会进京考状元,一旦金榜题名,就封个几品的官儿。咱们上大学,是学建设社会主义的本领。我知道你们这些年轻人的心思,都想往城里头奔,干点轰轰烈烈的大事儿。可因为我的错儿,你没有去成。留在这黄泥塘边上,也得干出个样儿来。现在,都提倡科学种田。选种、育种、施肥、管理,都有一套学问。我想,咱们屯子也该成立个科学种田研究小组。你有文化，又有这个兴趣，就挑个头儿。县里的科技局呀，技术推广站啊，我都熟悉。你开胶轮拖拉机，来来往往的机会又多。去找点材料，赶明儿我再跟赵万成提一提，给你们拨上几亩地，再找个活动的地方。你看行不行？"

虽说过去王玉成有点恨这个黑瘦的老头儿，但是，由于他那副县长、老岳父的多重身份，他还有点畏惧他。这股劲儿直到现在也没过去。他只低着头，说了句："嗯哪！"

后来，他又跟王玉成唠了几句机耕队要去月亮泡长途贩鱼的事儿。

他说："这个事儿，我已经跟赵万成说过了，不能干！党的农村政策是放宽了，有些人利用党放宽政策的机会，钻社会主义的空子，搞投机倒把，走歪门邪道。共产党员、共青团员，到啥时候也不能掉到钱眼儿里去。发家致富的风，刮得再厉害，也不能让人民币迷了眼睛。社会主义的道路不能丢！你是共青团员，又是拖拉机手，得替队里的工作多分点心！"

王玉成又"嗯哪"了一声。他自己暗暗生自己的气：干吗只说声"嗯哪"？他王玉成念了12年的书，有时候还在小本上写几首诗。有的诗写得叫金玉霞直劲儿抹眼泪。可到了这个时候，那些词儿都像受了惊的小鸟儿，飞得一个也不剩了，只剩下了这么土得带苞米楂子粥味的"嗯哪"！

临分手的时候，金永河还热情地向他打了个招呼："有空到家里串门儿！"

这个热情的邀请，在王玉成看来，是意味深长的。

所以，今天夜里，王玉成才迫不及待地在这冰天雪地里，一五一十地向金玉霞汇报。其实，父亲和王玉成的谈话，她昨天晚上就听了一遍了。晚饭的饭桌上，老爹为这事儿，还喝了两盅烧酒。不过，今晚她宁可在暴风雪里冻着，还是愿意听自己的心上人把这幕情景再复述一遍。因为这是她的一块心病，而这块心病在拖拉机库门口那暗淡的灯光里，顷刻间烟消云散了。

听王玉成讲完了，作为奖赏，她突然搂住他的脖子，亲了一下他那冻得冰凉的脸蛋儿。然后，开玩笑地嘲笑他："喂！你怎么不说话呀，你不是专门会说'嗯哪'么！"

王玉成为了报复她，伸手要来刮她的鼻子。金玉霞身子往下一缩，挣脱了王玉成的拥抱，转身就跑。暴风雪中立刻传来了一串爽朗的笑声。

泥塘上的积雪已经很厚了。深的地方到膝盖，浅的地方也没了脚脖子。所以，跑起来很吃力。金玉霞虽然念中学的时候，开运动会得过200米赛跑的第一名，但是，还是跑不过个高腿长的王玉成。她眼看被抓住了。当王玉成攥住皮大衣的领子的时候,她猛地来个金蝉脱壳,把大衣脱掉了。减去十多斤的分量,她又来劲儿了。踏着那吱吱作响的积雪,迎着那呼呼作响的风声,她尽情地跑着。因为她心中的欢乐，只能用这种只有沙原深处的年轻姑娘才会选择的方式来表达。

对于那熊熊燃烧的爱情的火焰，对于那充满了幻想和无限活力的青春，零下四十摄氏度的严寒算什么？漫天的暴风雪算什么？

她跑着，笑着，不时回过头来看看追赶她的王玉成。突然，他的影子不见了。仔细一看，地上一个什么黑乎乎的东西。大概是他跌倒了。她转身往回跑，见雪地上只有那件皮大衣，才知道自己上了当。她转身刚要再跑，却已经被王玉成拦腰抱住。但是，这个小伙子用的劲儿太猛了，两个人一下子都跌倒在雪地上，接着就在雪地上翻滚起来。可惜，写小说的人，只能使用我们古老文明所留下的这些方块形的文字。如果是电影，此刻用一个一对恋人的主观镜头，拍得天旋地转，看得观众头晕眼花，说不定还会很有味道哩！

对于浩瀚的大自然来说，小小的生命之所以能够抵抗住严酷的环境，主要是因为他们自身不断运动，创造光和热的结果。

两个人终于跑累了，到了他们不得不分手回家的时候，当然还会有一些我们可以想象得到的，依依惜别的情景。

最后，金玉霞对他的心上人说："明天你上我家来吧！吃完了晚饭，我等你。"

这一回，王玉成可没有说"嗯哪"，而是说了一声："不，我现在不去！"

金玉霞问："为什么？"

王玉成说："我不告诉你。"

既然王玉成不肯说，作者也就无从知道。那我们也只好和那个沉浸在爱情幸福中的姑娘一样，暂时心里揣着一个闷葫芦，来度过一段不会太久也不会太短的时间了。

十三

金不换是有名的实干家。

不管什么事儿,不干拉倒;要说干,那绝不在乎身上掉几斤肉。别看他人长得干巴,精神头可特别足。过去,干部们开会,一熬到半夜,他就倒在喂马老更倌的小火炕上打个盹,绝对耽误不了鸡叫头遍敲钟下地干活。

合作化初期的时候,他就因为这起大早出工,闹过笑话,传得连县委书记都知道,见面就开玩笑地叫他花棉袄。

农村活计,是一年四季都够累人的了。但是,最忙活人的是秋天。割地,拉地,打场,送粮……要不怎么说三春不如一秋忙呢。那时候,干部也不像现在这么多,一个人拳打脚踢,忙得脚不沾地儿。虽然他家就住在屯子里,有时候竟顾不得吃上一顿饭,兜里揣两兜爆米花,啥时饿了,就往嘴里填上两把。睡觉就更不用说了,场院上的豆秸堆里,生产队的大车棚里,眨巴眼睛的工夫,就算睡了一觉。为这,老伴儿对他有意见,说他把灶王爷贴到腿肚子上就行了,根本不用充个灶门儿。

有一年秋天,割地大忙。黄泥塘那地方,无霜期短。收黄豆、割谷子的时候,已经有霜冻了。半夜起来,摸着黑儿干,手沾在庄稼棵上,冰得麻酥酥的。有的人受不了这个苦,给他提建议,说等日头爷儿出来晒一晒,霜化一化再干,让社员少遭点罪。金不换说提建议的是二八月庄稼人,根本不懂种庄稼。那豆子一熟,谷子一黄,早收一个时辰,多得百斤粮。霜越重,糟践的粮食越少。等太阳把霜晒化了再割,当然舒服。可庄稼一干,谷子掉粒儿，豆子炸角。干了一冬一夏，为的什么？还不是为了颗粒还家。说归说，干归干。黄泥塘的社员心齐。只要听见钟响，一边系着衣裳扣儿，一边往外跑。有一天，还是鸡叫头遍敲钟，摸着黑儿下地。一个人把住六条垄割谷子，割了半截地，天才放亮。歇头气的时候，可把大伙儿给乐坏了。原来，金不换摸着黑儿出门敲钟，衣服穿错了也不知道。到天亮才发现，他穿的是他老伴儿的花棉袄。

现在呢，人老了，力气头儿比不得当年了。可金不换那股子犟劲儿还不减当年。俗话说：虎老威风在。在收拾那块塘边地的时候，金不换又有了新的故事。

这个故事的开头，有点像一部惊险小说。那是从大年初三的半夜里，值班的民兵发现了敌情开始的。

黄泥塘这地方，处在号称八百里旱海的科尔沁东部草原深处，离国境线少说也有千八百里。但是，民兵工作一直抓得不错。县人民武装部为此，给黄泥塘民兵排发过一面一人多高的红缎子锦旗，上面绣着八个大金字：居安思危，常备不懈。这面大锦旗，至今还用一大块塑料薄膜罩着，挂在生产队的山墙上。既然上级这样重视，黄泥塘的社员就不能把锦旗领回来就算拉倒了。平时么，生产忙，要搞个拉练、演习，也没有工夫。逢年过节，总要歇上几天，这时候，身兼民兵排长的赵万成，总要让生产队的会计，用写对子的大红纸列个民兵值班轮流表。说走形式也好，摆样子也好，总算一项加强民兵战备观念的措施。而且是年年如此，已经成了惯例。

今年正月初三夜里值班的班长是王玉成。别人值班，只不过是四个人凑在一块儿，支上一副扑克牌，抓娘娘，摸大点儿，谁输了往谁脑瓜门儿上贴纸条子。王玉成呢，办什么事都特别认真，领着三个小伙子，在村街上转了好几趟。主要是看看有没有设赌耍钱的。再就是小孩子放花炮，点二踢脚，防备万一谁家柴火垛上落上火星儿，引起火灾。转了几遍，没发现有什么特殊情况。于是有人提议，回家取几个黏豆包来，用火烤上填填肚子，就该学"五十四号文件"了。这个所谓的"五十四号文件"，指的就是那每一副54张的扑克牌。王玉成也同意了。可就在他们往回走，准备大战一场的时候，王玉成突然发现了敌情。

他发现在泥塘边上，有人向屯子里打信号灯。一亮一灭，很有规律。有时候又灭了好长时间，才又出现。他把自己的发现，指给自己的三个战友看。四位民兵，八只眼睛，对所发现的敌情确认无误。于是，王玉成派了两个人，原地不动，继续监视这个可疑的信号。自己带上一个人，跑步到赵万成家，向民兵排长报告。

赵万成穿好衣服，走出家门口看了看。那可疑的信号，还在时隐时现。他觉得这个信号是有点奇怪，但未必就是敌情。不过，不怕一万，就怕万一。既然值班民兵已经向他汇报了，事情就该弄个水落石出。但是，他毕竟年龄大点，又当了几年干部，办事比较沉着。他没有同意王玉成要全体民兵紧急集合的提议，只带上了这四个小伙子，向信号明灭的地方走去。

几个年轻人，特别兴奋。他们端着那根本没有子弹的步枪，模仿着电影上抓特务的公安人员的样子，兵分两路，采取包围的战术，悄悄向信号靠拢。每迈出一步，心都激烈地跳动。一种要立功、成为英雄的渴望，使他们热血沸腾。

可是，走近了一看，他们都愣住了。原来，根本不是什么特务在打信号，而是金不换在挑灯夜战修土堤。月黑头天色，伸手不见五指。老头儿用手电照着亮刨冻土。大镐落在哪儿，手电的亮就得照到哪儿。一个人，两只手。拿镐就拿不了手电筒，拿手电筒就拿不了镐头。所以，老头儿想了个绝招儿：像个矿工似的，用老伴儿纳鞋底儿的麻绳儿，把手电筒绑在头顶。这样，一弯腰手电的光就照到地上了，一直腰手电光也跟着抬了起来。从远处看，就成了一亮一灭的信号。

看到这幕情景，不管是赵万成，还是王玉成，包括那几位想要立功的民兵，都非常感动。尤其是王玉成，眼泪差点掉下来。他有点心疼自己的老丈人，同时又为玉霞有这样一位父亲感到骄傲！他想跟老人家说几句什么，可怪得很，一到他跟前，自己就没词儿了。

但是，他想要说的话，赵万成都替他说了。赵万成说："老队长！活儿不是一天干的。过年了，该歇就得歇几天。再说，你岁数也大了，身体要紧。不能这么玩儿命地干呀！"

金不换笑笑说："没事儿，人老了，觉轻，睡不着还不如出来活动活动筋骨。人啊，是越吃越馋，越待越懒。这几年在县里待的，浑身的肉都懈松了，再不把力气活往起拣一拣，人就要报废了……"

不管金不换怎么说，赵万成还是连抢带夺地把老头儿的大镐抄了过来，扛在肩上，硬逼着金不换回家睡觉。

几个扛着枪的年轻人,觉得有点不好意思,先走了。赵万成和金不换落在后边,两个人边走边唠。

赵万成一路上,埋怨老队长不拿自己的身子骨当回事儿,现在要再不爱惜自己,坐下点什么毛病,后悔就晚了。

金不换呢,他有自己的想法。

他说:"万成啊!这包产到户,也是党的号召。干好干坏,不光影响个人的生活,还影响党的威信。吃大锅饭的时候,咱们没偷过懒、藏过奸。现在,八仙过海,各显其能,更不能让人家指着脊梁骨说:'你看怎么样,这些共产党员也就是嘴皮上的功夫。到了一家一户单干,要真章程的时候,他们就现原形了吧!'这种话,好说不好听啊!掏心里话说,我没想到要发大财,大富大贵。但是,我得让那些人看看,共产党的原形,究竟是什么样的!"

赵万成觉得心里有愧。去年他包的那块地没有种好,他觉得老队长的话,是对自个儿的严肃的批评。

十四

南方的农谚说:七九八九,耕牛遍地走。可是,在遥远的北方,春天的脚步来得迟,要晚好几个节气。在大沙坨子深处的黄泥塘,是七九河开,八九雁来。当向阳坡上的小草刚刚冒出嫩芽,那抢先开花的婆婆丁刚刚打骨朵儿的时候,金不换的那两垧塘边地,已经被一道修复了的土堤严丝合缝地围了起来。

那条土堤,是用汗水和泥修起来的呀!整整一个冬天,金不换一家三口，几乎是长在那道土堤上。如果确切一点儿说，应该说是四口。因为有许多夜晚，王玉成和金玉霞，是用镐头和铁锹在那儿谈恋爱的。

对于整个的黄泥塘生产队来说，那道小小的土堤，也许是一件不足挂齿的平常事儿。可对于金不换这样两个老人一个姑娘的三口之家，它的规模就不比修一道万里长城小了。

金不换的老伴儿刚听说老头子放弃了金盆底，捡来这块谁也不要的塘边地的时候，气得浑身直打哆嗦，半天说不出话来。尽管金不换把他的打算，跟她掰开来细说，差不多嘴唇儿都磨薄了，老太太还是别不过来那股劲儿。她要找赵万成去评理，队里不给做主，她就到公社，公社不给解决，她就上县里。她就不信打不赢这场官司。啊，共产党员就不能包好地块儿？共产党员就活该倒霉？是，共产党员不能欺负贫下中农，可他徐二不合算这个中农就该欺负共产党员？天底下有这个理么？

他金永河是共产党员，可他金永河的老婆可是和徐二不合算平起平坐的社员！脑袋掉了碗大个疤！今儿，她豁出了这一百多斤，豁上了她这个家！宁可跟他打黄了，也不能让他欺负黄了！

可她家的那个死老头子辖着她，拿硬话吓唬她，拿软话哄着她，说啥也不让她出去闹腾。唉，胳膊拧不过大腿。看在老夫老妻的份上，她忍了。可那口气不出，她饭都咽不下去。老头子和女儿出去修堤，她赌气在炕头上蒙着大被睡大觉。头两天，她饭也不给爷儿俩做。可爷儿俩中午回来大口大口地吞那凉饭，她又心疼。最后，还是把他们手里的饭碗抢下来，点上火，加上荤油鸡蛋给炒了一遍。过了不到三天,她自个儿也扛着铁锹上了阵。

有什么法子,谁让她当初命不好,偏偏嫁给了这么个死心眼儿?

姑娘呢,倒是体谅爹的难处。她自己也是个共青团员。虽然包下了那块塘边地,并不符合她的心愿,但是,已经包下来了,她就得助她那共产党员的爹爹一臂之力。从这一点来说,疼儿子的真不如疼闺女的。儿子心粗,翅膀一硬,当爹妈的说话就成了耳旁风。娶了媳妇就更不用提了。你没听说那套嗑么:红公鸡,尾巴长,娶了媳妇忘爹娘。当然了,孝顺的儿子不是没有,但怎么也不如闺女。闺女心细,知道心疼老人。

金不换不是没生过儿子,可都没活。就这么一个女儿,当然就成了宝贝疙瘩。再说了,从立家过日子说,老一辈子的人奔个啥?还不是为的儿女。

金不换知道,因为他自个儿工作中犯的错误,得罪了人,也连累了女儿。徐二不合算去年买了个带画片的收音机,全屯子的大人小孩,都去开过眼界,唯独自己的女儿没有登过他家的门槛。因为徐二早就放过风,说金不换家的人,不能来看他的电视。"我走的是资本主义道路。走资派在上面叫,我徐二在下边跳。万一他们家的人来我家,我徐二一跳,别踢破了他的脸皮。"

别看玉霞是个闺女,可有点志气。虽然她打心眼里喜欢热闹,想看看那一天一场的小电影,但就为了徐二的那番风凉话,她宁可绕道走,都不从徐二不合算家的门口过。金不换赞赏女儿的骨气。就在爷儿俩在堤边歇气的时候,向自己的女儿拍着胸脯许愿:让自己的闺女好好干。今年,这两坰塘边地,往少了说,亩产也要过千斤。到秋天,分了红,拿了超产奖,别的啥也不买,先给她买个带画片的收音机。不仅带画片,那画片还得带颜色的,金不换要给女儿搬回来一台彩色电视机!

这彩色电视机,就归她小玉霞了。赶明儿她出门子结婚,就当作陪嫁搬走。

金玉霞知道自己的父亲,说话是算数的。一台彩色电视机!这是一个多么令人鼓舞的希望啊!到了那个时候,她那间冷冷清清的屋子里,就会挤满了知心的姐妹。她要炒上一大锅葵花籽,沏上一壶白糖水,好好款待款待她们。到了那个时候,徐二不合算家那台只能演黑白小电影的玩意儿,就该扔得过了!

这个消息,也使那个没有上大学的胶轮拖拉机手,兴奋得睡不着觉。只要未来的老丈人不在土堤上,他就把小棉袄甩掉,穿着金玉霞给他织的那件红毛衣,把大镐抡得带着嗖嗖的风声。每一镐落下去,脚底下的大地都颤悠一下。

到了种地的时候,新的矛盾又来了。为了赶节气,家家户户都争牲口,抢犁杖。金不换还是不慌不忙,稳坐钓鱼船。因为沙荒地,怕的是墒情不好。而春天,黄泥塘这地方风大,只要天一转暖,立刻就得抢播。要不,大风一吹,几天就把地里的那点水分给吹干了。可他那两坰塘边地就不同了。借泥塘的光,就是365天一滴雨也不下,垄沟里也断不了潮乎气。再者呢,土地潮湿,地温升得慢。别人种完了他再种,正好赶在点儿上。

这几年,金不换在县里当革委会副主任,分管的是农田水利建设和科学种田。要讲那成本大套的理论他是不行,可别人是怎么干的,他是亲眼见着啦。所以,他那个苞米,点种之前都经过发芽实验。种地细得像绣花。一墩双株的苞米,下种的时候是一粒儿一粒儿摆的。苞米脐儿朝着一个方向。将来苞米长出来,叶子都朝同一个方向伸胳膊儿。这样,通风好,到了苞米棒儿蹿缨儿,自花授粉的时候,花粉落得也均匀,不会出瞎苞米。另外,他还实行合理密植。平均每墩地多植了四千多株,一个株上结两棒儿,一个棒平均搓二两半,两个棒儿就是半斤。光多植的部分,一墩地就可以多收两千斤。两墩地多收多少,大概连一年级的小学生都算得出来。

这年春天,果然和金不换预料的一样,小苗刚拱出地皮儿,就遇上掐脖旱。全队的庄稼,包括徐二不合算抱住不撒手的金盆底,秧棵渴得嗓子眼都冒了烟。一到晌午,太阳特别毒的时候,那嫩嫩的叶儿都打起了卷。唯独金不换那两墩塘边地里,小苗儿长得像奶足嘴壮的胖小子,一棵棵肥头大耳,绿得发青。

到了这个时候,庄稼人就开始像盼儿女似的,盼老天爷下雨了。但是,老天爷像故意要和人们作对,连个雨星儿也不落。广播里的天气预报,就是一个字:晴,晴,晴,晴。就像那个广播员她爹妈,长这么大就教会了她说这么一个字似的。连个晴转多云也不会说。报纸上呢,今天报要抗旱,明天还报要抗旱。是不是那印报纸的,找不着别的字儿啦!

庄稼耷拉了脑袋,人却仰起头来看天。都说春困秋乏夏打盹儿,可黄泥塘的五月夜里,有几个能睡着觉的呀。

别人愁,有愁的原因。那庄稼地里长得青枝绿叶儿的金不换，脸上也没有了笑模样。徐二不合算在屯街上碰见金不换，满脸愧色地向他赔着笑脸。现在，他有求于这个黑瘦的老头子了。看天色，再有十天半月下不了雨。小苗儿要再不浇水，那就要晒成黄香了。可要引水，除了泥塘中间那一汪水之外，没有第二个水源。而要引泥塘的水，就要经过金不换的塘边地。当初，他徐二要把那块地包给金不换，可是要给他点厉害瞧瞧的。现在，又要扒人家的堤，毁人家的庄稼挑沟引水，就是那脸皮有一巴掌厚，怎么张得开口哇！

就算金不换风格再高，不记他的仇，那庄稼长得那么好，他能舍得挖吗？别人不知道，谁要动弹他徐二地里的一棵苗，那真像从他的心尖上挖走一块肉啊。

再说了，地里缺水的不是他一家。要是家家都引水，至少要在那片塘边地里挑四条沟。那要在老金头儿的心尖上，挖走多少块肉呢？

徐二不知道，他的心病，也正是金不换的心病。本来，这春旱是在他金不换预料之中的，只是他没有预料到,这气候反常，竟旱得这么厉害。看样子，不引水浇地，黄泥塘今年就要闹饥荒了。包产到户，发家致富。他金不换不能忍心看着富了自己一家，穷了黄泥塘一方。他跟老伴儿商量，宁可自己家受点损失，少收一点儿，也不能眼看着全队的庄稼都旱死了。

老伴儿心里憋着去年冬天那股子火，说他破车好揽载。那这个载他不揽让谁揽呢？

乡亲们指着鼻子骂徐二不合算，说他是抱着别人的孩子往井里扔，把事做绝了。现在，不仅他自个儿要房顶上扒门，灶坑前打井，还拐搭了大伙儿。

徐二不合算只有点头听着。他心里话：我自己做的事不仗义，也不是现在才想起来后悔的。当然了，他做梦也没想到还会有今天。知道要尿炕，就不睡觉了。

乡亲们也知道，光骂徐二也没有用。就是把徐二宰了去求龙王爷，也未必能求来雨。现在，紧要关节的是要有个人，能代表大家伙，跟金不换过个话。救旱如救火。他金不换受的损失，大伙给包了。只要他肯答应挑沟引水，要什么条件都行。

有的人马上提醒说："可千万别当金不换的面这么讲。老队长可不是趁火打劫的那种人。你就说大伙有困难，请他帮帮忙。那他是百分之百的能答应。你要是先讲什么包损失，要条件，那老倔头子非跳起来不可。"

大伙也都认这个理。谁都知道，五八年为了打井，他把自己家的房子都扒了，也没要集体的一分钱。现如今，要在他地里挑几条沟，他怎么会不应承。问题是这话谁去说？

还是徐二不合算的脑袋来得快，他一拍大腿说："有了！"

如果按照古典小说的写法，这下面就得这么说：只听那徐二慢声细语地说出一个人来。众人听了，无不点头称是。列位看官，你道那徐二说的那位能在金不换面前替众位乡亲说话的人，家住哪里，姓甚名谁？且听下回分解。

十五

老丈母娘疼姑爷，那是真心实意的。金不换的老伴儿听说玉霞的对象要登自己家的门儿，乐得半宿也没睡好觉。天刚亮，她就起来忙活着杀小鸡子，泡木耳、黄花菜。苦春头子，最后一个猪头过二月二都吃完了。家里没有肉，青菜又都没下来，她还是费了一番苦心，凑齐了八个碟儿。一个小鸡炖蘑菇，一个鸡蛋炒黄花菜，一个油炸花生米，一个油炸虾片。这四个菜，是上讲究的。还有酸菜炒粉条、木耳炒白菜片、白菜拌粉条外浇辣椒油的凉菜。因为东北农村待客，尤其是招待上门儿的姑爷，为了图个吉利，菜必须是双数的。平平常常要四个碟儿；隆重一点儿的，要八个碟儿；最阔气的要十二个碟儿。老太太为了凑够那第八个菜，特意跑了一趟分销店，狠了狠心，花了一块多钱，买了个玻璃瓶的油炸鱼罐头。她没有要那个铁盒的，铁盒一启开，盒就自瞎了。这玻璃瓶的鱼吃完了，还能落下个瓶子。装个咸盐面了、面起子了，还能派上个用场。

　　金玉霞呢，头响也没有跟爹下地。她帮妈褪了一阵子鸡毛，完了就开始收拾屋子。被垛叠了好几回，还蒙了一条印着芍药花的新床单。土改时分的那口带云字花的红漆大躺柜和柜盖上的雪花膏瓶、空酒瓶、白瓷茶壶，都挨着排儿地用湿抹布擦了一遍。最后，她又把那块双铃马蹄子表上足了劲儿，把打铃的针拨到十一点整。这是她跟王玉成约好的时间，让他一进屋，铃就响，也有点气氛。假如铃响了，他还不来，那她就得跟他不大不小地闹一场。现在叫他几点来，他就得几点来。如果现在她就管不住他，赶明儿结婚之后，那就更管不了他了。

　　王玉成还真挺遵守时间，没等那马蹄子表铃响，他就来了。老太太正在和面，准备烙油饼，举着两只沾着面的手，笑着把王玉成往屋里让。那条卷尾巴的小黄狗,因为总跟在金玉霞的身后跑,跟王玉成早就是老交情了。大概它头一回在自己主人的家里见到王玉成,也特别高兴,一个劲儿地竖起两条前腿儿,往王玉成身上扑。

显然,王玉成今天也经过一番精心打扮。金玉霞眼珠儿也不转地打量着他。姑娘今天觉得自己的对象格外神气。你看他上身穿了一件灰涤卡的三开领儿,下身穿一条的确良的黄军裤。那个溜光水滑的劲儿,真有点像个电影演员。

王玉成把两瓶"洮儿河"酒,两瓶橘子罐头,还有饼干、蛋糕,一块儿放在了金玉霞刚刚擦干净的柜盖上。

老太太虽然忙着烙饼,还是没忘了客气几句:"你看玉成这孩子,破费那钱干啥,咱们也不是外人。往后,可不兴再买这买那。"

王玉成真是个厚道的青年。别看他有时候还写几首诗,可到了这个时候,他就没词了,只是憨厚地笑了笑,没有回答什么。

金玉霞趁她妈专心翻腾油饼的时候,亲昵地伸手摸了摸王玉成的脸蛋儿。手还没收回来,"丁零零"马蹄子表响了,把两个人都吓了一跳。那个沉浸在幸福中的姑娘,冲着手脚都不知道往哪儿放的小伙子,伸了一下舌头。王玉成看着面前这个就要给自己当媳妇的活泼的姑娘,心里头甜丝丝的。

王玉成觉得,自从打倒了"四人帮"之后,他就时来运转了。一切都是那么顺利,那么幸运,那么称心如意。

读者们还记得,他和金不换在拖拉机库门口的那场谈话之后,他和金玉霞曾经在暴风雪呼啸的泥塘上,度过了一个充满了欢乐的夜晚。但是临分手的时候,当金玉霞邀请他到自己家里,会一会老人的时候,王玉成却巧妙地拒绝了。其实,王玉成何尝不想早一点拜望一下未来的岳父、岳母,以便使自己同玉霞的关系得到正式的承认,他们再见面就用不着背着人,跑到荒郊野地里挨冷受冻了。但是,他有一层最大的顾虑,就是周围的舆论。他所以很长一段时间里,不肯饶过金永河老队长的错误,在很大程度上并不是出于自己的心愿,而是受到周围人的压力。有些人,如果看到他轻易地忘记了过去,与金永河老队长握手言欢,那么就会骂他没有骨气,骂他属耗子的,只要四个爪一沾地儿,就把什么都忘了。后来,他冷静地分析起来,包括他自己真的动怒的时候,那种感情之中,也不知不觉地包含着环境的因素。

也许,怂恿他同老队长作对,反对他与老队长和解的人,自己和金不换也未必就有水火不同炉的矛盾,有什么互相一见面就浑身起鸡皮疙瘩的恶感。他们不过也是在不自觉地屈从一种习惯的、旧的势力。王玉成也不是没有想过,要一意孤行,向这种无形的压力进行一场大无畏的挑战。但是苦瓜好种,果子难尝。想来想去,也只好等待机会。或者把时间拖得长一点儿,等到人们把往事淡忘一点儿的时候。

他没有想到,今年春天的这场大旱,却成了他与岳父关系转折的一场及时雨。昨天,徐二不合算和一群社员找他,恨不能给他磕头作揖,砍块板儿把他供起来,要求他登门拜访一下自己未来的老泰山。

王玉成虽然知道自己的机会来了,心里暗暗高兴,但还是尽量板着脸，声明他跟金不换的这笔账，不能就这么轻易拉倒，就是他真的娶了金玉霞，他也只当娶了个孤儿，与老丈人无关。

众乡亲慌了，马上劝他要宽大为怀，能不结仇就不结仇，能饶人处且饶人。再说，人还能有没错的么？就是老虎也有打盹儿的时候。还有的人，开始讲党的政策，说金不换当年宣布取消他王玉成上大学的资格不对，但这个错得记在"四人帮"的账上。现在，搞四个现代化，讲的是安定团结，向前看，不能捧着算盘子，把陈年的旧账算起来没完。另外，你王玉成还是共青团员，也是在组织的人，姿态得比群众高一些才对。还有的人，拿感情感化他，说姑爷和老丈人，那是实在亲戚，跟儿子和亲爹也差不了多少，儿子还有记爹仇的吗……

王玉成听着，直到他觉得所有的人，差不多都用自己的话把自己的嘴堵得严严实实了，他才用像是不大情愿的口气说："好吧，看在你们大家伙的面子上，我就去一趟。要不是为了你们大家伙，我一辈子也不登他的门儿！"

于是，徐二不合算又竖着大拇哥，夸了一阵子王玉成怎么能舍己为人，顾大局识大体，办事通情达理……

王玉成想起昨天的情景，既觉得有点好笑，又觉得有点儿难受。解放已经30年了！人与人的关系，对一个人的评价，为什么还要随着个人的利害关系转移？

这个时候，他才觉得自己有金不换这样一个光明磊落的岳父，是多么自豪啊！老人对徐二不合算，对自己，对所有的人，从来就是那么一股子劲儿。他觉得，他不仅仅离不开金玉霞，也离不开这个他曾经恨过的老头儿。要好好做人，金不换就是他的好老师!

但是,道理是道理,实际做起来,还有许多意想不到的难处。譬如今天,他名义上是登门拜访岳父岳母大人的,但还捎带着要提出在老丈人家的塘边地里,挖沟引水的问题。他有点打怵,不知道到底应该用什么样的词儿,别再一紧张,就只剩下那个"嗯哪"。

王玉成正想着,金不换回来了。他赶忙拘谨地站了起来。心,怦怦地跳。他真不知道自己怎么才能渡过这道难关。最糟糕的是他从昨天夜里起,就一遍一遍背好的那些词儿,一紧张,又全忘了。

未来的老岳父,用双手压着他的肩膀,让他在炕沿儿上重新坐下来。然后,老人家冲外屋地大声地说:"玉霞她妈,快给我们爷儿俩上菜。"

回过头来,他又对王玉成说:"玉成,吃得饱饱的。吃完饭咱爷俩还得开拖拉机上县里去借水泵。我已经和赵万成商量好了,明天早上就动手,引水浇地!"

金玉霞听说爹要和玉成一块儿上县,马上撒娇地说:"爹,我也去!"

金不换笑眯眯地看了看自己的女儿,逗她说:"这个事儿我就当不了家啦。拖拉机捎脚,你得问拖拉机手。对吧,玉成?"

王玉成咧着大嘴乐了。他也不知道是怎么搞的,又冒出了一句:"嗯哪!"

十六

金不换既不是可以呼风唤雨的神仙，也不是金口玉牙的皇帝。他只是靠一个普通共产党员那舍己为人的精神，使黄泥塘生产队那几百垧饥渴的小苗，饱饮了一顿救命的甘露水。当那清清的流水，顺着垄沟滋润了那干裂的土地的时候，那些盼雨都盼红了眼的社员们的心上，也降了一场及时雨。

金不换不仅豁出了在自己包的那两垧塘边地里挖了四条沟，还亲自出马到了县水利局，除了利用自己当年分管水利的老关系，还亲口许愿，春节之前给水利局的职工们，搞一点豆油，来上几十板冻豆腐。这大概还算不上不正之风。政策上有规定，超产的部分生产队自个儿还有点权。黄豆榨了油，豆饼一样喂牲口。冬天豆腐坊一开业，不仅社员吃豆腐方便，豆腐渣可以喂猪，豆腐浆水可以饮马，又有养分又败火。水利局不过十多个人，豆腐倌少抽几袋烟的工夫，就够他们吃的了。人吗，总得讲点感情。

大概，黄泥塘的社员们，怀的也是这种心理。他们觉得金不换这一回，不仅是使出浑身的解数救了众人的驾，而且还在经济收入上受了损失。老头子又犟，要是说给他钱，给他粮，他备不住觉着是寒碜他，瞧不起他，惹得他不高兴；要是就这么不疼不痒地拉倒，社员们又觉得心里有愧。

尤其是徐二不合算。他觉得自己要是不搞点礼尚往来，胳膊肘只知道往里拐，那自己的名声就得在黄泥塘顶风臭四十里！还有脸做人么？

所以，由徐二出主意，也由他出面张罗，大家借抗旱完了，平沟，堵坝，收摊子的节骨眼儿，几乎全体出动，帮助金不换把靠泥塘那边的土堤加高加固，又把靠田地这边的土堤修了起来。这样，老天下点雨，会存在沙荒地里，慢慢地渗下去，既冲不着金不换的塘边地，又使岸上的田地都受益。金不换包的那块塘边地，就成了旱涝保收的聚宝盆了。

开始社员来帮他修坝的时候，他极力反对。但以徐二不合算为首的一些人，就是拿棒子打也不走。最后，金不换也只好认可。因为这其中还有一层缘故，那就是这块地只是他包的，所有权并不是属于他自己的。大家修堤垒坝，当然给他带来好处，同时，也是在改造黄泥塘生产队的一片土地。

农谚说：五月旱，不算旱，六月连雨吃饱饭。

六月里，果然雨水下得勤。而且，尽是半夜的时候，霹雷闪电地来一阵。第二天太阳一出来，就亮瓦晴天的。雨水又充足，日照又好。全黄泥塘的庄稼，一天一个成色。夜里，你要是蹲在高粱地里，支棱耳朵听听，都能听见高粱拔节儿的"嘎巴，嘎巴"的响动。尤其是那大马牙的苞米，我的天！那穗子长得棒槌似的。而且，棵棵都是双棒。有的，哥俩还领个小兄弟，仨棒一块儿蹿红缨，像一棵树上爬着三个大胖小子。谷子长得也好，一个个大穗子，像狼尾巴似的。黄豆呢，不仅角儿结得嘀里嘟噜密，每个角儿还都有四五个小拇指肚儿大小的粒儿。不要说别的，就连爬在豆叶儿上的蝈蝈，长得也比往年壮实，嗓门儿也比往年豁亮。到了晌午头儿，"吱儿哇儿"地叫得人心里发痒。

庄稼人躺炕上睡午觉,闭上眼睛也睡不着。为啥呢?南北窗户都敞着,小风儿一吹,庄稼那股子香味打鼻子。园子里那又粗又大的倭瓜蔓,爬上土墙头。喇叭口大小的花儿,冲着你耳朵广播呢:赶快压场院,修仓房吧!今年,那圆顶的大肚子仓房,肚子再大也得撑破了。

徐二不合算想着,给姑爷买那台带冒烟的自行车,是要"轻骑"的呢,还是要"嘉陵"的呢?"轻骑"的牌子老,结实又抗造,"嘉陵"的他还没见过。可听姑爷说,颜色鲜亮。现在不像过去,有个玩意儿就行。人们的口味高了,不仅讲究质量,还得讲究款式。他拿不定主意,最后,他还是决定到时候把人民币往姑爷手里一交:你自个儿得意啥样的,就买啥样的吧!

金玉霞呢,可没忘了那台彩色电视机,因为那将成为她的嫁妆。你想想,结婚的新房里,摆上一台彩色电视机,那该有多神气!而且,听说,现在还有电视广播大学。坐在自己家里就能上大学,既不用谁推荐,也不用谁考试,只要你愿学,电视机的开关一打,老师就自个儿来了!她想让王玉成上广播电视大学的中文系。她觉得,他的诗写得真是挺有水平。她对《社员报》有一回把王玉成的诗给退回来,特别不服气。她安慰玉成说:"退回来也不是因为诗写得没有水平。现在,发表稿子也得走后门,你也没给编辑捎鸡蛋,他能看中你的么!"玉霞的心里憋股子火。她想,赶明儿电视大学毕了业,自己的对象文章写得特高级,《社员报》那样的小报,求他写稿她也不能让他写。要写就投给《人民日报》《中国青年》!

当然了,无论是那老谋深算的徐二,还是天真烂漫的玉霞,他们的这些想法，如果倒退上 10 年，都只能算是梦想。但是，在 1980 年的秋天，这一切，都成了指日可待的现实。那带冒烟的自行车，那带彩色画片的收音机，都在百货公司的大玻璃窗里，向他们招手呢。

谁知，天有不测风云。正当高粱晒米儿、苞米灌浆的时候，老天却不开晴了。那轻飘飘的云彩，也不知道从哪儿载来那么多的水，瓢泼大雨不停地下了半个多月。这要是沙坨子外的平川地，上岗慢坡的地方，也能摆小船了。现在，就是那漏水的沙荒地，垄沟里都浮浮溜溜地存满了水。稍微洼一点儿的金盆底，如今更是白亮亮的一片。

挨水淹的滋味儿，比春天掐脖旱的滋味儿，更叫人揪心！那时候，小苗才刚刚拱土。实在没救了，毁了地还可以种一茬开白花的荞麦。现在呢，眼瞅着到了手的丰收要毁了，就是那心是铁打的，也得疼裂一道缝儿啊！

现在，还有一条路，可以逢凶化吉，转危为安。那就是挑沟排水。而这回，还要经过金不换那两垧塘边地。但是，事情可不像春天那么简单了。因为春天引水只是几条线，秋天要排水可是一大片。金不换那片塘边地，庄稼长得不仅在黄泥塘，就是全沙岭公社也再找不出来第二份。现在，要挑开大坝，冲个精光，那还不如拿刀子把金不换一家三口捅了！

不错，金不换还是原来那个金不换，他可以发扬《龙江颂》里那个江水英的风格。可他如今的处境，可跟江水英不一样。江水英放水冲的是集体的地，堤内损失可以堤外补，农业损失可以副业补。说不好听的，就是哪儿也补不上，她那在外头当兵的丈夫，还可以寄钱接济她。可金不换呢，那两坰塘边地，就是他的命根子。只要放水一冲，不要说女儿的那台彩色电视机要打水漂了，就连他们家粮食囤儿底儿，都会冲得干干净净。当然，如今是新社会，金不换一家三口，就是遭再大的难，也不会挎筐出去打狗讨饭。但是，如果不碰那道土堤，人家那两坰地，十成收不了，八成是稳拿。就这一茬庄稼，老队长不成黄泥塘的冒尖户，也得进头排座！

那连绵的秋雨，裹着凉飕飕的西风，没完没了地落着，落着，落着……雨水越积越多，把人们的心都要沤烂了！

但是，这一回，就连徐二不合算也不敢想去扒金不换的大堤放水了。将心比心，他干不出这种丧良心的事！唯一的一条路堵死了。剩下来的一条路，就是听命由天。看老天爷发不发慈悲吧！

十七

已经快到半夜了，雨还是越下越大。一直没有睡着觉的金不换，把被掀起来，趴到窗台上向外看。雨点子打得玻璃窗子"扑腾扑腾"地响。雨水在玻璃上漫了一层，不断线地向下淌。一道白亮亮的闪电，箭打似的窜过去了，把窗户外头那一眼望不到边的庄稼地，照得通亮。金不换的心里，猛地疼了一下子。因为就在闪电照亮的工夫，他看见的只是一片汪洋似的积水。黄泥塘的土地，真都变成黄泥塘了。他赶忙爬起来，穿上衣服，披上雨衣，蹬上塑料凉鞋，拿起手电筒就往外走。

这时，老伴儿发话了："三更半夜的，这么大的雨，你不好好睡觉，往哪儿去！"

金永河以为老伴儿已经睡了。她一吱声，把他吓一跳。他说："我还能上哪儿去，到地里看看。那土堤也架不住雨水这么泡啊！"

老伴儿爬起来点上灯，说："柜盖那个瓶子里，还有点烧酒。你喝上几口，身上热乎热乎，别叫雨水激着。"

金不换按照老伴儿的吩咐，拿起酒瓶子，"咕嘟咕嘟"一扬脖喝了几口烧酒。然后，抹了抹嘴巴，笑着问老伴儿："行了吧？"

老伴儿这才躺下来，嘱咐他说："要是有啥事儿，就回来叫我。没啥事儿，早点回来。省着惦念你。"

金不换熄了灯，打着手电，出了家门。

一出门口，大雨点子就劈头盖脸地砸了下来。村街上，沟满壕平。在手电筒的亮光里，可以看到那黄澄澄的雨水，卷着连根拔下来的老苍子、扎蓬棵，冒着花，打着滚，往洼地里淌。他没有先去自己的塘边地，而是出了门，往房后去，先看了金盆底。那里，积水已经没了垄台。高秸棵的庄稼，像高粱、苞米，已经有倒棵的了。往西拐，铁槽帮也不比金盆底好。有的地块，淹得更严重。从铁槽帮往南走，车道上的雨水都没了脚脖子。这样大的雨水，在黄泥塘是十几年没见了。

最后，他来到了自己的那片塘边地。由于沙荒地和塘边地之间的那道土堤挡着，他那片地虽然地势比较低，可存的水并不比别的地方多。因为塘边地，处在塘边地沿儿之间，两道堤都起了作用。还有个有利的条件，是金不换早就预料到要有秋涝，垄台打得特别高。所以，除了个别地方淹了一点，其余的地方还都有救。只要天一放晴，想法放放水，问题还不大。

看到这个情景，金不换先是松了一口气。这他还得感谢众位乡亲，要不是他们帮着修了这道沙荒地和塘边地之间的土堤，那他这两坰塘边地，就成了澡堂子了。但是，那口长气还没有出完，就变成了一声哀叹。因为这道土堤也使他同时想起了黄泥塘那几百坰泡在水里的庄稼。大概，社员们也没有想到，这道想给他们那怕旱的沙荒地多存下一点水的土堤，却给他们自己造成了涝灾。

金不换就在风雨里站着。他琢磨着，能不能在塘边地以外的地方，排沟放放水。可塘边地的两头，都是沙包子。这里，恰似两山之间的一条狭谷。而塘边地的土堤，又是横拦两个沙包之间的拦洪坝，活活地把黄泥塘拦成了一个大水库。

现在，只有挖堤放水。但是，那样一来……

他不敢再想下去了。转身打亮了手电往回走。这时他才发现，全黄泥塘，几乎家家的灯都亮着。那一盏盏在雨里变得昏暗的灯光，像可怜巴巴的眼睛，盯着金不换。

怎么办呢？

他金不换，不是不想救大伙的急，消大伙的灾。但是，那样一来不仅他答应女儿的彩色电视机泡汤了，这一冬一春，一家人吃什么？烧什么？用什么？穿什么？

他恨自己那个脑袋瓜不够用。怎么使劲儿也想不出一条万全之策。可是，这雨水又不饶人。要是不马上采取措施，拖下去，庄稼根子都泡烂了，那就是把水放了也不顶用了。

这时，他才想到，队里的领导，尤其是党支部，问题考虑得太不周到了。包产到户，绝不是退到小农经济上，个人顾个人不行。该集体搞的农田基本建设、水利建设，非抓好不行。不然，遇到一点天灾，就全完了！

可现在想这些，解决不了燃眉之急呀！

金不换回到家里的时候，老伴儿正坐在炕沿儿边上等他。因为他出去的时间太长了，老伴儿担心他出什么事儿。她已经把金玉霞也叫醒了，等着她穿好衣服，娘儿俩好去找这个疯疯癫癫的老头子。

金不换把雨衣脱下来，搭在屋门上。然后，又走到柜盖前边拿起酒瓶子喝了几口酒。他不是为了驱风寒，他要借酒浇浇愁！

这时，穿好衣服的金玉霞过来了。见爹已经回来了，转身要回去睡觉。可是她一转身，看见爹的脸色不对，赶忙问："爹！咱们那片塘边地也进水啦？"

金不换坐在炕沿儿上，点上烟袋锅儿，慢声细语地说："那能不进么，不过，不吃紧，没什么大事儿。"

金玉霞悬在半空里的心，这才落了地。但是，她看到爹爹的那张皱得没一道皱纹不抽抽起来的脸，知道他有什么难心的事儿。不知道为什么，她总觉得爹爹的心事儿，与自己有点关系，尤其是她的那台连做梦都梦见了好几回的彩色电视机。于是，她也提心吊胆地在炕沿边上坐了下来，看着她爹"吧嗒、吧嗒"一锅接一锅子抽烟，直到把屋里抽得烟气腾腾的。

玉霞有点心疼她爹，小声地问："爹，出了什么事啦？"

金不换这才突然从梦里醒过来似的,转过头来,看着自己的闺女。他用快哭出来的声音说:"玉霞!看来,除了扒了那道堤排涝,没有别的法儿啦!"

老伴儿和女儿听到这句话,都吓傻了,半天说不出话来。金不换自己也吓了一跳。他怎么冒出来这么一句!这句话,不仅是他怕说的,甚至,是怕想的。但是现在,他竟然当着自己的老伴儿、女儿讲出来了。这句话,无疑等于说老伴儿受的那些委屈、吃的那些苦、受的那些累,得到的结果就是颗粒不收。庄稼上场,别人家欢庆丰收的时候,她就要借粮度日了!解放30年来,包括三年困难时期,她也没经历过这样的日子!

这句话,无疑等于告诉女儿,他说的那台彩色电视机,不算数了。她和玉成所抱的那个美好的愿望,成了泡影。而且,说不定为了度过一分钱也没有收入的日子,还要把她戴在手腕子上的那块"上海牌"的坤表卖了!这就是她一个冬天抡大镐、挑土篮,一个春天点种、踩格子,一个夏天顶着烈日间苗、薅草、铲地、追肥,汗珠子落在地下摔成八瓣的报酬!

当然,无论是老伴儿和女儿,谁的不幸都有金不换自己的一份!

当老伴儿和女儿从震惊中醒过来,明白了金不换的这句话给他们一家带来了多大的灾难的时候,便抱在一块儿,号啕大哭起来。

看到老伴儿和女儿哭得跟泪人似的,金不换的眼睛,也有点潮乎乎的了!可他还是咬着嘴唇,没有改口。这不是金不换有意要和自己的亲骨肉过不去,自个儿把自个儿的亲人往火坑里推。这是老天爷逼的呀！如果他不这么干，黄泥塘可能就不是他们这一家抱头痛哭了。那时候，就是他那两坰地，一坰地打两万斤，顿顿都吃大米白面，咽得下去么！

老伴儿哭着哭着，突然不哭了。她用大襟擦了擦鼻涕眼泪，冲金不换说："行啦！打嫁给你，我也没得过好！你当干部，把家就当成生产队的仓库，缺啥拿啥。直到把房子扒了，把木头拿去打了井，我也没扭过你。你看看玉霞那双手上冻的疤瘌！你去当了5年的县太爷，拿那点儿补助，不够你一个人的花销。我们娘儿俩在家里当了5年的孤儿寡母。现在，你回来了，啥官儿也不当了，寻思能过上几天好日子。可你呢？就要你那个共产党员的脸，不要俺们娘们儿的命！放着金盆底不要，要了那么一块兔子不拉屎的塘边地！一个冬天，修堤平地，恨不得扒了我们娘们儿一层皮。可春天一旱，你主动找赵万成在自己的地里挑沟。一下子瞎了多少庄稼！现在，眼瞅着那两万多斤的粮食要到手了，你又要放水给我们冲了！你那个心就是铁打的！你就那么狠哪……"

老伴儿说着，又哭了起来。玉霞抹着眼泪扯她妈的袖子，说："妈！你少说几句吧！"

老太太见到了这个时候，金不换还是一声不吭，火气再也压不住了。她像疯了似的甩开女儿抓住她的手，蹿到金不换的面前，指着他的鼻子喊着："我这辈子跟你受够了！我不是共产党员，也没有你那么高的觉悟！配不上你这个雷锋！从今儿起，咱们井水不犯河水！你马上给我搬走！你要不搬，我们娘儿俩搬！"

金不换还是不说话,他用烟袋锅子堵着嘴。

老太太更来气了,伸手把他从炕沿儿上拽下来,吼着:"你还不快走,这儿再也不是你的家啦!赖在这儿干什么!"

她从炕上把金不换盖的那床麻花被塞给他,然后,连推带搡地把金不换往外推。玉霞上来阻拦,让她伸手推了个趔趄。

临出门的时候,她把雨衣摔在金不换头上。金不换本来心里就乱糟糟的,叫老伴儿这么一吵,火气也上来了。他也是个烈性子的人。要是倒退20年,不,哪怕倒退10年,他备不住早就动手了。他要不揪住头发,好好揍她一顿才怪理!可他忍住了。他知道,他只要夹着这床被,头也不回地一走,那也跟揍那个老太婆一顿差不多。

金不换被老伴儿推出了门,披上雨衣,顶着大雨走了。快出院门的时候,他听见老伴儿在后边喊:"告诉你,那两垧塘边地跟你姓金的不挂边了。你要敢碰那道堤坝,我跟你拼命!"

十八

金不换抱着那条麻花被,冒着大雨在街上站了半天。这黑灯瞎火的,上哪儿去呢?生产队里是有地方,三间筒子屋,就住一个喂牲口的老更倌。可那地方,来来去去的人太多。明儿一早,全屯子就都知道他让老伴儿撵出来了。这么多年,他当队长,两口子打架都找他断官司。他是不管谁有理谁没理,两个人都先数落一顿再说。现在,他自个儿和老伴儿闹翻了,说别人的那些话,就都举起巴掌打自个儿的嘴巴子了。除了生产队,就是拖拉机库。那儿倒是清静。可有一个人知道了,他就受不了。那个人就是女儿的对象王玉成。老丈人和老丈母娘闹到这个份上,不是往姑爷脸上抹黑么。

后来,他想,我还是回去吧!就是分家,三间房子还有我一间。让女儿和老太太住一个屋,他自己住一间。但是,这个法儿就更行不通了,因为他知道,老伴儿撵他走也好,他自个儿夹个被从家里出来也好,都是一时怄气。真的回家提出这个方案,那就会弄假成真,太伤老伴儿的心了。你别看她往外撵你,说那么多难听的,你要反过来对她动一点儿真格的,那她可是一辈子也过不来那个劲儿。

雨越下越大。总在街上淋着也不是个事儿。这时,他突然想到,他们家门前就是队里的场院,场院角上有一间看场人住的场院房子。庄稼没有上场之前,房子里是没人住的。于是,就夹着被,绕过井沿儿,奔场院房子来了。

屋子里还挺干净,席子还铺在那里。他划着火柴,居然发现一盏煤油灯,还吊在房梁上。这一点,也是黄泥塘比别处好的地方。大伙儿都知道爱惜队里的东西。不像有的地方,拿祸害公家的东西不当一回事。

火炕是冰凉的,好赖有条被子。不过,他也不想睡,有个地方避避雨就行了。口袋里有的是烟叶子。只要有烟抽,没有饭吃也能挺几天。可是,他刚点上烟,吸了两口,就突然想念起自己的老伴儿和姑娘来。老伴儿说的那些话,一点儿也没有错。这些年来,她们跟着自己,除了多操了不少心,多吃了不少苦,没有沾他什么好光。他自己呢,起早贪黑地干,也没有谁说自己个好。如果发点牢骚的话,有时候倒不如那些啥也不干、耍耍嘴皮子的。因为这老伴儿说他死心眼儿!可是,真让他跟那些人学,玩邪的,他也学不会!生就的骨头长就的筋,这辈子他算不用想能改得了他这个犟劲儿!

但是,他也没觉得自己吃了什么亏!入党是为了占便宜吗?举着拳头宣誓的时候,不是要把一切献给党吗?是啊,现在都在搞发家致富,但是发家致富是为了什么?就是为了个吃香的喝辣的吗?一个共产党员,为了自己发家致富,就连自己那点舍己为人的共产主义风格也不要了吗?钱、钱、钱!有的人,只奔钱,忘了拿了钱来建设的不是资本主义,而是社会主义、共产主义!如果一个共产党员忘记了这一条,那他就背叛了,像当年战争时期投敌变节了一样!不!这不是金不换给谁乱上纲,扣大帽子。共产党员不要了共产主义,不是背叛是什么!

那道堤,他是非扒不可!穷了一户,富了一方,这是他作为一个共产党员的光荣!

想到这里,他站起来,披上雨衣,准备回家去。他觉得自己的老伴儿和那个共青团员的女儿,只要把道理说清楚,把意义讲明白,不会挡他的道。要不是那样的话,她就不是自己的老伴儿,她就不是自己养大的女儿!

可当他要出门的时候,才发现老伴儿早就在门口站着了。他走过去,用胳膊搂住老伴儿的肩膀,把她领到炕沿儿边坐下,然后,体贴地问:"霞她妈,你怎么来了?"

老伴儿哽噎着说:"我在门口瞟着你,看你往场院房子这儿来了。看见场院房子,我就想起了……"

老伴儿再也说不下去了,一头扎进金不换的怀里,又哭了起来。金不换摸着老伴儿的头发,像安慰孩子似的安慰她,对她说:"霞她妈,别哭了。我又没生你的气。老夫老妻的,你的脾气我还不知道吗?"

老伴儿抬起头来,看了看老头儿,低声地说:"霞她爹,我不是那种四方不懂的人。我是心疼啊!孩子眼瞅要结婚了,能像咱们那时候么。"说着,她又抬眼看了看这间场院房子,"那时候,咱们那间场院房子,连这间也不如啊!"

不错。金不换和老伴儿,就是在一间比这个还破得多的场院房子里拜的天地。

那还是新中国成立前一年的冬天,金不换跟车去洮南镇拉打马掌的铁。回来的时候,在一个坨坑里,碰见一个十七八岁的姑娘,守着一位躺在雪地里的老头儿哭。下车一打听,才知道这爷俩是从河北滦县逃荒来的,本来想投奔老人的一个远方妹妹,可只知道在洮南镇,不知道在哪个屯儿。结果,亲戚没找到,老人家连着急上火,带挨饿受冻,走到这个坨坑里,就倒下不行了。金不换是个热心肠的人,二话没说就把老头儿抬到了车上,拉回了沙岭。那时,沙岭镇也只是个百十户人家的屯子。他学徒的铁匠炉,是屯里一家地主开的。铁匠炉的伙计,一般都有家,就他这个学徒没地方住,住在地主家的场院房子里。

金不换把老人拉回了自己的住处,赶忙要张罗给老人抓药。可老人已经不行了,他把金永河和姑娘都叫到跟前说:"小伙子,我看你人不错。我不行了,唯一的牵挂就是我这个姑娘。她在这儿人生地不熟,没有人照顾。你要是不嫌弃她,就当着我的面,在这儿插上三根草拜个天地,我就死也能闭上眼睛了。"

那时,金永河已经二十六七了,比姑娘差不多大十岁。因为穷,没敢想过娶媳妇的事。姑娘见他人也忠厚,两个人就在那奄奄一息的老人面前,插上三根草,磕了三个头。所以,金不换不仅是他老伴儿的丈夫,还是老伴儿的恩人。因为这些往事,老伴儿才对他有那么深的感情。当年,土改工作队被围的时候,是她给金永河望着风,让金永河从屯子里跑出去给县大队去报信的!这么多年来,金不换当干部,她没有一处扯他的后腿。今天,他要扒那道坝,救全屯子的地,她怎么会死拦到底呢?可她心疼,难过,有火要发。不向自己的老头儿发,又向谁去发呢?

她坐起身来,对老头儿说:"霞她爹,你去扒堤吧。趁早比晚了好。我不能陪你去,我下不得手……"

十九

天亮之前,一连下了好几天的大雨才住了点儿。

本来,昨天金不换挨个地块察看灾情的时候,赵万成也没有睡觉。生产队的领头人,肩膀头上扛着百十号人的嘴,地淹得这么厉害,他睡得着吗?金盆底、铁槽帮,包括老队长包的那块塘边地,他一夜之间,跑了好几趟。阴差阳错,就在他回家啃一回凉干粮的工夫,跟金不换错过了。

说实在的,赵万成不是没有在塘边地的大坝上打这主意。徐二不合算和社员们跟他唠嗑的时候,话里话外,虽然没有挑明,捅破那层窗户纸，话题也是围着塘边地的大坝打圈圈。作为金不换的接班人，他了解这个犟老头子。他知道，到了紧要关头，老队长绝不会豁不出来那两垧地。所以，他想得更多的是，在挑堤放水之后，他怎么补回老队长个人的损失，收拾残局。

同时，他也想到明年。光把地块包下去还不行，造林固沙，农田水利，集体该抓的还要抓紧。不然，那不跟小农经济跑到一条死胡同里去了……

他边看边琢磨，折腾了大半夜。浑身让雨水淋得湿透了，他也没有再回家，跑到队部，把湿衣服脱下来，拧了拧，摊在火炕上烘着，想钻进老更倌被窝里打个盹儿。谁知，刚迷迷糊糊地睡着，雨就停了。

如果说什么睡觉被雷声、雨声惊醒了，那是不足为奇的，可赵万成是因为雨停了，才猛然醒来的。多少天来，那恼人的雨声一直折磨着赵万成的心。所以，那突然到来的寂静，把他唤醒了。他掀起被子，趴到窗台上向外望，黑压压的云彩，还满天乱飞。可他还是借着东方天边上那一点点亮光发现，地里的水全撤了！

那位把心都要操碎了的生产队长，马上就知道发生了什么事情。他觉得心里突地一下，两行热泪禁不住流了下来。

徐二不合算也惦记着自己被淹的地，天刚亮就爬了起来，蹬上塑料凉鞋就往外跑。一出家门，他愣住了。不光是金盆底，全队所有被淹的地，都露出了垄台。屯子里的人，仨一帮，俩一伙，都往塘边上跑。他也一脚水、一脚泥地跟着跑去。

到了泥塘跟前，他就什么都明白了。

赵万成蹲在被雨水淋得浑身湿透了的金不换身边,被社员们团团围在中间。金不换低着头,坐在镐把上,上牙咬着下嘴唇,沉默着。大家伙呢? 你一言,我一语,感谢他,安慰他。

这个说:"老队长,你放心,我们吃干的,绝不能让你喝稀的!"

那个说:"老队长! 你为了我们大家毁了庄稼,我们谁也不能没有良心。有我们的丰收,就有你的丰收!"

徐二不合算看了看那被扒开的大堤,望了望被冲毁了的庄稼,心里热火燎的。他拨开人群,一直走到金不换跟前,抓住金不换那两只青筋暴起的大手,好半天才说出话来:

"老金大哥,你徐二兄弟对不起你呀! 我对不起你! 我徐二小看你了。说实在的,论种地,论治家,我徐二不一定比你差。可有一条,我服你了:你大公无私。要是换了我徐二,要扒这堤,我死也下不去镐头!"

这时他忽然想起了去年听说金不换要回来时,他要喝的那瓶酒,要抽的那盒人参过滤嘴香烟。他想用这两样东西,款待款待老金头儿。于是,冲着挤在人群里的四姑娘喊:"四丫头,告诉你妈,给我杀只鸡! 我要跟你老金大爷喝那瓶竹叶青!"

徐二的四丫头,答应了一声,撒腿就往屯子里跑。

金不换有点不好意思地说:"徐二,你这是何苦来的?"徐二真的急了,脸红脖子粗地说:"老金大哥,你今儿要是不跟我喝这瓶竹叶青酒,那你就是瞧不起你徐二兄弟。再说了,咱老哥儿俩喝酒得算其次的事儿。有些嗑儿,还要细唠唠。就说包产到户,不能忘了集体呀! 农田水利要再不搞,将来还得吃大亏。

要搞，谁挑头呢？还得你，因为你是金不换哪！金不换牌儿的共产党员！"

10月23日—11月2日凌晨 匆就于广州赤岗